d

Patrick Süskind
Das Parfum
Die Geschichte eines Mörders

Diogenes

Umschlagmotiv: Antoine Watteau,
Nymphe et Satyre ou Jupiter et Antiope
(Ausschnitt)

Alle Rechte vorbehalten
Copyright © 1985
Diogenes Verlag AG Zürich
500/91/24/26
ISBN 3 257 01678 6

Erster Teil

1

Im achtzehnten Jahrhundert lebte in Frankreich ein Mann, der zu den genialsten und abscheulichsten Gestalten dieser an genialen und abscheulichen Gestalten nicht armen Epoche gehörte. Seine Geschichte soll hier erzählt werden. Er hieß Jean-Baptiste Grenouille, und wenn sein Name im Gegensatz zu den Namen anderer genialer Scheusale, wie etwa de Sades, Saint-Justs, Fouchés, Bonapartes usw., heute in Vergessenheit geraten ist, so sicher nicht deshalb, weil Grenouille diesen berühmteren Finstermännern an Selbstüberhebung, Menschenverachtung, Immoralität, kurz an Gottlosigkeit nachgestanden hätte, sondern weil sich sein Genie und sein einziger Ehrgeiz auf ein Gebiet beschränkte, welches in der Geschichte keine Spuren hinterläßt: auf das flüchtige Reich der Gerüche.

Zu der Zeit, von der wir reden, herrschte in den Städten ein für uns moderne Menschen kaum vorstellbarer Gestank. Es stanken die Straßen nach Mist, es stanken die Hinterhöfe nach Urin, es stanken die Treppenhäuser nach fauligem Holz und nach Rattendreck, die Küchen nach verdorbenem Kohl und Hammelfett; die ungelüfteten Stuben stanken nach muffigem Staub, die Schlafzimmer nach fettigen Laken, nach feuchten Federbetten und nach dem stechend süßen Duft der Nachttöpfe. Aus den Kaminen stank der Schwefel, aus den Gerbereien stanken die ätzenden Laugen, aus den Schlachthöfen stank das geronnene Blut. Die Menschen stanken nach Schweiß und nach ungewaschenen Kleidern; aus dem Mund stanken sie nach verrotteten Zähnen, aus ihren Mägen nach Zwiebelsaft und an den Körpern, wenn sie nicht mehr ganz jung waren, nach altem Käse und nach saurer Milch und nach Geschwulstkrankheiten. Es stanken die Flüsse, es stanken die Plätze, es stanken die Kirchen, es stank unter den Brücken und in den Palästen. Der Bauer stank wie der Priester, der Handwerksgeselle wie die Meistersfrau, es stank der gesamte Adel, ja sogar der König stank, wie ein Raubtier stank er, und die Königin wie eine alte Ziege, sommers wie winters. Denn der zersetzenden Aktivität der Bakterien war im achtzehnten Jahrhundert noch keine Grenze gesetzt, und so gab es keine menschliche Tätigkeit, keine aufbauende und keine zerstörende, keine Äußerung des aufkeimenden oder verfallenden Lebens, die nicht von Gestank begleitet gewesen wäre.

Und natürlich war in Paris der Gestank am größten, denn Paris war die größte Stadt Frankreichs. Und innerhalb von Paris wiederum gab es einen Ort, an dem der Gestank ganz besonders infernalisch herrschte, zwischen der Rue aux Fers und der Rue de la Ferronnerie, nämlich den Cimetière des Innocents. Achthundert Jahre lang hatte man hierher die Toten des Krankenhauses Hôtel-Dieu und der umliegenden Pfarrgemeinden verbracht, achthundert Jahre lang Tag für

Tag die Kadaver zu Dutzenden herbeigekarrt und in lange Gräben geschüttet, achthundert Jahre lang in den Grüften und Beinhäusern Knöchelchen auf Knöchelchen geschichtet. Und erst später, am Vorabend der Französischen Revolution, nachdem einige der Leichengräben gefährlich eingestürzt waren und der Gestank des überquellenden Friedhofs die Anwohner nicht mehr zu bloßen Protesten, sondern zu wahren Aufständen trieb, wurde er endlich geschlossen und aufgelassen, wurden die Millionen Knochen und Schädel in die Katakomben von Montmartre geschaufelt, und man errichtete an seiner Stelle einen Marktplatz für Viktualien.

Hier nun, am allerstinkendsten Ort des gesamten Königreichs, wurde am 17. Juli 1738 Jean-Baptiste Grenouille geboren. Es war einer der heißesten Tage des Jahres. Die Hitze lag wie Blei über dem Friedhof und quetschte den nach einer Mischung aus fauligen Melonen und verbranntem Horn riechenden Verwesungsbrodem in die benachbarten Gassen. Grenouilles Mutter stand, als die Wehen einsetzten, an einer Fischbude in der Rue aux Fers und schuppte Weißlinge, die sie zuvor ausgenommen hatte. Die Fische, angeblich erst am Morgen aus der Seine gezogen, stanken bereits so sehr, daß ihr Geruch den Leichengeruch überdeckte. Grenouilles Mutter aber nahm weder den Fisch- noch den Leichengeruch wahr, denn ihre Nase war gegen Gerüche im höchsten Maße abgestumpft, und außerdem schmerzte ihr Leib, und der Schmerz tötete alle Empfänglichkeit für äußere Sinneseindrücke. Sie wollte nur noch, daß der Schmerz aufhöre, sie wollte die eklige Geburt so rasch als möglich hinter sich bringen. Es war ihre fünfte. Alle vorhergehenden hatte sie hier an der Fischbude absolviert, und alle waren Totgeburten oder Halbtotgeburten gewesen, denn das blutige Fleisch, das da herauskam, unterschied sich nicht viel von dem Fischgekröse, das da schon lag, und lebte auch nicht viel mehr, und abends wurde alles mitsammen weggeschaufelt und hinübergekarrt zum Friedhof oder hinunter zum Fluß. So sollte es auch heute sein, und Grenouilles Mutter, die noch eine junge Frau war, gerade Mitte zwanzig, die noch ganz hübsch aussah und noch fast alle Zähne im Munde hatte und auf dem Kopf noch etwas Haar und außer der Gicht und der Syphilis und einer leichten Schwindsucht keine ernsthafte Krankheit; die noch hoffte, lange zu leben, vielleicht fünf oder zehn Jahre lang, und vielleicht sogar einmal zu heiraten und wirkliche Kinder zu bekommen als ehrenwerte Frau eines verwitweten Handwerkers oder so ... Grenouilles Mutter wünschte, daß alles schon vorüber wäre. Und als die Preßwehen einsetzten, hockte sie sich unter ihren Schlachttisch und gebar dort, wie schon vier Mal zuvor und nabelte mit dem Fischmesser das neugeborene Ding ab. Dann aber, wegen der Hitze und des Gestanks, den sie als solchen nicht wahrnahm, sondern nur als etwas Unerträgliches, Betäubendes – wie ein Feld von Lilien oder wie ein enges Zimmer, in dem zuviel Narzissen stehen –, wurde sie ohnmächtig, kippte zur Seite, fiel unter dem Tisch hervor mitten auf die Straße und blieb dort liegen, das Messer in der Hand.

Geschrei, Gerenne, im Kreis steht die glotzende Menge, man holt die Polizei. Immer noch liegt die

Frau mit dem Messer in der Hand auf der Straße, langsam kommt sie zu sich.

Was ihr geschehen sei?

»Nichts.«

Was sie mit dem Messer tue?

»Nichts.«

Woher das Blut an ihren Röcken komme?

»Von den Fischen.«

Sie steht auf, wirft das Messer weg und geht davon, um sich zu waschen.

Da fängt, wider Erwarten, die Geburt unter dem Schlachttisch zu schreien an. Man schaut nach, entdeckt unter einem Schwarm von Fliegen und zwischen Gekröse und abgeschlagenen Fischköpfen das Neugeborene, zerrt es heraus. Von Amts wegen wird es einer Amme gegeben, die Mutter festgenommen. Und weil sie geständig ist und ohne weiteres zugibt, daß sie das Ding bestimmt würde haben verrecken lassen, wie sie es im übrigen schon mit vier anderen getan habe, macht man ihr den Prozeß, verurteilt sie wegen mehrfachen Kindermords und schlägt ihr ein paar Wochen später auf der Place de Grève den Kopf ab.

Das Kind hatte zu diesem Zeitpunkt bereits das dritte Mal die Amme gewechselt. Keine wollte es länger als ein paar Tage behalten. Es sei zu gierig, hieß es, sauge für zwei, entziehe den anderen Stillkindern die Milch und damit ihnen, den Ammen, den Lebensunterhalt, da rentables Stillen bei einem einzigen Säugling unmöglich sei. Der zuständige Polizeioffizier, ein gewisser La Fosse, war die Sache alsbald leid und wollte das Kind schon zur Sammelstelle für Findlinge und Waisen in der äußeren Rue Saint-Antoine bringen lassen, von wo aus täglich Kindertransporte ins staatliche Großfindelheim von Rouen abgingen. Da nun aber diese Transporte von Lastträgern vermittels Bastkiepen durchgeführt wurden, in welche man aus Rationalitätsgründen bis zu vier Säuglinge gleichzeitig steckte; da deshalb die Sterberate unterwegs außerordentlich hoch war; da aus diesem Grund die Kiepenträger angehalten waren, nur getaufte Säuglinge zu befördern und nur solche, die mit einem ordnungsgemäßen Transportschein versehen waren, welcher in Rouen abgestempelt werden mußte; da das Kind Grenouille aber weder getauft war noch überhaupt einen Namen besaß, den man ordnungsgemäß in den Transportschein hätte eintragen können; da es ferner seitens der Polizei nicht gut angängig gewesen wäre, ein Kind anonymiter vor den Pforten der Sammelstelle auszusetzen, was allein die Erfüllung der übrigen Formalitäten erübrigt haben würde ... – aus einer Reihe von Schwierigkeiten bürokratischer und verwaltungstechnischer Art also, die sich bei der Abschiebung des Kleinkinds zu ergeben schienen, und weil im übrigen die Zeit drängte, nahm der Polizeioffizier La Fosse von seinem ursprünglichen Entschluß wieder Abstand und gab Anweisung, den Knaben bei irgendeiner kirchlichen Institution gegen Aushändigung einer Quittung abzugeben, damit man ihn dort taufe und über sein weiteres Schicksal entscheide. Im Kloster von Saint-Merri in der Rue Saint-Martin wurde man ihn los. Er erhielt die Taufe und den Namen Jean-Baptiste. Und weil der Prior an diesem Tage gute Laune hatte und seine karitativen Fonds noch nicht erschöpft waren, ließ man das Kind nicht nach Rouen expedieren, sondern auf Kosten des Klosters aufpäppeln. Es wurde zu diesem Behuf einer Amme namens Jeanne Bussie in der Rue Saint-Denis übergeben, welche bis auf weiteres drei Franc pro Woche für ihre Bemühungen erhielt.

2

Einige Wochen später stand die Amme Jeanne Bussie mit einem Henkelkorb in der Hand vor der Pforte des Klosters von Saint-Merri und sagte dem öffnenden Pater Terrier, einem etwa fünfzigjährigen kahlköpfigen, leicht nach Essig riechenden Mönch »Da!« und stellte den Henkelkorb auf die Schwelle.

»Was ist das?« sagte Terrier und beugte sich über den Korb und schnupperte daran, denn er vermutete Eßbares.

»Der Bastard der Kindermörderin aus der Rue aux Fers!«

Der Pater kramte mit dem Finger im Henkelkorb herum, bis er das Gesicht des schlafenden Säuglings freigelegt hatte.

»Gut schaut er aus. Rosig und wohlgenährt.«

»Weil er sich an mir vollgefressen hat. Weil er mich leergepumpt hat bis auf die Knochen. Aber damit ist jetzt Schluß. Jetzt könnt Ihr ihn selber weiterfüttern mit Ziegenmilch, mit Brei, mit Rübensaft. Er frißt alles, der Bastard.«

Pater Terrier war ein gemütlicher Mann. In seine Zuständigkeit fiel die Verwaltung des klösterlichen Karitativfonds, die Verteilung von Geld an Arme und

Bedürftige. Und er erwartete, daß man ihm dafür Danke sagte und ihn des weiteren nicht belästigte. Technische Einzelheiten waren ihm sehr zuwider, denn Einzelheiten bedeuteten immer Schwierigkeiten, und Schwierigkeiten bedeuteten eine Störung seiner Gemütsruhe, und das konnte er gar nicht vertragen. Er ärgerte sich, daß er die Pforte überhaupt geöffnet hatte. Er wünschte, daß diese Person ihren Henkelkorb nähme und nach Hause ginge und ihn in Ruhe ließe mit ihren Säuglingsproblemen. Langsam richtete er sich auf und sog mit einem Atemzug den Duft von Milch und käsiger Schafswolle ein, den die Amme verströmte. Es war ein angenehmer Duft.

»Ich verstehe nicht, was du willst. Ich verstehe wirklich nicht, worauf du hinauswillst. Ich kann mir nur vorstellen, daß es diesem Säugling durchaus nicht schaden würde, wenn er noch geraume Zeit an deinen Brüsten läge.«

»Ihm nicht«, schnarrte die Amme zurück, »aber mir. Zehn Pfund habe ich abgenommen und dabei gegessen für drei. Und wofür? Für drei Franc in der Woche!«

»Ach, ich verstehe«, sagte Terrier fast erleichtert, »ich bin im Bilde: Es geht also wieder einmal ums Geld.«

»Nein!« sagte die Amme.

»Doch! Immer geht es ums Geld. Wenn an diese Pforte geklopft wird, geht es ums Geld. Einmal wünschte ich mir, daß ich öffnete, und es stünde ein Mensch da, dem es um etwas anderes ginge. Jemand, der beispielsweise eine kleine Aufmerksamkeit vorbeibrächte. Beispielsweise etwas Obst oder ein paar Nüsse. Es gibt doch im Herbst eine Menge Dinge, die man vorbeibringen könnte. Blumen vielleicht. Oder wenn bloß jemand käme und freundlich sagte: ›Gott zum Gruße, Pater Terrier, ich wünsche Ihnen einen schönen Tag!‹ Aber das werde ich wohl nie mehr erleben. Wenn es kein Bettler ist, dann ist es ein Händler, und wenn es kein Händler ist, dann ist es ein Handwerker, und wenn er kein Almosen will, dann präsentiert er eine Rechnung. Ich kann schon gar nicht mehr auf die Straße gehen. Wenn ich auf die Straße gehe, bin ich nach drei Schritten umzingelt von Individuen, die Geld wollen!«

»Nicht von mir«, sagte die Amme.

»Aber ich sage dir eines: Du bist nicht die einzige Amme im Sprengel. Es gibt Hunderte von erstklassigen Ziehmüttern, die sich darum reißen werden, diesen entzückenden Säugling für drei Franc pro Woche an die Brust zu legen oder ihm Brei oder Säfte oder sonstige Nährmittel einzuflößen ...«

»Dann gebt ihn einer von denen!«

»... Andrerseits ist es nicht gut, ein Kind so herumzuschubsen. Wer weiß, ob es mit anderer Milch so gut gedeiht wie mit deiner. Es ist den Duft deiner Brust gewöhnt, mußt du wissen, und den Schlag deines Herzens.«

Und abermals nahm er einen tiefen Atemzug vom warmen Dunst, den die Amme verströmte, und sagte dann, als er merkte, daß seine Worte keinen Eindruck auf sie gemacht hatten:

»Nimm jetzt das Kind mit nach Hause! Ich werde die Sache mit dem Prior besprechen. Ich werde ihm vorschlagen, dir künftig vier Franc in der Woche zu geben.«

»Nein«, sagte die Amme.

»Also gut: fünf!«

»Nein.«

»Wieviel verlangst du denn noch?« schrie Terrier sie an. »Fünf Franc sind ein Haufen Geld für die untergeordnete Aufgabe, ein kleines Kind zu ernähren!«

»Ich will überhaupt kein Geld«, sagte die Amme. »Ich will den Bastard aus dem Haus haben.«

»Aber warum denn, liebe Frau?« sagte Terrier und fingerte wieder in dem Henkelkorb herum. »Er ist doch ein allerliebstes Kind. Er sieht rosa aus, er schreit nicht, er schläft gut, und er ist getauft.«

»Er ist vom Teufel besessen.«

Rasch zog Terrier seine Finger aus dem Korb.

»Unmöglich! Es ist absolut unmöglich, daß ein Säugling vom Teufel besessen ist. Ein Säugling ist kein Mensch, sondern ein Vormensch und besitzt noch keine voll ausgebildete Seele. Infolgedessen ist er für den Teufel uninteressant. Spricht er vielleicht schon? Zuckt es in ihm? Bewegt er Dinge im Zimmer? Geht ein übler Gestank von ihm aus?«

»Er riecht überhaupt nicht«, sagte die Amme.

»Da hast du es! Das ist ein eindeutiges Zeichen. Wenn er vom Teufel besessen wäre, müßte er stinken.«

Und um die Amme zu beruhigen und seinen eigenen Mut unter Beweis zu stellen, hob Terrier den Henkelkorb hoch und hielt ihn sich unter die Nase.

»Ich rieche nichts Absonderliches«, sagte er, nachdem er eine Weile geschnuppert hatte, »wirklich nichts Absonderliches. Mir scheint allerdings, als ob da etwas aus der Windel röche.« Und er hielt ihr den Korb hin, damit sie seinen Eindruck bestätige.

»Das meine ich nicht«, sagte die Amme unwirsch und schob den Korb von sich. »Ich meine nicht das, was in der Windel ist. Seine Exkremente riechen wohl. Er selbst, der Bastard selbst, riecht nicht.«

»Weil er gesund ist«, rief Terrier, »weil er gesund ist, deshalb riecht er nicht! Nur kranke Kinder riechen, das ist doch bekannt. Bekanntlich riecht ein Kind, das Blattern hat, nach Pferdedung, und eines, welches Scharlachfieber hat, nach alten Äpfeln, und ein schwindsüchtiges Kind, das riecht nach Zwiebeln. Es ist gesund, das ist alles, was ihm fehlt. Soll es denn stinken? Stinken denn deine eigenen Kinder?«

»Nein«, sagte die Amme. »Meine Kinder riechen so, wie Menschenkinder riechen sollen.«

Terrier stellte den Henkelkorb vorsichtig auf den Boden zurück, denn er fühlte, wie die ersten Wallungen von Wut über die Widerborstigkeit der Person in ihm aufstiegen. Es war nicht auszuschließen, daß er im Fortgang des Disputes beide Arme zur freieren Gestik benötigte, und er wollte nicht, daß der Säugling dadurch Schaden nähme. Vorerst allerdings verknotete er seine Hände hinter dem Rücken, streckte der Amme seinen spitzen Bauch entgegen und fragte scharf: »Du behauptest also zu wissen, wie ein Menschenkind, das ja immerhin auch – daran möchte ich erinnern, zumal wenn es getauft ist – ein Gotteskind ist, zu riechen habe?«

»Ja«, sagte die Amme.

»Und behauptest ferner, daß, wenn es nicht röche, wie du meintest, daß es riechen solle – du, die Amme Jeanne Bussie aus der Rue Saint-Denis! –, es dann ein Kind des Teufels sei?«

Er schwang die Linke hinter seinem Rücken hervor und hielt ihr drohend den gebogenen Zeigefinger wie ein Fragezeichen vors Gesicht. Die Amme überlegte. Es war ihr nicht recht, daß das Gespräch mit einem Mal zu einem theologischen Verhör ausartete, bei dem sie nur unterliegen konnte.

»Das will ich nicht gesagt haben«, antwortete sie ausweichend. »Ob die Sache etwas mit dem Teufel zu tun hat oder nicht, das müßt Ihr selbst entscheiden, Pater Terrier, dafür bin ich nicht zuständig. Ich weiß nur eins: daß mich vor diesem Säugling graust, weil er nicht riecht, wie Kinder riechen sollen.«

»Aha«, sagte Terrier befriedigt und ließ seinen Arm wieder zurückpendeln. »Das mit dem Teufel nehmen wir also wieder zurück. Gut. Aber nun sage mir gefälligst: Wie riecht ein Säugling denn, wenn er so riecht, wie du glaubst, daß er riechen solle? Na?«

»Gut riecht er«, sagte die Amme.

»Was heißt ›gut‹?« brüllte Terrier sie an. »Gut riecht vieles. Ein Bund Lavendel riecht gut. Suppenfleisch riecht gut. Die Gärten von Arabien riechen gut. Wie riecht ein Säugling, will ich wissen?«

Die Amme zögerte. Sie wußte wohl, wie Säuglinge rochen, sie wußte es ganz genau, sie hatte doch schon Dutzende genährt, gepflegt, geschaukelt, geküßt... sie konnte sie nachts mit der Nase finden, sie trug den Säuglingsgeruch selbst jetzt deutlich in der Nase. Aber sie hatte ihn noch nie mit Worten bezeichnet.

»Na?« bellte Terrier und knipste ungeduldig an seinen Fingernägeln.

»Also –«, begann die Amme, »es ist nicht ganz leicht zu sagen, weil... weil, sie riechen nicht überall gleich, obwohl sie überall gut riechen, Pater, verstehen Sie, also an den Füßen zum Beispiel, da riechen sie wie ein glatter warmer Stein – nein eher wie Topfen ... oder wie Butter, wie frische Butter, ja genau: wie frische Butter riechen sie. Und am Körper riechen sie wie ... wie eine Galette, die man in Milch gelegt hat. Und am Kopf, da oben, hinten auf dem Kopf, wo das Haar den Wirbel macht, da, schauen Sie, Pater, da, wo bei Ihnen nichts mehr ist ...«, und sie tippte Terrier, der über diesen Schwall detaillierter Dummheit für einen Moment sprachlos geworden war und gehorsam den Kopf gesenkt hatte, auf die Glatze, »... hier, genau hier, da riechen sie am besten. Da riechen sie nach Karamel, das riecht so süß, so wunderbar, Pater, Sie machen sich keine Vorstellung! Wenn man sie da gerochen hat, dann liebt man sie, ganz gleich ob es die eignen oder fremde sind. Und so und nicht anders müssen kleine Kinder riechen. Und wenn sie nicht so riechen, wenn sie da oben gar nicht riechen, noch weniger als kalte Luft, so wie der da, der Bastard, dann ... Sie können das erklären, wie Sie wollen, Pater, aber ich« – und sie verschränkte entschlossen die Arme unter ihrem Busen und warf einen so angeekelten Blick auf den Henkelkorb zu ihren Füßen, als enthielte er Kröten –, »ich, Jeanne Bussie, werde das da nicht mehr zu mir nehmen!«

Pater Terrier hob langsam den gesenkten Kopf und fuhr sich ein paarmal mit dem Finger über die Glatze, als wolle er dort Haare ordnen, legte den Finger wie zufällig unter seine Nase und schnupperte nachdenklich.

»Wie Karamel ...?« fragte er und versuchte, seinen strengen Ton wiederzufinden... »Karamel! Was weißt du von Karamel? Hast du schon mal welches gegessen?«

»Nicht direkt«, sagte die Amme. »Aber ich war einmal in einem großen Hotel in der Rue Saint-Honoré und habe zugesehen, wie es gemacht wurde aus geschmolzenem Zucker und Rahm. Es roch so gut, daß ich es nicht mehr vergessen habe.«

»Jaja. Schon recht«, sagte Terrier und entfernte den Finger von der Nase. »Bitte schweige jetzt! Es ist für mich überaus anstrengend, mich weiterhin auf diesem Niveau mit dir zu unterhalten. Ich stelle fest, du weigerst dich, aus welchen Gründen auch immer, den dir anvertrauten Säugling Jean-Baptiste Grenouille weiter zu ernähren, und erstattest ihn hiermit seinem provisorischen Vormund, dem Kloster von Saint-Merri zurück. Ich finde das betrüblich, aber ich kann es wohl nicht ändern. Du bist entlassen.«

Damit packte er den Henkelkorb, nahm noch einen Atemzug von dem verwehenden warmen, wolligen Milchdunst und warf das Tor ins Schloß. Dann ging er in sein Büro.

3

Pater Terrier war ein gebildeter Mann. Er hatte nicht nur Theologie studiert, sondern auch die Philosophen gelesen und beschäftigte sich nebenbei mit Botanik und Alchemie. Er hielt einiges auf die Kraft seines kritischen Geistes. Zwar wäre er nicht so weit gegangen, wie manche es taten, die Wunder, die Orakel oder die

Wahrheit der Texte der Heiligen Schrift in Frage zu stellen, auch wenn sie strenggenommen mit Vernunft allein nicht zu erklären waren, ja dieser sogar oft direkt widersprachen. Von solchen Problemen ließ er lieber seine Finger, sie waren ihm zu ungemütlich und würden ihn nur in die peinlichste Unsicherheit und Unruhe stürzen, wo man doch, gerade um sich seiner Vernunft zu bedienen, der Sicherheit und der Ruhe bedurfte. Was er aber aufs entschiedenste bekämpfte, waren die abergläubischen Vorstellungen des einfachen Volkes: Hexerei und Kartenlesen, Amulettgetrage, böser Blick, Beschwörungen, Vollmondhokuspokus und was sie sonst noch alles trieben – es war ja tief deprimierend zu sehen, daß solche heidnischen Gebräuche nach über tausendjähriger fester Installation der christlichen Religion immer noch nicht ausgerottet waren! Auch die meisten Fälle von sogenannter Teufelsbesessenheit und Satansbündelei erwiesen sich bei näherer Betrachtung als abergläubisches Spektakel. Zwar, die Existenz des Satans selbst zu leugnen, seine Macht zu bezweifeln – so weit würde Terrier nicht gehen; solche Probleme zu entscheiden, die die Grundfesten der Theologie berührten, waren andere Instanzen berufen als ein kleiner einfacher Mönch. Auf der anderen Seite lag es klar zutage, daß, wenn eine einfältige Person wie jene Amme behauptete, sie habe einen Teufelsspuk entdeckt, der Teufel nie und nimmer seine Hand im Spiel haben konnte. Gerade daß sie ihn entdeckt zu haben glaubte, war ein sicherer Beweis dafür, daß da nichts Teuflisches zu entdecken war, denn so dumm stellte sich der Teufel auch wieder nicht an, daß er sich von der Amme Jeanne Bussie entlarven ließ. Und noch dazu mit der Nase! Mit dem primitiven Geruchsorgan, dem niedrigsten der Sinne! Als röche die Hölle nach Schwefel und das Paradies nach Weihrauch und Myrrhe! Schlimmster Aberglaube, wie in dunkelster heidnischster Vorzeit, als die Menschen noch wie Tiere lebten, als sie noch keine scharfen Augen besaßen, die Farbe nicht kannten, aber Blut riechen zu können glaubten, meinten, Freund von Feind zu erriechen, von kannibalischen Riesen und Werwölfen gewittert und von Erinnyen gerochen zu werden, und ihren scheußlichen Göttern stinkende, qualmende Brandopfer brachten. Entsetzlich! ›Es sieht der Narr mit der Nase‹ mehr als mit den Augen, und wahrscheinlich mußte das Licht der gottgegebenen Vernunft noch tausend weitere Jahre leuchten, ehe die letzten Reste des primitiven Glaubens verscheucht waren.

»Ach, und das arme kleine Kind! Das unschuldige Wesen! Liegt in seinem Korb und schlummert, ahnt nichts von den ekligen Verdächtigungen, die gegen es erhoben werden. Du röchest nicht, wie Menschenkinder riechen sollen, wagt die unverschämte Person zu behaupten. Ja, was sagen wir denn dazu? Duziduzi!«

Und er wiegte den Korb sachte auf den Knien, streichelte dem Säugling mit dem Finger über den Kopf und sagte von Zeit zu Zeit »duziduzi«, was er für einen auf Kleinkinder zärtlich und beruhigend wirkenden Ausdruck hielt. »Nach Karamel sollst du riechen, so ein Unsinn, duziduzi!«

Nach einer Weile zog er den Finger zurück, hielt ihn sich unter die Nase, schnupperte, roch aber nichts als das Sauerkraut, das er mittags gegessen hatte.

Er zögerte einen Moment, blickte sich um, ob ihn auch niemand beobachte, hob den Korb empor, senkte seine dicke Nase hinein. Ganz knapp, so daß die dünnen rötlichen Kindshaare seine Nüstern kitzelten, schnoberte er über den Kopf des Säuglings, in der Erwartung, einen Geruch aufzusaugen. Er wußte nicht so recht, wie Säuglinge am Kopf zu riechen hatten. Natürlich nicht nach Karamel, soviel stand fest, denn Karamel war ja geschmolzener Zucker, und wie sollte ein Säugling, der bisher nur Milch getrunken hatte, nach geschmolzenem Zucker riechen. Nach Milch könnte er riechen, nach Ammenmilch. Aber er roch nicht nach Milch. Nach Haaren konnte er riechen, nach Haut und Haaren und vielleicht nach ein bißchen Kinderschweiß. Und Terrier schnupperte und stellte sich darauf ein, Haut, Haare und ein bißchen Kinderschweiß zu riechen. Aber er roch nichts. Beim besten Willen nichts. Wahrscheinlich riecht ein Säugling nicht, dachte er, so wird das sein. Ein Säugling, sofern reinlich gehalten, riecht eben nicht, genausowenig wie er spricht, läuft oder schreibt. Diese Dinge kommen erst mit dem Alter. Strenggenommen strömt der Mensch sogar erst Duft aus, wenn er pubertiert. So ist das und nicht anders. Schreibt nicht schon Horaz »Es böckelt der Jüngling, es duftet erblühend die Jungfrau wie eine weiße Narzisse ...«? – und die Römer verstanden etwas davon! Der Menschenduft ist immer ein fleischlicher Duft – also ein sündiger Duft. Wie sollte also ein Säugling, der doch noch nicht einmal im Traume die fleischliche Sünde kennt, riechen? Wie sollte er riechen? Duziduzi? Gar nicht!

Er hatte den Korb wieder auf die Knie gestellt und

hutschte ihn sachte. Das Kind schlief noch immer fest. Seine rechte Faust schaute unter der Decke hervor, klein und rot, und zuckte manchmal rührend gegen die Wange. Terrier lächelte und kam sich plötzlich sehr gemütlich vor. Für einen Moment gestattete er sich den phantastischen Gedanken, er selbst sei der Vater des Kindes. Er wäre kein Mönch geworden, sondern ein normaler Bürger, ein rechtschaffener Handwerker vielleicht, hätte ein Weib genommen, ein warmes wollig und milchig duftendes Weib, und hätte mit ihr einen Sohn gezeugt und hutschte ihn nun hier auf seinen eigenen Knien, sein eigenes Kind, duziduziduzi ... Es war ihm wohl bei diesem Gedanken. Der Gedanke hatte etwas so Ordentliches. Ein Vater hutscht seinen Sohn auf den Knien, duziduzi, es war ein Bild so alt wie die Welt und immer ein neues und richtiges Bild, solange die Welt bestand, ach ja! Es wurde Terrier ein bißchen warm ums Herz und sentimental im Gemüt.

Da erwachte das Kind. Es erwachte zuerst mit der Nase. Die winzige Nase bewegte sich, sie zog sich nach oben und schnupperte. Sie sog die Luft ein und schnaubte sie in kurzen Stößen aus, wie bei einem unvollkommenen Niesen. Dann rümpfte sich die Nase, und das Kind tat die Augen auf. Die Augen waren von unbestimmter Farbe, zwischen austerngrau und opalweiß-cremig, von einer Art schleimigem Schleier überzogen und offenbar noch nicht sehr gut zum Sehen geeignet. Terrier hatte den Eindruck, daß sie ihn gar nicht gewahrten. Anders die Nase. Während die matten Augen des Kindes ins Unbestimmte schielten, schien die Nase ein bestimmtes Ziel zu fixieren, und

Terrier hatte das sehr sonderbare Gefühl, als sei dieses Ziel er, seine Person, Terrier selbst. Die winzigen Nasenflügel um die zwei winzigen Löcher mitten im Gesicht des Kindes blähten sich wie eine aufgehende Blüte. Oder eher wie die Näpfe jener kleinen fleischfressenden Pflanzen, die man im botanischen Garten des Königs hielt. Und wie von diesen schien ein unheimlicher Sog von ihnen auszugehen. Es war Terrier, als sehe ihn das Kind mit seinen Nüstern, als sehe es ihn scharf und prüfend an, durchdringender, als man es mit Augen könnte, als verschlänge es etwas mit seiner Nase, das von ihm, Terrier, ausging, und das er nicht zurückhalten und nicht verbergen konnte... Das geruchlose Kind roch ihn schamlos ab, so war es! Es witterte ihn aus! Und er kam sich mit einem Mal stinkend vor, nach Schweiß und Essig, nach Sauerkraut und ungewaschenen Kleidern. Er kam sich nackt und häßlich vor, wie begafft von jemandem, der seinerseits nichts von sich preisgab. Selbst durch seine Haut schien es hindurchzuriechen, in sein Innerstes hinein. Die zartesten Gefühle, die schmutzigsten Gedanken lagen bloß vor dieser gierigen kleinen Nase, die noch gar keine rechte Nase war, sondern nur ein Stups, ein sich ständig kräuselndes und blähendes und bebendes winziges löchriges Organ. Terrier schauderte. Er ekelte sich. Er verzog nun seinerseits die Nase wie vor etwas Übelriechendem, mit dem er nichts zu tun haben wollte. Vorbei der anheimelnde Gedanke, es handle sich ums eigne Fleisch und Blut. Zerstoben das sentimentale Idyll von Vater und Sohn und duftender Mutter. Wie weggerissen der gemütlich umhüllende Gedankenschleier, den er sich um das Kind und sich selbst zurechtphantasiert hatte: Ein fremdes, kaltes Wesen lag auf seinen Knien, ein feindseliges Animal, und wenn er nicht ein so besonnener und von Gottesfurcht und rationaler Einsicht geleiteter Charakter gewesen wäre, so hätte er es in einem Anflug von Ekel wie eine Spinne von sich geschleudert.

Mit einem Ruck stand Terrier auf und setzte den Korb auf den Tisch. Er wollte das Ding loshaben, möglichst schnell, möglichst gleich, möglichst sofort.

Und da begann es zu schreien. Es kniff die Augen zusammen, riß seinen roten Schlund auf und kreischte so widerwärtig schrill, daß Terrier das Blut in den Adern erstarrte. Er schüttelte den Korb mit ausgestreckter Hand und schrie »Duziduzi«, um das Kind zum Schweigen zu bringen, aber es brüllte nur noch lauter und wurde ganz blau im Gesicht und sah aus, als wolle es vor Brüllen zerplatzen.

Weg damit! dachte Terrier, augenblicklich weg mit diesem... ›Teufel‹ wollte er sagen und riß sich zusammen und verkniff es sich,... weg mit diesem Unhold, mit diesem unerträglichen Kind! Aber wohin? Er kannte ein Dutzend Ammen und Waisenhäuser im Quartier, aber das war ihm zu nah, zu dicht auf der Haut war ihm das, weiter weg mußte das Ding, so weit, daß man's nicht hörte, so weit, daß man's ihm nicht jede Stunde wieder vor die Türe stellen konnte, nach Möglichkeit mußte es in einen anderen Sprengel, ans andere Ufer noch besser, am allerbesten extra muros, in den Faubourg Saint-Antoine, das war's!, dahin kam der schreiende Balg, weit nach Osten, jenseits der Bastille, wo man nachts die Tore schloß.

Und er raffte seine Soutane und ergriff den brüllenden Korb und rannte davon, rannte durch das Gassengewirr zur Rue du Faubourg Saint-Antoine, die Seine hinauf nach Osten, zur Stadt hinaus, weit, weit hinaus bis zur Rue de Charonne und diese fast bis zum Ende, wo er, in der Nähe des Klosters der Madeleine de Trenelle, die Adresse einer gewissen Madame Gaillard kannte, welche Kostkinder jeglichen Alters und jeglicher Art aufnahm, solange nur jemand dafür zahlte, und dort gab er das immer noch schreiende Kind ab, zahlte für ein Jahr im voraus und floh zurück in die Stadt, warf, im Kloster angekommen, seine Kleider wie etwas Beflecktes ab, wusch sich von Kopf bis Fuß und kroch in seiner Kammer ins Bett, wo er viele Kreuze schlug, lange betete und endlich erleichtert entschlief.

4

Madame Gaillard, obwohl noch keine dreißig Jahre alt, hatte das Leben schon hinter sich. Äußerlich sah sie so alt aus, wie es ihrem wirklichen Alter entsprach, und zugleich doppelt und dreimal und hundertmal so alt, nämlich wie die Mumie eines Mädchens; innerlich aber war sie längst tot. Als Kind hatte sie von ihrem Vater einen Schlag mit dem Feuerhaken über die Stirn bekommen, knapp oberhalb der Nasenwurzel, und seither den Geruchssinn verloren und jedes Gefühl für menschliche Wärme und menschliche Kälte und überhaupt jede Leidenschaft. Zärtlichkeit war ihr mit diesem einen Schlag ebenso fremd geworden wie Abscheu, Freude so fremd wie Verzweiflung. Sie empfand nichts, als sie später ein Mann beschlief, und ebenso nichts, als sie ihre Kinder gebar. Sie trauerte nicht über die, die ihr starben, und freute sich nicht an denen, die ihr blieben. Als ihr Mann sie prügelte, zuckte sie nicht, und sie verspürte keine Erleichterung, als er im Hôtel-Dieu an der Cholera starb. Die zwei einzigen Sensationen, die sie kannte, waren eine ganz leichte Gemütsverdüsterung, wenn die monatliche Migräne nahte, und eine ganz leichte Gemütsaufhellung, wenn die Migräne wieder wich. Sonst spürte diese abgestorbene Frau nichts.

Auf der anderen Seite ... oder vielleicht gerade wegen ihrer vollkommenen Emotionslosigkeit, besaß Madame Gaillard einen gnadenlosen Ordnungs- und Gerechtigkeitssinn. Sie bevorzugte keines der ihr anvertrauten Kinder und benachteiligte keines. Sie verabreichte drei Mahlzeiten am Tag und keinen kleinsten Happen mehr. Sie windelte die Kleinen dreimal am Tag und nur bis zum zweiten Geburtstag. Wer danach noch in die Hose schiß, erhielt eine vorwurfslose Ohrfeige und eine Mahlzeit weniger. Exakt die Hälfte des Kostgelds verwandte sie für die Zöglinge, exakt die Hälfte behielt sie für sich. Sie versuchte in billigen Zeiten nicht, ihren Gewinn zu erhöhen; aber sie legte in harten Zeiten nicht einen einzigen Sol zu, auch nicht, wenn es auf Leben und Tod ging. Das Geschäft hätte sich sonst für sie nicht mehr gelohnt. Sie brauchte das Geld. Sie hatte sich das ganz genau ausgerechnet. Im Alter wollte sie sich eine Rente kaufen und darüberhinaus noch so viel besitzen, daß sie es sich leisten konnte, zuhause zu sterben und nicht im Hôtel-Dieu zu verrecken wie ihr Mann. Sein Tod selbst hatte sie kaltgelassen. Aber ihr graute vor diesem öffentlichen gemeinsamen Sterben mit Hunderten von fremden Menschen. Sie wollte sich einen privaten Tod leisten, und dazu brauchte sie die volle Marge vom Kostgeld. Zwar, es gab Winter, da starben ihr von den zwei Dutzend kleinen Pensionären drei oder vier. Doch damit lag sie immer noch erheblich besser als die meisten anderen privaten Ziehmütter und übertraf die großen staatlichen oder kirchlichen Findelhäuser, deren Verlustquote oft neun Zehntel betrug, bei weitem. Es gab ja auch viel Ersatz. Paris produzierte im Jahr über zehntausend neue Findelkinder, Bastarde und Waisen. So ließ sich mancher Ausfall verschmerzen.

Für den kleinen Grenouille war das Etablissement der Madame Gaillard ein Segen. Wahrscheinlich hätte er nirgendwo anders überleben können. Hier aber, bei dieser seelenarmen Frau gedieh er. Er besaß eine zähe Konstitution. Wer wie er die eigene Geburt im Abfall überlebt hatte, ließ sich nicht mehr so leicht aus der Welt bugsieren. Er konnte tagelang wäßrige Suppen essen, er kam mit der dünnsten Milch aus, vertrug das faulste Gemüse und verdorbenes Fleisch. Im Verlauf seiner Kindheit überlebte er die Masern, die Ruhr, die Windpocken, die Cholera, einen Sechsmetersturz in einen Brunnen und die Verbrühung der Brust mit kochendem Wasser. Zwar trug er Narben davon und Schrunde und Grind und einen leicht verkrüppelten Fuß, der ihn hatschen machte, aber er lebte. Er war zäh wie ein resistentes Bakterium und genügsam wie ein Zeck, der still auf einem Baum sitzt und von einem winzigen Blutströpfchen lebt, das er vor Jahren erbeutet hat. Ein minimales Quantum an Nahrung und

Kleidung brauchte er für seinen Körper. Für seine Seele brauchte er nichts. Geborgenheit, Zuwendung, Zärtlichkeit, Liebe – oder wie die ganzen Dinge hießen, deren ein Kind angeblich bedurfte – waren dem Kinde Grenouille völlig entbehrlich. Vielmehr, so scheint uns, hatte er sie sich selbst entbehrlich gemacht, um überhaupt leben zu können, von Anfang an. Der Schrei nach seiner Geburt, der Schrei unter dem Schlachttisch hervor, mit dem er sich in Erinnerung und seine Mutter aufs Schafott gebracht hatte, war kein instinktiver Schrei nach Mitleid und Liebe gewesen. Es war ein wohlerwogener, fast möchte man sagen ein reiflich erwogener Schrei gewesen, mit dem sich das Neugeborene *gegen* die Liebe und dennoch *für* das Leben entschieden hatte. Unter den obwaltenden Umständen war dieses ja auch nur ohne jene möglich, und hätte das Kind beides gefordert, so wäre es zweifellos alsbald elend zugrunde gegangen. Es hätte damals allerdings auch die zweite ihm offenstehende Möglichkeit ergreifen und schweigen und den Weg von der Geburt zum Tode ohne den Umweg über das Leben wählen können, und es hätte damit der Welt und sich selbst eine Menge Unheil erspart. Um aber so bescheiden abzutreten, hätte es eines Mindestmaßes an eingeborener Freundlichkeit bedurft, und die besaß Grenouille nicht. Er war von Beginn an ein Scheusal. Er entschied sich für das Leben aus reinem Trotz und aus reiner Boshaftigkeit.

Selbstverständlich entschied er sich nicht, wie ein erwachsener Mensch sich entscheidet, der seine mehr oder weniger große Vernunft und Erfahrung gebraucht, um zwischen verschiedenen Optionen zu wählen. Aber er entschied sich doch vegetativ, so wie eine weggeworfene Bohne entscheidet, ob sie nun keimen soll oder ob sie es besser bleiben läßt.

Oder wie jener Zeck auf dem Baum, dem doch das Leben nichts anderes zu bieten hat als ein immerwährendes Überwintern. Der kleine häßliche Zeck, der seinen bleigrauen Körper zur Kugel formt, um der Außenwelt die geringstmögliche Fläche zu bieten; der seine Haut glatt und derb macht, um nichts zu verströmen, kein bißchen von sich hinauszutranspirieren. Der Zeck, der sich extra klein und unansehnlich macht, damit niemand ihn sehe und zertrete. Der einsame Zeck, der in sich versammelt auf seinem Baume hockt, blind, taub und stumm, und nur wittert, jahrelang wittert, meilenweit, das Blut vorüberwandernder Tiere, die er aus eigner Kraft niemals erreichen wird. Der Zeck könnte sich fallen lassen. Er könnte sich auf den Boden des Waldes fallen lassen, mit seinen sechs winzigen Beinchen ein paar Millimeter dahin und dorthin kriechen und sich unters Laub zum Sterben legen, es wäre nicht schade um ihn, weiß Gott nicht. Aber der Zeck, bockig, stur und eklig, bleibt hocken und lebt und wartet. Wartet, bis ihm der höchst unwahrscheinliche Zufall das Blut in Gestalt eines Tieres direkt unter den Baum treibt. Und dann erst gibt er seine Zurückhaltung auf, läßt sich fallen und krallt und bohrt und beißt sich in das fremde Fleisch ...

So ein Zeck war das Kind Grenouille. Es lebte in sich selbst verkapselt und wartete auf bessere Zeiten. An die Welt gab es nichts ab als seinen Kot; kein Lächeln, keinen Schrei, keinen Glanz des Auges, nicht einmal einen eigenen Duft. Jede andere Frau hätte dieses monströse Kind verstoßen. Nicht so Madame Gaillard. Sie roch ja nicht, daß es nicht roch, und sie erwartete keine seelische Regung von ihm, weil ihre eigene Seele versiegelt war.

Die andern Kinder dagegen spürten sofort, was es mit Grenouille auf sich hatte. Vom ersten Tag an war ihnen der Neue unheimlich. Sie mieden die Kiste, in der er lag, und rückten auf ihren Schlafgestellen enger zusammen, als wäre es kälter geworden im Zimmer. Die jüngeren schrien manchmal des Nachts; ihnen war, als zöge ein Windzug durch die Kammer. Andere träumten, es nehme ihnen etwas den Atem. Einmal taten sich die älteren zusammen, um ihn zu ersticken. Sie häuften Lumpen und Decken und Stroh auf sein Gesicht und beschwerten das ganze mit Ziegeln. Als Madame Gaillard ihn am nächsten Morgen ausgrub, war er zerknautscht und zerdrückt und blau, aber nicht tot. Sie versuchten es noch ein paarmal, vergebens. Ihn direkt zu erwürgen, am Hals, mit eigenen Händen, oder ihm Mund oder Nase zu verstopfen, was eine sicherere Methode gewesen wäre, das wagten sie nicht. Sie wollten ihn nicht berühren. Sie ekelten sich vor ihm wie vor einer dicken Spinne, die man nicht mit eigner Hand zerquetschen will.

Als er größer wurde, gaben sie die Mordanschläge auf. Sie hatten wohl eingesehen, daß er nicht zu vernichten war. Statt dessen gingen sie ihm aus dem Weg, liefen davon, hüteten sich in jedem Fall vor Berührung. Sie haßten ihn nicht. Sie waren auch nicht eifersüchtig oder futterneidisch auf ihn. Für solche Gefühle hätte es im Hause Gaillard nicht den geringsten Anlaß gegeben. Es störte sie ganz einfach, daß er da war. Sie konnten ihn nicht riechen. Sie hatten Angst vor ihm.

5

Dabei besaß er, objektiv gesehen, gar nichts Angsteinflößendes. Er war, als er heranwuchs, nicht besonders groß, nicht stark, zwar häßlich, aber nicht so extrem häßlich, daß man vor ihm hätte erschrecken müssen. Er war nicht aggressiv, nicht link, nicht hinterhältig, er provozierte nicht. Er hielt sich lieber abseits. Auch seine Intelligenz schien alles andere als fürchterlich zu sein. Erst mit drei Jahren begann er auf zwei Beinen zu stehen, sein erstes Wort sprach er mit vier, es war das Wort »Fische«, das in einem Moment plötzlicher Erregung aus ihm hervorbrach wie ein Echo, als von ferne ein Fischverkäufer die Rue de Charonne heraufkam und seine Ware ausschrie. Die nächsten Wörter, derer er sich entäußerte, waren »Pelargonie«, »Ziegenstall«, »Wirsing« und »Jacqueslorreur«, letzteres der Name eines Gärtnergehilfen des nahegelegenen Stifts der Filles de la Croix, der bei Madame Gaillard gelegentlich gröbere und gröbste Arbeiten verrichtete und sich dadurch auszeichnete, daß er sich im Leben noch kein einziges Mal gewaschen hatte. Mit den Zeitwörtern, den Adjektiven und Füllwörtern hatte er es weniger. Bis auf »ja« und »nein« – die er übrigens sehr spät zum ersten Mal aussprach – gab er nur Hauptwörter, ja eigentlich nur Eigennamen von konkreten Dingen, Pflanzen, Tieren und Menschen von sich, und auch nur dann, wenn ihn diese Dinge, Pflanzen, Tiere oder Menschen unversehens geruchlich überwältigten.

In der Märzsonne auf einem Stapel Buchenscheite sitzend, die in der Wärme knackten, war es, daß er zum ersten Mal das Wort »Holz« aussprach. Er hatte hundertmal zuvor schon Holz gesehen, das Wort schon hundertmal gehört. Er verstand es auch, war er doch im Winter oft hinausgeschickt worden, um Holz zu holen. Aber der Gegenstand Holz war ihm nie interessant genug vorgekommen, als daß er sich die Mühe gegeben hätte, seinen Namen auszusprechen. Das geschah erst an jenem Märztag, als er auf dem Stapel saß. Der Stapel war wie eine Bank an der Südseite des Schuppens von Madame Gaillard unter einem überhängenden Dach aufgeschichtet. Brenzlig süß rochen die obersten Scheite, moosig duftete es aus der Tiefe des Stapels herauf, und von der Fichtenwand des Schuppens fiel in der Wärme bröseliger Harzduft ab.

Grenouille saß mit ausgestreckten Beinen auf dem Stapel, den Rücken gegen die Schuppenwand gelehnt, er hatte die Augen geschlossen und rührte sich nicht. Er sah nichts, er hörte und spürte nichts. Er roch nur den Duft des Holzes, der um ihn herum aufstieg und sich unter dem Dach wie unter einer Haube fing. Er trank diesen Duft, er ertrank darin, imprägnierte sich damit bis in die letzte innerste Pore, wurde selbst Holz, wie eine hölzerne Puppe, wie ein Pinocchio lag er auf dem Holzstoß, wie tot, bis er, nach langer Zeit, vielleicht nach einer halben Stunde erst, das Wort »Holz« hervorwürgte. Als sei er angefüllt mit Holz bis über beide Ohren, als stünde ihm das Holz schon bis zum Hals, als habe er den Bauch, den Schlund, die Nase übervoll von Holz, so kotzte er das Wort heraus. Und das brachte ihn zu sich, errettete ihn, kurz bevor die überwältigende Gegenwart des Holzes selbst, sein Duft, ihn zu ersticken drohte. Er rappelte sich auf, rutschte von dem Stapel herunter und wankte wie auf hölzernen Beinen davon. Noch Tage später war er von dem intensiven Geruchserlebnis ganz benommen und brabbelte, wenn die Erinnerung daran zu kräftig in ihm aufstieg, beschwörend »Holz, Holz« vor sich hin.

So lernte er sprechen. Mit Wörtern, die keinen riechenden Gegenstand bezeichneten, mit abstrakten Begriffen also, vor allem ethischer und moralischer Natur, hatte er die größten Schwierigkeiten. Er konnte sie nicht behalten, verwechselte sie, verwendete sie noch als Erwachsener ungern und oft falsch: Recht, Gewissen, Gott, Freude, Verantwortung, Demut, Dankbarkeit usw. – was damit ausgedrückt sein sollte, war und blieb ihm schleierhaft.

Andrerseits hätte die gängige Sprache schon bald nicht mehr ausgereicht, all jene Dinge zu bezeichnen, die er als olfaktorische Begriffe in sich versammelt hatte. Bald roch er nicht mehr bloß Holz, sondern Holzsorten, Ahornholz, Eichenholz, Kiefernholz, Ulmenholz, Birnbaumholz, altes, junges, morsches, modriges, moosiges Holz, ja sogar einzelne Holzscheite, Holzsplitter und Holzbrösel – und roch sie als so deutlich unterschiedene Gegenstände, wie andre Leute sie nicht mit Augen hätten unterscheiden können. Ähnlich erging es ihm mit anderen Dingen. Daß jenes weiße Getränk, welches Madame Gaillard allmorgendlich ihren Zöglingen verabreichte, durchweg als Milch bezeichnet wurde, wo es doch nach Grenouilles Empfinden jeden Morgen durchaus anders roch und schmeckte, je nachdem wie warm es war, von welcher Kuh es stammte, was diese Kuh gefressen hatte, wieviel Rahm man ihm belassen hatte und so fort ... daß Rauch, daß ein von hundert Einzeldüften schillerndes, minuten-, ja sekundenweis sich wandelndes und zu neuer Einheit mischendes Geruchsgebilde wie der Rauch des Feuers nur eben jenen einen Namen »Rauch« besaß ... daß Erde, Landschaft, Luft, die von Schritt zu Schritt und von Atemzug zu Atemzug von anderem Geruch erfüllt und damit von andrer Identität beseelt waren, dennoch nur mit jenen drei plumpen Wörtern bezeichnet sein sollten – all diese grotesken Mißverhältnisse zwischen dem Reichtum der geruchlich wahrgenommenen Welt und der Armut der Sprache, ließen den Knaben Grenouille am Sinn der Sprache überhaupt zweifeln; und er bequemte sich zu ihrem Gebrauch nur, wenn es der Umgang mit anderen Menschen unbedingt erforderlich machte.

Mit sechs Jahren hatte er seine Umgebung olfaktorisch vollständig erfaßt. Es gab im Hause der Madame Gaillard keinen Gegenstand, in der nördlichen Rue de Charonne keinen Ort, keinen Menschen, keinen Stein, Baum, Strauch oder Lattenzaun, keinen noch so kleinen Flecken, den er nicht geruchlich kannte, wiedererkannte und in der jeweiligen Einmaligkeit fest im Gedächtnis verwahrte. Zehntausend, hunderttausend spezifische Eigengerüche hatte er gesammelt und hielt sie zu seiner Verfügung, so deutlich, so beliebig, daß er sich nicht nur ihrer erinnerte, wenn er sie wiederroch, sondern daß er sie tatsächlich roch, wenn er sich ihrer wiedererinnerte; ja, mehr noch, daß er sie sogar in seiner bloßen Phantasie untereinander neu zu kombinieren verstand und dergestalt in sich Gerüche erschuf, die es in der wirklichen Welt gar nicht gab. Es war, als besäße er ein riesiges selbsterlerntes Vokabular von Gerüchen, das ihn befähigte, eine schier beliebig große Menge neuer Geruchssätze zu bilden – und dies in einem Alter, da andere Kinder mit den ihnen mühsam eingetrichterten Wörtern die ersten, zur Beschreibung der Welt höchst unzulänglichen konventionellen Sätze stammelten. Am ehesten war seine Begabung vielleicht der eines musikalischen Wunderkindes vergleichbar, das den Melodien und Harmonien das Alphabet der einzelnen Töne abgelauscht hatte und nun selbst vollkommen neue Melodien und Harmonien komponierte – mit dem Unterschied freilich, daß das Alphabet der Gerüche ungleich größer und differenzierter war als das der Töne, und mit dem Unterschied ferner, daß sich die schöpferische Tätigkeit des Wunderkinds Grenouille allein in seinem Innern abspielte und von niemandem wahrgenommen werden konnte als nur von ihm selbst.

Nach außen hin wurde er immer verschlossener. Am liebsten streifte er allein durch den nördlichen Faubourg Saint-Antoine, durch Gemüsegärten, Weinfelder, über Wiesen. Manchmal kehrte er abends nicht nach Hause zurück, blieb tagelang verschollen. Die fällige Züchtigung mit dem Stock ertrug er ohne Schmerzensäußerung. Hausarrest, Essensentzug, Strafarbeit konnten sein Benehmen nicht ändern. Ein einneinhalbjähriger sporadischer Besuch der Pfarrschule von Notre Dame de Bon Secours blieb ohne erkennbare Wirkung. Er lernte ein bißchen buchstabieren und den eignen Namen schreiben, sonst nichts. Sein Lehrer hielt ihn für schwachsinnig.

Madame Gaillard hingegen fiel auf, daß er bestimmte Fähigkeiten und Eigenheiten besaß, die sehr ungewöhnlich, um nicht zu sagen übernatürlich waren: So schien ihm die kindliche Angst vor der Dunkelheit und der Nacht völlig fremd zu sein. Man konnte ihn jederzeit zu einer Besorgung in den Keller schicken, wohin sich die anderen Kinder kaum mit einer Lampe wagten, oder hinaus zum Schuppen zum Holzholen bei stockfinsterer Nacht. Und nie nahm er ein Licht mit und fand sich doch zurecht und brachte sofort das Verlangte, ohne einen falschen Griff zu tun, ohne zu stolpern oder etwas umzustoßen. Noch merkwürdiger freilich erschien es, daß er, wie Madame Gaillard festgestellt zu haben glaubte, durch Papier, Stoff, Holz, ja sogar durch festgemauerte Wände und geschlossene Türen hindurchzusehen vermochte. Er wußte, wieviel und welche Zöglinge sich im Schlafraum aufhielten, ohne ihn betreten zu haben. Er wußte, daß eine Raupe im Blumenkohl steckte, ehe der Kopf zerteilt war. Und einmal, als sie ihr Geld so gut versteckt hatte, daß sie es selbst nicht mehr wiederfand (sie änderte ihre Verstecke), deutete er, ohne eine Sekunde zu suchen, auf eine Stelle hinter dem Kaminbalken, und siehe, da war es! Sogar in die Zukunft konnte er sehen, indem er nämlich den Besuch einer Person lange vor ihrem Eintreffen ankündigte oder das Nahen eines Gewitters unfehlbar vorauszusagen wußte, ehe noch das kleinste Wölkchen am Himmel stand. Daß er dies alles freilich nicht sah, nicht mit Augen sah, sondern mit seiner immer schärfer und präziser riechenden Nase erwitterte: die Raupe im Kohl, das Geld hinterm Balken, die Menschen durch Wände hindurch und über eine Entfernung von mehreren Straßenzügen hinweg – darauf wäre Madame Gaillard im Traume nicht gekommen, auch wenn jener Schlag mit dem Feuerhaken ihren Olfaktorius unbeschädigt gelassen hätte. Sie war davon überzeugt, der Knabe müsse – Schwachsinn hin oder her – das zweite Gesicht besitzen. Und da sie wußte, daß Zwiegesichtige Unheil und Tod anziehen, wurde er ihr unheimlich. Noch unheimlicher, geradezu unerträglich war ihr der Gedanke, mit jemandem unter einem Dach zu leben, der die Gabe hatte, sorgfältig verstecktes Geld durch Wände und Balken hindurch zu sehen, und als sie diese entsetzliche Fähigkeit Grenouilles entdeckt hatte, trachtete sie danach, ihn loszuwerden, und es traf sich gut, daß etwa um die gleiche Zeit – Grenouille war acht Jahre alt – das Kloster von Saint-Merri seine jährlichen Zahlungen ohne Angabe von Gründen einstellte. Madame mahnte nicht nach. Anstandshalber wartete sie noch eine Woche, und als das fällige Geld dann immer noch nicht eingetroffen war, nahm sie den Knaben bei der Hand und ging mit ihm in die Stadt.

In der Rue de la Mortellerie, nahe dem Fluß, kannte sie einen Gerber namens Grimal, der notorischen Bedarf an jugendlichen Arbeitskräften hatte – nicht an ordentlichen Lehrlingen oder Gesellen, sondern an billigen Kulis. Es gab nämlich in dem Gewerbe Arbeiten – das Entfleischen verwesender Tierhäute, das Mischen von giftigen Gerb- und Färbebrühen, das Ausbringen ätzender Lohen –, die so lebensgefährlich waren, daß ein verantwortungsbewußter Meister nach Möglichkeit nicht seine gelernten Hilfskräfte dafür verschwendete, sondern arbeitsloses Gesindel, Herumtreiber oder eben herrenlose Kinder, nach denen im

Zweifelsfalle niemand mehr fragte. Natürlich wußte Madame Gaillard, daß Grenouille in Grimals Gerberwerkstatt nach menschlichem Ermessen keine Überlebenschance besaß. Aber sie war nicht die Frau, sich darüber Gedanken zu machen. Ihre Pflicht hatte sie ja getan. Das Pflegeverhältnis war beendet. Was mit dem Zögling weiterhin geschah, ging sie nichts an. Wenn er durchkam, so war's gut, wenn er starb, so war's auch gut – Hauptsache, alles ging rechtens zu. Und so ließ sie sich von Monsieur Grimal die Übergabe des Knaben schriftlich bestätigen, quittierte ihrerseits den Erhalt von fünfzehn Franc Provision und machte sich wieder auf nach Hause in die Rue de Charonne. Sie verspürte nicht den geringsten Anflug eines schlechten Gewissens. Im Gegenteil glaubte sie, nicht nur rechtens, sondern auch gerecht gehandelt zu haben, denn der Verbleib eines Kindes, für das niemand zahlte, wäre ja notwendigerweise zu Lasten der anderen Kinder gegangen oder sogar zu ihren eigenen Lasten und hätte womöglich die Zukunft der anderen Kinder gefährdet oder sogar ihre eigene Zukunft, das heißt ihren eignen, abgeschirmten, privaten Tod, der das einzige war, was sie sich im Leben noch wünschte.

Da wir Madame Gaillard an dieser Stelle der Geschichte verlassen und ihr auch später nicht mehr wiederbegegnen werden, wollen wir in ein paar Sätzen das Ende ihrer Tage schildern. Madame, obwohl als Kind schon innerlich gestorben, wurde zu ihrem Unglück sehr, sehr alt. Anno 1782, mit fast siebzig Jahren, gab sie ihr Gewerbe auf, kaufte sich wie vorgehabt in eine Rente ein, saß in ihrem Häuschen und wartete auf den Tod. Der Tod aber kam nicht. Statt seiner kam etwas, womit kein Mensch auf der Welt hätte rechnen können und was es im Lande noch nie gegeben hatte, nämlich eine Revolution, das heißt eine rasante Umwandlung sämtlicher gesellschaftlicher, moralischer und transzendentaler Verhältnisse. Zunächst hatte diese Revolution keine Auswirkungen auf Madame Gaillards persönliches Schicksal. Dann aber – sie war nun fast achtzig – hieß es mit einem Mal, ihr Rentengeber habe emigrieren müssen, sei enteignet und sein Besitz an einen Hosenfabrikanten versteigert worden. Es sah eine Weile lang noch so aus, als habe auch dieser Wandel noch keine fatalen Auswirkungen für Madame Gaillard, denn der Hosenfabrikant zahlte weiterhin pünktlich die Rente. Aber dann kam der Tag, da sie ihr Geld nicht mehr in harter Münze, sondern in Form von kleinen bedruckten Papierblättchen erhielt, und das war der Anfang ihres materiellen Endes.

Nach Verlauf von zwei Jahren reichte die Rente nicht einmal mehr aus, das Feuerholz zu bezahlen. Madame sah sich gezwungen, ihr Haus zu verkaufen, zu lächerlich geringem Preis, denn es gab plötzlich außer ihr Tausende von anderen Leuten, die ihr Haus ebenfalls verkaufen mußten. Und wieder bekam sie als Gegenwert nur diese blöden Blättchen, und wieder waren sie nach zwei Jahren so gut wie nichts mehr wert, und im Jahre 1797 – sie ging nun auf die Neunzig zu – hatte sie ihr gesamtes, in mühevoller säkularer Arbeit zusammengescharrtes Vermögen verloren und hauste in einer winzigen möblierten Kammer in der Rue des Coquilles. Und nun erst, mit zehn-, mit zwanzigjähriger Verspätung, kam der Tod herbei und kam in Gestalt einer langwierigen Geschwulstkrankheit, die Madame an der Kehle packte und ihr erst den Appetit und dann die Stimme raubte, so daß sie mit keinem Wort Einspruch erheben konnte, als sie ins Hôtel-Dieu fortgeschafft wurde. Dort brachte man sie in den gleichen, von Hunderten todkranker Menschen bevölkerten Saal, in dem schon ihr Mann gestorben war, steckte sie in ein Gemeinschaftsbett zu fünf anderen alten wildfremden Weibern, körperdicht Leib an Leib lagen sie, und ließ sie dort drei Wochen lang in aller Öffentlichkeit sterben. Dann wurde sie in einen Sack genäht, um vier Uhr früh nebst fünfzig anderen Leichen auf einen Transportkarren geworfen und unter dem dünnen Gebimmel eines Glöckchens zum neubegründeten Friedhof von Clamart, eine Meile vor den Toren der Stadt, gefahren und dort in einem Massengrab zur letzten Ruhe gebettet, unter einer dicken Schicht von ungelöschtem Kalk.

Das war im Jahre 1799. Gottseidank ahnte Madame nichts von diesem ihr bevorstehenden Schicksal, als sie an jenem Tag des Jahres 1747 nach Hause ging und den Knaben Grenouille und unsere Geschichte verließ. Sie hätte womöglich ihren Glauben an die Gerechtigkeit verloren und damit an den einzigen ihr begreiflichen Sinn des Lebens.

6

Mit dem ersten Blick, den er auf Monsieur Grimal geworfen – nein, mit dem ersten witternden Atemzug, den er von Grimals Geruchsaura eingesogen hatte, wußte Grenouille, daß dieser Mann imstande war, ihn bei der geringsten Unbotmäßigkeit zu Tode zu prügeln. Sein Leben galt gerade noch so viel wie die Arbeit, die er verrichten konnte, es bestand nur noch aus der Nützlichkeit, die Grimal ihm beimaß. Und so kuschte Grenouille, ohne auch nur ein einziges Mal den Versuch einer Auflehnung zu machen. Von einem Tag zum andern verkapselte er wieder die ganze Energie seines Trotzes und seiner Widerborstigkeit in sich selbst, verwendete sie allein dazu, auf zeckenhafte Manier die Epoche der bevorstehenden Eiszeit zu überdauern: zäh, genügsam, unauffällig, das Licht der Lebenshoffnung auf kleinster, aber wohlbehüteter Flamme haltend. Er war nun ein Muster an Fügsamkeit, Anspruchslosigkeit und Arbeitswillen, gehorchte aufs Wort, nahm mit jeder Speise vorlieb. Abends ließ er sich brav in einen seitlich an die Werkstatt gebauten Verschlag sperren, in dem Gerätschaften aufbewahrt wurden und eingesalzne Rohhäute hingen. Hier schlief er auf dem blanken gestampften Erdboden. Tagsüber arbeitete er, solange es hell war, im Winter acht, im Sommer vierzehn, fünfzehn, sechzehn Stunden: entfleischte die bestialisch stinkenden Häute, wässerte, enthaarte, kälkte, ätzte, walkte sie, strich sie mit Beizkot ein, spaltete Holz, entrindete Birken und Eiben, stieg hinab in die von beißendem Dunst erfüllten Lohgruben, schichtete, wie es ihm die Gesellen befahlen, Häute und Rinden übereinander, streute zerquetschte Galläpfel aus, überdeckte den entsetzlichen Scheiterhaufen mit Eibenzweigen und Erde. Jahre später mußte er ihn dann wieder ausbuddeln und die zu gegerbtem Leder mumifizierten Hautleichen aus ihrem Grab holen.

Wenn er nicht Häute ein- oder ausgrub, dann schleppte er Wasser. Monatelang schleppte er Wasser vom Fluß herauf, immer zwei Eimer, Hunderte von Eimern am Tag, denn das Gewerbe verlangte Unmengen von Wasser zum Waschen, zum Weichen, zum Brühen, zum Färben. Monatelang hatte er keine trockene Faser mehr am Leibe vor lauter Wassertragen, abends troffen ihm die Kleider von Wasser, und seine Haut war kalt, weich und aufgeschwemmt wie Waschleder.

Nach einem Jahr dieser mehr tierischen als menschlichen Existenz bekam er den Milzbrand, eine gefürchtete Gerberkrankheit, die üblicherweise tödlich verläuft. Grimal hatte ihn schon abgeschrieben und sah sich nach Ersatz um – nicht ohne Bedauern übrigens, denn einen genügsameren und leistungsfähigeren Arbeiter als diesen Grenouille hatte er noch nie gehabt. Entgegen aller Erwartung jedoch überstand Grenouille die Krankheit. Ihm blieben nur die Narben der großen schwarzen Karbunkel hinter den Ohren, am Hals und an den Wangen, die ihn entstellten und noch häßlicher machten, als er ohnehin schon war. Ihm blieb ferner – unschätzbarer Vorteil – eine Resistenz gegen den Milzbrand, so daß er von nun an sogar mit rissigen und blutigen Händen die schlechtesten Häute entfleischen konnte, ohne Gefahr zu laufen, sich erneut anzustecken. Dadurch unterschied er sich nicht nur von den Lehrlingen und Gesellen, sondern auch von seinen eigenen potentiellen Nachfolgern. Und weil er nun nicht mehr so leicht zu ersetzen war wie ehedem, stieg der Wert seiner Arbeit und damit der Wert seines Lebens. Plötzlich mußte er nicht mehr auf der nackten Erde schlafen, sondern durfte sich im Schuppen ein Holzlager bauen, bekam Stroh daraufgeschüttet und eine eigene Decke. Zum Schlafen sperrte man ihn nicht mehr ein. Das Essen war auskömmlicher. Grimal hielt ihn nicht mehr wie irgendein Tier, sondern wie ein nützliches Haustier.

Als er zwölf Jahre alt war, gab ihm Grimal den halben Sonntag frei, und mit dreizehn durfte er sogar wochentags am Abend nach der Arbeit eine Stunde lang weggehen und tun, was er wollte. Er hatte gesiegt, denn er lebte, und er besaß ein Quantum von Freiheit, das genügte, um weiterzuleben. Die Zeit des Überwinterns war vorbei. Der Zeck Grenouille regte sich wieder. Er witterte Morgenluft. Die Jagdlust packte ihn. Das größte Geruchsrevier der Welt stand ihm offen: die Stadt Paris.

7

Es war wie im Schlaraffenland. Allein die nahegelegenen Viertel von Saint-Jacques-de-la-Boucherie und von Saint-Eustache waren ein Schlaraffenland. In den Gassen seitab der Rue Saint-Denis und der Rue Saint-Martin lebten die Menschen so dicht beieinander, drängte sich Haus so eng an Haus, fünf, sechs Stockwerke hoch, daß man den Himmel nicht sah und die Luft unten am Boden wie in feuchten Kanälen stand und vor Gerüchen starrte. Es mischten sich Menschen- und Tiergerüche, Dunst von Essen und Krankheit, von Wasser und Stein und Asche und Leder, von Seife und frischgebackenem Brot und von Eiern, die man in Essig kochte, von Nudeln und blankgescheuertem Messing, von Salbei und Bier und Tränen, von Fett und nassem und trockenem Stroh. Tausende und Abertausende von Gerüchen bildeten einen unsichtbaren Brei, der die Schluchten der Gassen anfüllte, sich über den Dächern nur selten, unten am Boden niemals verflüchtigte. Die Menschen, die dort lebten, rochen in diesem Brei nichts Besonderes mehr; er war ja aus ihnen entstanden und hatte sie wieder und wieder durchtränkt, er war ja die Luft, die sie atmeten und von der sie lebten, er war wie eine langgetragene warme Kleidung, die man nicht mehr riecht und nicht mehr auf der Haut spürt. Grenouille aber roch alles wie zum ersten Mal. Und er roch nicht nur die Gesamtheit dieses Duftgemenges, sondern er spaltete es analytisch auf in seine kleinsten und entferntesten Teile und Teilchen. Seine feine Nase entwirrte das Knäuel aus Dunst und Gestank zu einzelnen Fäden von Grundgerüchen, die nicht mehr weiter zerlegbar waren. Es machte ihm unsägliches Vergnügen, diese Fäden aufzudröseln und aufzuspinnen.

Oft blieb er stehen, an eine Hausmauer gelehnt oder in eine dunkle Ecke gedrängt, mit geschlossenen Augen, halbgeöffnetem Mund und geblähten Nüstern, still wie ein Raubfisch in einem großen, dunklen, langsam fließenden Wasser. Und wenn endlich ein Lufthauch ihm das Ende eines zarten Duftfadens zuspielte, dann stieß er zu und ließ nicht mehr los, dann roch er nichts mehr als diesen einen Geruch, hielt ihn fest, zog ihn in sich hinein und bewahrte ihn in sich für alle Zeit. Es mochte ein altbekannter Geruch sein oder eine Variation davon, es konnte aber auch ein ganz neuer sein, einer, der kaum oder gar keine Ähnlichkeit mit allem besaß, was er bis dahin gerochen, geschweige denn gesehen hatte: der Geruch von gebügelter Seide etwa; der Geruch eines Tees von Quendel, der Geruch eines Stücks silberbestickten Brokats, der Geruch eines Korkens aus einer Flasche mit seltenem Wein, der Geruch eines Schildpattkamms. Hinter solchen ihm noch unbekannten Gerüchen war Grenouille her, sie jagte er mit der Leidenschaft und Geduld eines Anglers und sammelte sie in sich.

Wenn er sich am dicken Brei der Gassen sattgerochen hatte, ging er in luftigeres Gelände, wo die Gerüche dünner waren, sich mit Wind vermischten und entfalteten, fast wie ein Parfum: auf den Platz der Hallen etwa, wo in den Gerüchen abends noch der Tag fortlebte, unsichtbar, aber so deutlich, als wuselten da noch im Gedränge die Händler, als stünden da noch die vollgepackten Körbe mit Gemüse und Eiern, die Fässer voll Wein und Essig, die Säcke mit Gewürzen und Kartoffeln und Mehl, die Kästen mit Nägeln und Schrauben, die Fleischtische, die Tische voll von Stoffen und Geschirr und Schuhsohlen und all den hundert andern Dingen, die dort tagsüber verkauft wurden ... das ganze Getriebe war bis in die kleinste Einzelheit präsent in der Luft, die es hinterlassen hatte. Grenouille sah den ganzen Markt riechend, wenn man so sagen kann. Und er roch ihn genauer, als mancher ihn sehen könnte, denn er nahm ihn im nachhinein wahr und deshalb auf höhere Weise: als Essenz, als den Geist von etwas Gewesenem, der nicht durch die üblichen Attribute der Gegenwart gestört war, als da sind der Lärm, das Grelle, das ekle Aneinander der leibhaftigen Menschen.

Oder er ging dorthin, wo man seine Mutter geköpft hatte, zur Place de Grève, die wie eine große Zunge in den Fluß hineinleckte. Hier lagen, ans Ufer gezogen oder an Pfosten vertäut, die Schiffe und rochen nach Kohle und Korn und Heu und feuchten Tauen.

Und von Westen her kam durch diese einzige Schneise, die der Fluß durch die Stadt schnitt, ein breiter Windstrom und brachte Gerüche vom Land her, von den Wiesen bei Neuilly, von den Wäldern zwischen Saint-Germain und Versailles, von weit entfernt gelegenen Städten wie Rouen oder Caen und manchmal sogar vom Meer. Das Meer roch wie ein geblähtes Segel, in dem sich Wasser, Salz und eine kalte Sonne fingen. Es roch simpel, das Meer, aber zugleich roch es groß und einzigartig, so daß Grenouille zögerte, seinen Geruch aufzuspalten in das Fischige, das Salzige, das Wäßrige, das Tangige, das Frische und so weiter. Er ließ den Geruch des Meeres lieber beisammen, verwahrte ihn als ganzes im Gedächtnis und genoß ihn ungeteilt. Der Geruch des Meeres gefiel ihm so gut, daß er sich wünschte, ihn einmal rein und unvermischt und in solchen Mengen zu bekommen, daß er sich dran besaufen könnte. Und später, als er aus Erzählungen erfuhr, wie groß das Meer sei und daß man darauf tagelang mit Schiffen fahren konnte, ohne Land zu sehen, da war ihm nichts lieber als die Vorstellung, er säße auf so einem Schiff, hoch oben im Korb auf dem vordersten Mast, und flöge dahin durch den unendlichen Geruch des Meeres, der ja eigentlich gar kein Geruch war, sondern ein Atem, ein Ausatmen, das Ende aller Gerüche, und löse sich auf vor Vergnügen in diesem Atem. Aber dahin sollte es nie kommen, denn Grenouille, der an der Place de Grève am Ufer stand und mehrmals einen kleinen Fetzen Meerwind, den er in die Nase bekommen hatte, aus- und einatmete, sollte das Meer, das eigentliche Meer, den großen Ozean, der im Westen lag, in seinem Leben niemals sehen und sich nie mit diesem Geruch vermischen dürfen.

Das Viertel zwischen Saint-Eustache und dem Hôtel de Ville hatte er bald so genau durchrochen, daß er sich darin bei stockfinsterer Nacht zurechtfand. Und so dehnte er sein Jagdgebiet aus, zunächst nach Westen hin zum Faubourg Saint-Honoré, dann die Rue Saint-Antoine hinauf bis zur Bastille, und schließlich sogar auf die andere Seite des Flusses hinüber in das Sorbonneviertel und in den Faubourg Saint-Germain, wo die reichen Leute wohnten. Durch die Eisengitter der Toreinfahrten roch es nach Kutschenleder und nach dem Puder in den Perücken der Pagen, und über die hohen Mauern hinweg strich aus den Gärten der Duft des Ginsters und der Rosen und der frisch geschnittenen Liguster. Hier war es auch, daß Grenouille zum ersten Mal Parfums im eigentlichen Sinn des Wortes roch: einfache Lavendel- oder Rosenwässer, mit denen bei festlichen Anlässen die Springbrunnen der Gärten gespeist wurden, aber auch komplexere, kostbarere Düfte von Moschustinktur gemischt mit dem Öl von Neroli und Tuberose, Joncquille, Jasmin oder Zimt, die abends wie ein schweres Band hinter den Equipagen herwehten. Er registrierte diese Düfte, wie er profane Gerüche registrierte, mit

Neugier, aber ohne besondere Bewunderung. Zwar merkte er, daß es die Absicht der Parfums war, berauschend und anziehend zu wirken, und er erkannte die Güte der einzelnen Essenzen, aus denen sie bestanden. Aber als ganzes erschienen sie ihm doch eher grob und plump, mehr zusammengepanscht als komponiert, und er wußte, daß er ganz andere Wohlgerüche würde herstellen können, wenn er nur über die gleichen Grundstoffe verfügte.

Viele dieser Grundstoffe kannte er schon von den Blumen- und Gewürzständen des Marktes her; andre waren ihm neu, und diese filterte er aus den Duftgemischen heraus und bewahrte sie namenlos im Gedächtnis: Amber, Zibet, Patschuli, Sandelholz, Bergamotte, Vetiver, Opoponax, Benzoe, Hopfenblüte, Bibergeil ...

Wählerisch ging er nicht vor. Zwischen dem, was landläufig als guter oder schlechter Geruch bezeichnet wurde, unterschied er nicht, noch nicht. Er war gierig. Das Ziel seiner Jagden bestand darin, schlichtweg alles zu besitzen, was die Welt an Gerüchen zu bieten hatte, und die einzige Bedingung war, daß die Gerüche neu seien. Der Duft eines schweißenden Pferds galt ihm ebensoviel wie der zarte grüne Geruch schwellender Rosenknospen, der stechende Gestank einer Wanze nicht weniger als der Dunst von gespicktem Kalbsbraten, der aus den Herrschaftsküchen quoll. Alles, alles fraß er, saugte er in sich hinein. Und auch in der synthetisierenden Geruchsküche seiner Phantasie, in der er ständig neue Duftkombinationen zusammenstellte, herrschte noch kein ästhetisches Prinzip. Es waren Bizarrerien, die er schuf und alsbald wieder zerstörte wie ein Kind, das mit Bauklötzen spielt, erfindungsreich und destruktiv, ohne erkennbares schöpferisches Prinzip.

8

Am 1. September 1753, dem Jahrestag der Thronbesteigung des Königs, ließ die Stadt Paris am Pont Royal ein Feuerwerk abbrennen. Es war nicht so spektakulär wie das Feuerwerk zur Feier der Verehelichung des Königs oder wie jenes legendäre Feuerwerk aus Anlaß der Geburt des Dauphin, aber es war immerhin ein sehr beeindruckendes Feuerwerk. Man hatte goldene Sonnenräder auf die Masten der Schiffe montiert. Von der Brücke spieen sogenannte Feuerstiere einen brennenden Sternenregen in den Fluß. Und während allüberall unter betäubendem Lärm Petarden platzten und Knallfrösche über das Pflaster zuckten, stiegen Raketen in den Himmel und malten weiße Lilien an das schwarze Firmament. Eine vieltausendköpfige Menge, welche sowohl auf der Brücke als auch auf den Quais zu beiden Seiten des Flusses versammelt war, begleitete das Spektakel mit begeisterten Ahs und Ohs und Bravos und sogar mit Vivats – obwohl der König seinen Thron schon vor achtunddreißig Jahren bestiegen und den Höhepunkt seiner Beliebtheit längst überschritten hatte. So viel vermag ein Feuerwerk.

Grenouille stand stumm im Schatten des Pavillon de Flore, am rechten Ufer, dem Pont Royal gegenüber. Er rührte keine Hand zum Beifall, er schaute nicht einmal hin, wenn die Raketen aufstiegen. Er war gekommen, weil er glaubte, irgend etwas Neues erschnuppern zu können, aber es stellte sich bald heraus, daß das Feuerwerk geruchlich nichts zu bieten hatte. Was da in verschwenderischer Vielfalt funkelte und sprühte und krachte und pfiff, hinterließ ein höchst eintöniges Duftgemisch von Schwefel, Öl und Salpeter.

Er war schon im Begriff, die langweilige Veranstaltung zu verlassen, um an der Galerie des Louvre entlang heimwärts zu gehen, als ihm der Wind etwas zutrug, etwas Winziges, kaum Merkliches, ein Bröselchen, ein Duftatom, nein, noch weniger: eher die Ahnung eines Dufts als einen tatsächlichen Duft – und zugleich doch die sichere Ahnung von etwas Niegerochenem. Er trat wieder zurück an die Mauer, schloß die Augen und blähte die Nüstern. Der Duft war so ausnehmend zart und fein, daß er ihn nicht festhalten konnte, immer wieder entzog er sich der Wahrnehmung, wurde verdeckt vom Pulverdampf der Petarden, blockiert von den Ausdünstungen der Menschenmassen, zerstückelt und zerrieben von den tausend andren Gerüchen der Stadt. Aber dann, plötzlich, war er wieder da, ein kleiner Fetzen nur, eine kurze Sekunde lang als herrliche Andeutung zu riechen ... und verschwand alsbald. Grenouille litt Qualen. Zum ersten Mal war es nicht nur sein gieriger Charakter, dem eine Kränkung widerfuhr, sondern tatsächlich sein Herz, das litt. Ihm schwante sonderbar, dieser Duft sei der Schlüssel zur Ordnung aller anderen Düfte, man habe nichts von den Düften verstanden, wenn man diesen einen nicht verstand, und er, Grenouille, hätte sein Leben verpfuscht, wenn es ihm nicht gelänge, diesen einen zu besitzen. Er mußte ihn haben, nicht um des schieren Besitzes, sondern um der Ruhe seines Herzens willen.

Ihm wurde fast schlecht vor Aufregung. Er hatte noch nicht einmal herausbekommen, aus welcher Richtung der Duft überhaupt kam. Manchmal dauerten die Intervalle, ehe ihm wieder ein Fetzchen zugeweht wurde, minutenlang, und jedesmal überfiel ihn die gräßliche Angst, er hätte ihn auf immer verloren. Endlich rettete er sich in den verzweifelten Glauben, der Duft komme vom anderen Ufer des Flusses, irgendwoher aus südöstlicher Richtung.

Er löste sich von der Mauer des Pavillon de Flore, tauchte in die Menschenmenge ein und bahnte sich seinen Weg über die Brücke. Alle paar Schritte blieb er stehen, stellte sich auf die Zehenspitzen, um über die Köpfe der Menschen hinwegzuschnuppern, roch zunächst nichts vor lauter Erregung, roch dann endlich doch etwas, erschnupperte sich den Duft, stärker sogar als zuvor, wußte sich auf der richtigen Fährte, tauchte unter, wühlte sich weiter durch die Menge der Gaffer und der Feuerwerker, die alle Augenblicke ihre Fackeln an die Lunten der Raketen hielten, verlor im beißenden Qualm des Pulvers seinen Duft, geriet in Panik, stieß und rempelte weiter und wühlte sich fort, erreichte nach endlosen Minuten das andere Ufer, das Hôtel de Mailly, den Quai Malaquest, die Einmündung der Rue de Seine...

Hier blieb er stehen, sammelte sich und roch. Er hatte ihn. Er hielt ihn fest. Wie ein Band kam der Geruch die Rue de Seine herabgezogen, unverwechselbar deutlich, dennoch weiterhin sehr zart und sehr fein. Grenouille spürte, wie sein Herz pochte, und er wußte, daß es nicht die Anstrengung des Laufens war, die es pochen machte, sondern seine erregte Hilflosigkeit vor der Gegenwart dieses Geruches. Er versuchte, sich an irgendetwas Vergleichbares zu erinnern und mußte alle Vergleiche verwerfen. Dieser Geruch hatte Frische; aber nicht die Frische der Limetten oder Pomeranzen, nicht die Frische von Myrrhe oder Zimtblatt oder Krauseminze oder Birken oder Kampfer oder Kiefernnadeln, nicht von Mairegen oder Frostwind oder von Quellwasser ..., und er hatte zugleich Wärme; aber nicht wie Bergamotte, Zypresse oder Moschus, nicht wie Jasmin und Narzisse, nicht wie Rosenholz und nicht wie Iris ... Dieser Geruch war eine Mischung aus beidem, aus Flüchtigem und Schwerem, keine Mischung davon, eine Einheit, und dazu gering und schwach und dennoch solid und tragend, wie ein Stück dünner schillernder Seide ... und auch wieder nicht wie Seide, sondern wie honigsüße Milch, in der sich Biskuit löst – was ja nun beim besten Willen nicht zusammenging: Milch und Seide! Unbegreiflich dieser Duft, unbeschreiblich, in keiner Weise einzuordnen, es durfte ihn eigentlich gar nicht geben. Und doch war er da in herrlichster Selbstverständlichkeit. Grenouille folgte ihm, mit bänglich pochendem Herzen, denn er ahnte, daß nicht er dem Duft folgte, sondern daß der Duft ihn gefangengenommen hatte und nun unwiderstehlich zu sich zog.

Er ging die Rue de Seine hinauf. Niemand war auf der Straße. Die Häuser standen leer und still. Die Leute waren unten am Fluß beim Feuerwerk. Kein hektischer Menschengeruch störte, kein beißender Pulvergestank. Die Straße duftete nach den üblichen Düften von Wasser, Kot, Ratten und Gemüseabfall. Darüber aber schwebte zart und deutlich das Band, das Grenouille leitete. Nach wenigen Schritten war das wenige Nachtlicht des Himmels von den hohen Häusern verschluckt, und Grenouille ging weiter im Dunkeln. Er brauchte nichts zu sehen. Der Geruch führte ihn sicher.

Nach fünfzig Metern bog er rechts ab in die Rue des Marais, eine womöglich noch dunklere, kaum eine Armspanne breite Gasse. Sonderbarerweise wurde der Duft nicht sehr viel stärker. Er wurde nur reiner, und dadurch, durch seine immer größer werdende Reinheit, bekam er eine immer mächtigere Anziehungskraft. Grenouille ging ohne eigenen Willen. An einer Stelle zog ihn der Geruch hart nach rechts, scheinbar mitten in die Mauer eines Hauses hinein. Ein niedriger Gang tat sich auf, der in den Hinterhof führte. Traumwandlerisch durchschritt Grenouille diesen Gang, durchschritt den Hinterhof, bog um eine Ecke, gelangte in einen zweiten, kleineren Hinterhof, und hier nun endlich war Licht: Der Platz umfaßte nur wenige Schritte im Geviert. An der Mauer sprang ein schräges Holzdach vor. Auf einem Tisch darunter klebte eine Kerze. Ein Mädchen saß an diesem Tisch und putzte Mirabellen. Sie nahm die Früchte aus einem Korb zu ihrer Linken, entstielte und entkernte sie mit einem Messer und ließ sie in einen Eimer fallen. Sie mochte dreizehn, vierzehn Jahre alt sein. Grenouille blieb stehen. Er wußte sofort, was die Quelle des Duftes war, den er über eine halbe Meile hinweg bis ans andere Ufer des Flusses gerochen hatte: nicht dieser schmuddelige Hinterhof, nicht die Mirabellen. Die Quelle war das Mädchen.

Für einen Moment war er so verwirrt, daß er tatsächlich dachte, er habe in seinem Leben noch nie etwas so Schönes gesehen wie dieses Mädchen. Dabei sah er nur ihre Silhouette von hinten gegen die Kerze. Er meinte natürlich, er habe noch nie so etwas Schönes gerochen. Aber da er doch Menschengerüche kannte, viele Tausende, Gerüche von Männern, Frauen, Kindern, wollte er nicht begreifen, daß ein so exquisiter Duft einem Menschen entströmen konnte. Üblicherweise rochen Menschen nichtssagend oder miserabel. Kinder rochen fad, Männer urinös, nach scharfem Schweiß und Käse, Frauen nach ranzigem Fett und verderbendem Fisch. Durchaus uninteressant, abstoßend rochen die Menschen... Und so geschah es, daß Grenouille zum ersten Mal in seinem Leben seiner Nase nicht traute und die Augen zuhilfe nehmen mußte, um zu glauben, was er roch. Die Sinnesverwirrung dauerte freilich nicht lange. Es war tatsächlich nur ein Augenblick, den er benötigte, um sich optisch zu vergewissern und sich alsdann desto rückhaltloser den Wahrnehmungen seines Geruchssinns hinzugeben. Nun *roch* er, daß sie ein Mensch war, roch den Schweiß ihrer Achseln, das Fett ihrer Haare, den Fischgeruch ihres Geschlechts, und roch mit größtem Wohlgefallen. Ihr Schweiß duftete so frisch wie Meerwind, der Talg ihrer Haare so süß wie Nußöl, ihr Geschlecht wie ein Bouquet von Wasserlilien, die Haut wie Aprikosenblüte..., und die Verbindung all dieser Komponenten ergab ein Parfum so reich, so balanciert, so zauberhaft, daß alles, was Grenouille bisher an Parfums gerochen, alles, was er selbst in seinem Innern an Geruchsgebäuden spielerisch erschaffen hatte, mit einem Mal zu schierer Sinnlosigkeit verkam. Hunderttausend Düfte schienen nichts mehr wert vor diesem einen Duft. Dieser eine war das höhere Prinzip, nach dessen Vorbild sich die andern ordnen mußten. Er war die reine Schönheit.

Für Grenouille stand fest, daß ohne den Besitz des Duftes sein Leben keinen Sinn mehr hatte. Bis in die kleinste Einzelheit, bis in die letzte zarteste Verästelung mußte er ihn kennenlernen; die bloße komplexe Erinnerung an ihn genügte nicht. Er wollte wie mit einem Prägestempel das apotheotische Parfum ins Kuddelmuddel seiner schwarzen Seele pressen, es haargenau erforschen und fortan nur noch nach den inneren Strukturen dieser Zauberformel denken, leben, riechen.

Er ging langsam auf das Mädchen zu, immer näher, trat unter das Vordach und blieb einen Schritt hinter ihr stehen. Sie hörte ihn nicht.

Sie hatte rote Haare und trug ein graues Kleid ohne Ärmel. Ihre Arme waren sehr weiß und ihre Hände gelb vom Saft der aufgeschnittenen Mirabellen. Grenouille stand über sie gebeugt und sog ihren Duft jetzt völlig unvermischt ein, so wie er aufstieg von ihrem Nacken, ihren Haaren, aus dem Ausschnitt ihres Kleides, und ließ ihn in sich hineinströmen wie einen sanften Wind. Ihm war noch nie so wohl gewesen. Dem Mädchen aber wurde es kühl.

Sie sah Grenouille nicht. Aber sie bekam ein banges Gefühl, ein sonderbares Frösteln, wie man es bekommt, wenn einen plötzlich eine alte abgelegte Angst befällt. Ihr war, als herrsche da ein kalter Zug in ihrem Rücken, als habe jemand eine Türe aufgestoßen, die in einen riesengroßen kalten Keller führt. Und sie legte ihr Küchenmesser weg, zog die Arme an die Brust und wandte sich um.

Sie war so starr vor Schreck, als sie ihn sah, daß er viel Zeit hatte, ihr seine Hände um den Hals zu legen. Sie versuchte keinen Schrei, rührte sich nicht, tat keine abwehrende Bewegung. Er seinerseits sah sie nicht an. Ihr feines sommersprossenübersprenkeltes Gesicht, den roten Mund, die großen funkelndgrünen Augen sah er nicht, denn er hielt seine Augen fest geschlossen, während er sie würgte, und hatte nur die eine Sorge, von ihrem Duft nicht das geringste zu verlieren.

Als sie tot war, legte er sie auf den Boden mitten in die Mirabellenkerne, riß ihr Kleid auf, und der Duftstrom wurde zur Flut, sie überschwemmte ihn mit ihrem Wohlgeruch. Er stürzte sein Gesicht auf ihre Haut und fuhr mit weitgeblähten Nüstern von ihrem Bauch zur Brust, zum Hals, in ihr Gesicht und durch die Haare und zurück zum Bauch, hinab an ihr Geschlecht, an ihre Schenkel, an ihre weißen Beine. Er roch sie ab vom Kopf bis an die Zehen, er sammelte die letzten Reste ihres Dufts am Kinn, im Nabel und in den Falten ihrer Armbeuge.

Als er sie welkgerochen hatte, blieb er noch eine Weile neben ihr hocken, um sich zu versammeln, denn er war übervoll von ihr. Er wollte nichts von ihrem Duft verschütten. Erst mußte er die innern Schotten dicht verschließen. Dann stand er auf und blies die Kerze aus.

Um diese Zeit kamen die ersten Heimkehrer singend und vivatrufend die Rue de Seine herauf. Grenouille roch sich im Dunkeln auf die Gasse und zur Rue des Petits Augustins hinüber, die parallel zur Rue de Seine zum Fluß führte. Wenig später entdeckte man die Tote. Geschrei erhob sich. Fackeln wurden angezündet. Die Wache kam. Grenouille war längst am anderen Ufer.

In dieser Nacht erschien ihm sein Verschlag wie ein Palast und seine Bretterpritsche wie ein Himmelbett. Was Glück sei, hatte er in seinem Leben bisher nicht erfahren. Er kannte allenfalls sehr seltene Zustände von dumpfer Zufriedenheit. Jetzt aber zitterte er vor Glück und konnte vor lauter Glückseligkeit nicht schlafen. Ihm war, als würde er zum zweiten Mal geboren, nein, nicht zum zweiten, zum ersten Mal, denn bisher hatte er bloß animalisch existiert in höchst nebulöser Kenntnis seiner selbst. Mit dem heutigen Tag aber schien ihm, als wisse er endlich, wer er wirklich sei: nämlich nichts anderes als ein Genie; und daß sein Leben Sinn und Zweck und Ziel und höhere Bestimmung habe: nämlich keine geringere, als die Welt der Düfte zu revolutionieren; und daß er allein auf der Welt dazu alle Mittel besitze: nämlich seine exquisite Nase, sein phänomenales Gedächtnis und, als Wichtigstes von allem, den prägenden Duft dieses Mädchens aus der Rue des Marais, in welchem zauberformelhaft alles enthalten war, was einen großen Duft, was ein Parfum ausmachte: Zartheit, Kraft, Dauer, Vielfalt und erschreckende, unwiderstehliche Schönheit. Er hatte den Kompaß für sein künftiges Leben gefunden. Und wie alle genialen Scheusale, denen durch ein äußeres Ereignis ein gerades Geleis ins Spiralenchaos ihrer Seelen gelegt wird, wich Grenouille von dem, was er als Richtung seines Schicksals erkannt zu haben glaubte, nicht mehr ab. Jetzt wurde ihm klar, weshalb er so zäh und verbissen am Leben hing: Er mußte ein Schöpfer von Düften sein. Und nicht nur irgendeiner. Sondern der größte Parfumeur aller Zeiten.

Noch in derselben Nacht inspizierte er, wachend erst und dann im Traum, das riesige Trümmerfeld seiner Erinnerung. Er prüfte die Millionen und Abermillionen von Duftbauklötzen und brachte sie in eine systematische Ordnung: Gutes zu Gutem, Schlechtes zu Schlechtem, Feines zu Feinem, Grobes zu Grobem, Gestank zu Gestank, Ambrosisches zu Ambrosischem. Im Verlauf der nächsten Woche wurde diese Ordnung immer feiner, der Katalog der Düfte immer reichhaltiger und differenzierter, die Hierarchie immer deutlicher. Und bald schon konnte er beginnen, die ersten planvollen Geruchsgebäude aufzurichten: Häuser, Mauern, Stufen, Türme, Keller, Zimmer, geheime Gemächer ... eine täglich sich erweiternde, täglich sich verschönende und perfekter gefügte innere Festung der herrlichsten Duftkompositionen.

Daß am Anfang dieser Herrlichkeit ein Mord gestanden hatte, war ihm, wenn überhaupt bewußt, vollkommen gleichgültig. An das Bild des Mädchens aus der Rue des Marais, an ihr Gesicht, an ihren Körper, konnte er sich schon nicht mehr erinnern. Er hatte ja das Beste von ihr aufbewahrt und sich zu eigen gemacht: das Prinzip ihres Dufts.

9

Zu jener Zeit gab es in Paris ein gutes Dutzend Parfumeure. Sechs von ihnen lebten am rechten Ufer, sechs am linken Ufer, und einer akkurat dazwischen, nämlich auf dem Pont au Change, welcher das rechte Ufer mit der Ile de la Cité verband. Diese Brücke war zu beiden Seiten so dicht mit vierstöckigen Häusern bebaut, daß man beim Überschreiten den Fluß an keiner Stelle zu Gesicht bekam, sondern sich auf einer ganz normalen, fest fundierten und obendrein noch äußerst eleganten Straße wähnte. In der Tat galt der Pont au Change für eine der feinsten Geschäftsadressen der Stadt. Hier befanden sich die renommiertesten Läden, hier saßen die Goldschmiede, die Ebenisten, die besten Perückenmacher und Taschner, die Verfertiger feinster Dessous und Strümpfe, Rahmenmacher, Reitstiefelhändler, Epaulettensticker, Goldknöpfegießer und Bankiers. Und hier lag auch das Geschäfts- und Wohnhaus des Parfumeurs und Handschuhmachers Giuseppe Baldini. Über sein Schaufenster spannte sich ein prächtiger grünlackierter Baldachin, daneben hing Baldinis Wappen, ganz in Gold, ein goldener Flacon, aus dem ein Strauß von goldenen Blumen wuchs, und vor der Türe lag ein roter Teppich, der ebenfalls Baldinis Wappen trug, als goldene Stickerei. Öffnete man die Türe, dann erklang ein persisches Glockenspiel, und zwei silberne Reiher begannen, aus ihren Schnäbeln Veilchenwasser in eine vergoldete Schale zu speien, die ihrerseits die Flaconform von Baldinis Wappen besaß.

Hinter dem Kontor aus hellem Buchsbaum aber

stand Baldini selbst, alt und starr wie eine Säule, in silberbepuderter Perücke und blauem goldbetreßtem Rock. Eine Wolke von Frangipaniwasser, mit dem er sich allmorgendlich besprühte, umgab ihn geradezu sichtbar und rückte seine Person in nebelhafte Ferne. In seiner Unbeweglichkeit sah er aus wie sein eignes Inventar. Nur wenn das Glockenspiel erklang und wenn die Reiher spien – beides geschah nicht allzuoft –, würde plötzlich Leben in ihn kommen, würde seine Gestalt in sich zusammensinken, klein und wuselig werden und unter vielen Bücklingen hinter dem Kontor hervorgesaust kommen, so schnell, daß die Frangipaniwasserwolke kaum zu folgen vermöchte, und den Kunden bitten, Platz zu nehmen zur Vorführung erlesenster Düfte und Kosmetika.

Baldini hatte deren Tausende. Sein Angebot reichte von Essences absolues, Blütenölen, Tinkturen, Auszügen, Sekreten, Balsamen, Harzen und sonstigen Drogen in trockener, flüssiger oder wachsartiger Form, über diverse Pomaden, Pasten, Puder, Seifen, Cremes, Sachets, Bandolinen, Brillantinen, Bartwichsen, Warzentropfen und Schönheitspflästerchen bis hin zu Badewässern, Lotionen, Riechsalzen, Toilettenessigen und einer Unzahl echter Parfums. Doch Baldini begnügte sich nicht mit diesen Produkten der klassischen Schönheitspflege. Sein Ehrgeiz bestand darin, in seinem Laden alles zu versammeln, was irgendwie duftete oder in irgendeiner Weise dem Duft diente. Und so fanden sich neben Räucherpastillen, Räucherkerzen und Räucherbändern auch sämtliche Gewürze vom Anissamen bis zur Zimtrinde, Sirups, Liköre und Obstwässer, Weine aus Zypern, Malaga und Korinth, Honige, Kaffees, Tees, getrocknete und kandierte Früchte, Feigen, Bonbons, Schokoladen, Maronen, ja sogar eingelegte Kapern, Gurken und Zwiebeln und marinierter Thunfisch. Und dann wieder duftender Siegellack, parfümiertes Briefpapier, nach Rosenöl riechende Liebestinte, Schreibmappen aus spanischem Leder, Federhalter aus weißem Sandelholz, Kästchen und Truhen aus Zedernholz, Potpourris und Schalen für Blütenblätter, Weihrauchbehälter aus Messing, Flakons und Tiegelchen aus Kristall mit geschliffenen Stöpseln aus Bernstein, riechende Handschuhe, Taschentücher, mit Muskatblüte gefüllte Nähnadelkissen und moschusbedampfte Tapeten, die ein Zimmer länger als einhundert Jahre mit Duft erfüllen konnten.

Natürlich hatten all diese Waren nicht im pompösen, zur Straße (oder zur Brücke) hin gelegenen Laden Platz, und so mußten, in Ermanglung eines Kellers, nicht nur der Speicher des Hauses, sondern der gesamte erste und zweite Stock sowie fast sämtliche zum Fluß hin gelegenen Räume des Erdgeschosses als Lager dienen. Die Folge davon war, daß im Hause Baldini ein unbeschreibliches Chaos von Düften herrschte. So erlesen die Qualität der einzelnen Produkte war – denn Baldini kaufte nur allererste Qualität –, so unerträglich war ihr geruchlicher Zusammenklang, gleich einem tausendköpfigen Orchester, in welchem jeder Musiker eine andre Melodie fortissimo spielt. Baldini selbst und seine Angestellten waren gegen dieses Chaos abgestumpft wie alternde Dirigenten, die ja sämtlich schwerhörig sind, und auch seine Frau, die im dritten Stock wohnte und diesen erbittert gegen ein weiteres Vordringen der Lagerräume verteidigte, nahm die vielen Gerüche kaum noch als störend wahr. Anders der Kunde, der zum ersten Mal Baldinis Laden betrat. Ihm schlug das herrschende Duftgemisch wie eine Faust ins Gesicht, machte ihn, je nach Konstitution, exaltiert oder benommen, verwirrte in jedem Falle seine Sinne derart, daß er oft nicht mehr wußte, weshalb er überhaupt gekommen war. Laufburschen vergaßen ihre Bestellungen. Trutzigen Herren wurde es mulmig. Und manche Dame erlitt einen halb hysterischen, halb klaustrophobischen Anfall, sank in Ohnmacht und konnte nur noch mit schärfstem Riechsalz aus Nelkenöl, Ammoniak und Kampfersprit wiederhergestellt werden.

Unter diesen Umständen war es eigentlich nicht verwunderlich, daß das persische Glockenspiel von Giuseppe Baldinis Ladentüre immer seltener erklang und die silbernen Reiher immer seltener spien.

10

»Chénier!« rief Baldini hinter dem Kontor hervor, wo er seit Stunden säulenstarr gestanden und die Türe angestarrt hatte, »ziehen Sie Ihre Perücke an!« Und zwischen Olivenölfässern und hängenden Schinken aus Bayonne erschien Chénier, Baldinis Geselle, etwas jünger als dieser, aber auch schon ein alter Mann, und kam nach vorn in die feinere Abteilung des Ladens. Er zog seine Perücke aus der Rocktasche und stülpte sie sich über. »Sie gehen aus, Herr Baldini?«

»Nein«, sagte Baldini, »ich werde mich für einige

Stunden in mein Arbeitszimmer zurückziehen und wünsche, absolut nicht gestört zu werden.«

»Ah, ich verstehe! Sie entwerfen ein neues Parfum.«

BALDINI So ist es. Zur Beduftung einer spanischen Haut für den Grafen Verhamont. Er verlangt etwas vollkommen Neues. Er verlangt etwas wie ... wie ... ich glaube, es hieß ›Amor und Psyche‹, was er verlangte, und stammt angeblich von diesem ... diesem Stümper aus der Rue Saint-André des Arts, diesem ... diesem ...

CHÉNIER Pélissier.

BALDINI Ja. Pélissier. Richtig. So heißt der Stümper. ›Amor und Psyche‹ von Pélissier. – Kennen Sie es?

CHÉNIER Jaja. Dochdoch. Man riecht es jetzt überall. An jeder Straßenecke riecht man es. Aber wenn Sie mich fragen – nichts Besonderes! Es kann sich bestimmt in keiner Weise messen mit dem, welches Sie komponieren werden, Herr Baldini.

BALDINI Natürlich nicht.

CHÉNIER Es riecht äußerst gewöhnlich, dieses ›Amor und Psyche‹.

BALDINI Vulgär?

CHÉNIER Durchaus vulgär, wie alles von Pélissier. Ich glaube, es ist Limettenöl darin.

BALDINI Wirklich? Was noch?

CHÉNIER Orangenblütenessenz vielleicht. Und vielleicht Rosmarintinktur. Aber ich kann es nicht sicher sagen.

BALDINI Es ist mir auch völlig gleichgültig.

CHÉNIER   Natürlich.
BALDINI   Es ist mir schnurzegal, was der Stümper Pélissier in sein Parfum gepanscht hat. Ich werde mich nicht einmal davon inspirieren lassen!
CHÉNIER   Da haben Sie recht, Monsieur.
BALDINI   Wie Sie wissen, lasse ich mich nie inspirieren. Wie Sie wissen, erarbeite ich meine Parfums.
CHÉNIER   Ich weiß, Monsieur.
BALDINI   Gebäre sie allein aus mir!
CHÉNIER   Ich weiß.
BALDINI   Und ich gedenke, für den Grafen Verhamont etwas zu kreieren, was wirklich Furore macht.
CHÉNIER   Davon bin ich überzeugt, Herr Baldini.
BALDINI   Sie übernehmen den Laden. Ich brauche Ruhe. Halten Sie mir alles vom Leibe, Chénier ...

Und damit schlurfte er, nun gar nicht mehr statuarisch, sondern, wie es seinem Alter zukam, gebeugt, ja fast wie geprügelt, davon und stieg langsam die Treppe zum ersten Stock hinauf, wo sein Arbeitszimmer lag.

Chénier nahm den Platz hinterm Kontor ein, stellte sich genauso hin, wie zuvor der Meister gestanden hatte, und schaute mit starrem Blick zur Türe. Er wußte, was in den nächsten Stunden passieren würde: nämlich gar nichts im Laden, und oben im Arbeitszimmer Baldinis die übliche Katastrophe. Baldini würde seinen blauen, von Frangipaniwasser durchtränkten Rock ausziehen, sich an den Schreibtisch setzen und auf eine Eingebung warten. Diese Eingebung würde nicht kommen. Er würde hierauf an den Schrank mit den Hunderten von Probefläschchen eilen und aufs Geratewohl etwas zusammenmixen. Diese Mischung würde mißraten. Er würde fluchen, das Fenster aufreißen und sie in den Fluß hinunterwerfen. Er würde etwas anderes probieren, auch das würde mißraten, er würde nun schreien und toben und in dem schon betäubend riechenden Zimmer einen Heulkrampf bekommen. Er würde gegen sieben Uhr abends elend herunterkommen, zittern und weinen und sagen: »Chénier, ich habe keine Nase mehr, ich kann das Parfum nicht gebären, ich kann die spanische Haut für den Grafen nicht liefern, ich bin verloren, ich bin innerlich tot, ich will sterben, bitte, Chénier, helfen Sie mir zu sterben!« Und Chénier würde vorschlagen, daß man zu Pélissier schickte um eine Flasche ›Amor und Psyche‹, und Baldini würde zustimmen unter der Bedingung, daß kein Mensch von dieser Schande erführe, Chénier würde schwören, und nachts würden sie heimlich das Leder für den Grafen Verhamont mit dem fremden Parfum beduften. So würde es sein und nicht anders, und Chénier wünschte nur, er hätte das ganze Theater schon hinter sich. Baldini war kein großer Parfumeur mehr. Ja, früher, in seiner Jugend, vor dreißig, vierzig Jahren, da hatte er ›Rose des Südens‹ erfunden und ›Baldinis galantes Bouquet‹ zwei wirklich große Düfte, denen er sein Vermögen verdankte. Aber jetzt war er alt und verbraucht und kannte die Moden der Zeit nicht mehr und den neuen Geschmack der Menschen, und wenn er überhaupt noch einmal einen eigenen Duft zusammenstoppelte, dann war es vollkommen demodiertes, unverkäufliches Zeug, das sie ein Jahr später zehnfach verdünnten und als Springbrunnenwasserzusatz verhökerten. Schade um ihn, dachte Chénier und überprüfte den Sitz seiner Perücke im Spiegel, schade um den alten Baldini; schade um sein schönes Geschäft, denn er wird's herunterbringen; und schade um mich, denn bis er's heruntergebracht haben wird, bin ich zu alt, um es zu übernehmen...

11

Zwar hatte Giuseppe Baldini seinen duftenden Rock ausgezogen, aber nur aus alter Gewohnheit. Der Duft des Frangipaniwassers störte ihn schon längst nicht mehr beim Riechen, er trug ihn ja schon seit Jahrzehnten mit sich herum und nahm ihn überhaupt nicht mehr wahr. Er hatte auch die Türe des Arbeitszimmers zugeschlossen und sich Ruhe ausgebeten, aber er setzte sich nicht an den Schreibtisch, um zu grübeln und auf eine Eingebung zu warten, denn er wußte viel besser als Chénier, daß er keine Eingebung haben würde; er hatte nämlich noch nie eine gehabt. Zwar war er alt und verbraucht, das stimmte, und auch kein großer Parfumeur mehr; aber er wußte, daß er im Leben noch nie einer gewesen war. ›Rose des Südens‹ hatte er von seinem Vater geerbt und das Rezept für ›Baldinis galantes Bouquet‹ einem durchreisenden Genueser Gewürzhändler abgekauft. Die übrigen seiner Parfums waren altbekannte Gemische. Erfunden hatte er noch nie etwas. Er war kein Erfinder. Er war ein sorgfältiger Verfertiger von bewährten Gerüchen, wie ein Koch war er, der mit Routine und guten Rezepten eine große Küche macht und doch noch nie ein eigenes Gericht erfunden hat. Den ganzen Hokuspokus mit Labor und Experimentieren und Inspiration und Geheimnistuerei führte er nur auf, weil das zum ständischen Berufsbild eines Maître Parfumeur et Gantier gehörte. Ein Parfumeur, das war ein halber Alchimist, der Wunder schuf, so wollten es die Leute – gut so! Daß seine Kunst ein Handwerk war wie jedes andere auch, das wußte nur er selbst, und das war sein Stolz. Er wollte gar kein Erfinder sein. Erfindung war ihm sehr suspekt, denn sie bedeutete immer den Bruch einer Regel. Er dachte auch gar nicht daran, für den Grafen Verhamont ein neues Parfum zu erfinden. Er würde sich allerdings auch nicht am Abend von Chénier überreden lassen, ›Amor und Psyche‹ von Pélissier zu besorgen. Er hatte es schon. Da stand es, auf dem Schreibtisch vor dem Fenster, in einem kleinen Glasflakon mit geschliffenem Stöpsel. Schon vor ein paar Tagen hatte er es gekauft. Natürlich nicht persönlich. Er konnte doch nicht persönlich zu Pélissier gehen und ein Parfum kaufen! Sondern durch einen Mittelsmann, und dieser wieder durch einen Mittelsmann ... Vorsicht war geboten. Denn Baldini wollte das Parfum nicht einfach zum Beduften der spanischen Haut verwenden, dazu hätte die geringe Menge auch gar nicht ausgereicht. Er hatte etwas Schlimmeres im Sinn: Er wollte es kopieren.

Das war übrigens nicht verboten. Es war nur außerordentlich unfein. Das Parfum eines Konkurrenten heimlich nachzumachen und unter eigenem Namen zu verkaufen, war schrecklich unfein. Aber noch unfeiner war es, sich dabei ertappen zu lassen, und darum durfte Chénier nichts davon wissen, denn Chénier war geschwätzig.

Ach, wie schlimm, daß man sich als rechtschaffener Mann gezwungen sah, so krumme Wege zu gehen! Wie schlimm, daß man das Kostbarste, was man besaß, die eigene Ehre, auf so schäbige Weise befleckte! Aber was sollte er tun? Immerhin war der Graf Verhamont ein Kunde, den er keinesfalls verlieren durfte. Er hatte ja ohnehin kaum noch einen Kunden. Er mußte der Kundschaft ja schon wieder nachlaufen wie zu Beginn der zwanziger Jahre, als er am Anfang seiner Karriere stand und mit dem Bauchladen durch die Straßen zog. Weiß Gott kam er, Giuseppe Baldini, Inhaber der größten Duftstoffhandlung von Paris, in bester Geschäftslage, finanziell nur noch über die Runden, wenn er mit dem Köfferchen in der Hand Hausbesuche machte. Und das gefiel ihm gar nicht, denn er war schon weit über sechzig und haßte es, in kalten Vorzimmern zu warten und alten Marquisen Tausendblumenwasser und Vierräuberessig vorzuführen oder ihnen eine Migränesalbe aufzuschwatzen. Außerdem herrschte in diesen Vorzimmern eine ganz ekelhafte Konkurrenz. Da war dieser Emporkömmling Brouet aus der Rue Dauphine, der von sich behauptete, er habe das größte Pomadenprogramm Europas; oder Calteau aus der Rue Mauconseil, der es zum Hoflieferanten der Comtesse von Artois gebracht hatte; oder dieser völlig unberechenbare Antoine Pélissier aus der Rue Saint-André-des-Arts, der in jeder Saison einen neuen Duft lancierte, nach welchem die ganze Welt verrückt war.

So ein Parfum von Pélissier konnte den ganzen Markt in Unordnung bringen. War in einem Jahr Ungarisches Wasser in Mode, und hatte sich Baldini entsprechend mit Lavendel, Bergamotte und Rosmarin eingedeckt, um den Bedarf zu befriedigen – so kam Pélissier mit ›Air de Musc‹ heraus, einem ultraschweren Moschusduft. Jeder Mensch mußte plötzlich tierisch riechen, und Baldini konnte sein Rosmarin zu Haarwasser verarbeiten und den Lavendel in Riechsäckchen nähen. Hatte er dagegen für das nächste Jahr entsprechende Mengen an Moschus, Zibet und Castoreum bestellt, so fiel es Pélissier ein, ein Parfum namens ›Waldblume‹ zu kreieren, was prompt ein Erfolg wurde. Und hatte Baldini endlich in nächtelangen Versuchen oder durch hohe Bestechungsgelder herausgefunden, woraus ›Waldblumen‹ bestand – da trumpfte Pélissier schon wieder auf mit ›Türkische Nächte‹ oder ›Lissabonner Duft‹ oder ›Bouquet de la Cour‹ oder weiß der Teufel womit sonst. Dieser Mensch war auf jeden Fall in seiner zügellosen Kreativität eine Gefahr für das ganze Gewerbe. Man wünschte sich die Rigidität des alten Zunftrechts zurück. Man wünschte sich die drakonischsten Maßnahmen gegen diesen Ausderreihetanzer, gegen diesen Duftinflationär. Das Patent gehörte ihm entzogen, ein saftiges Berufsverbot auferlegt ..., und überhaupt sollte der Kerl erst einmal eine Lehre machen! Denn ein gelernter Parfumeur- und Handschuhmachermeister war er nicht, dieser Pélissier. Sein Vater war nichts als ein Essigsieder gewesen, und Essigsieder war auch Pélissier, nichts anderes. Und bloß weil er als Essigsieder berechtigt war, mit

Spirituosen umzugehen, konnte er überhaupt ins Gehege der echten Parfumeure einbrechen und darin herumwüten wie ein Stinktier. – Wozu brauchte man in jeder Saison einen neuen Duft? War das nötig? Das Publikum war früher auch sehr zufrieden gewesen mit Veilchenwasser und einfachen Blumenbouquets, die man vielleicht alle zehn Jahre einmal geringfügig änderte. Jahrtausendelang hatten die Menschen mit Weihrauch und Myrrhe, ein paar Balsamen, Ölen und getrockneten Würzkräutern vorlieb genommen. Und auch als sie gelernt hatten, mit Kolben und Alambic zu destillieren, vermittels Wasserdampf den Kräutern, Blumen und Hölzern das duftende Prinzip in Form von ätherischem Öl zu entreißen, es mit eichenen Pressen aus Samen und Kernen und Fruchtschalen zu quetschen oder mit sorgsam gefilterten Fetten den Blütenblättern zu entlocken, war die Zahl der Düfte noch bescheiden gewesen. Damals wäre eine Figur wie Pélissier gar nicht möglich gewesen, denn damals brauchte es schon zur Erzeugung einer simplen Pomade Fähigkeiten, von denen sich dieser Essigpanscher gar nichts träumen ließ. Man mußte nicht nur destillieren können, man mußte auch Salbenmacher sein und Apotheker, Alchimist und Handwerker, Händler, Humanist und Gärtner zugleich. Man mußte Hammelnierenfett von jungem Rindertalg unterscheiden können und ein Viktoriaveilchen von einem solchen aus Parma. Man mußte die lateinische Sprache beherrschen. Man mußte wissen, wann der Heliotrop zu ernten ist und wann das Pelargonium blüht und daß die Blüte des Jasmins mit aufgehender Sonne ihren Duft verliert. Von diesen Dingen hatte dieser Pélissier selbstredend keine Ahnung. Wahrscheinlich hatte er Paris noch nie verlassen, in seinem Leben blühenden Jasmin noch nie gesehn. Geschweige denn, daß er einen Schimmer von der gigantischen Schufterei besaß, deren es bedurfte, um aus hunderttausend Jasminblüten einen kleinen Klumpen Concrète oder ein paar Tropfen Essence Absolue herauszuwringen. Wahrscheinlich kannte er nur diese, kannte Jasmin nur als konzentrierte dunkelbraune Flüssigkeit, die in einem kleinen Fläschchen neben vielen anderen Fläschchen, aus denen er seine Modeparfüms mixte, im Tresorschrank stand. Nein, eine Figur wie dieser Schnösel Pélissier hätte in den guten alten handwerklichen Zeiten kein Bein auf den Boden gebracht. Dazu fehlte ihm alles: Charakter, Bildung, Genügsamkeit und der Sinn für zünftische Subordination. Seine parfümistischen Erfolge verdankte er einzig und allein einer Entdeckung, die vor nunmehr zweihundert Jahren der geniale Mauritius Frangipani – ein Italiener übrigens! – gemacht hatte und die darin bestand, daß Duftstoffe in Weingeist löslich sind. Indem Frangipani seine Riechpülverchen mit Alkohol vermischte und damit ihren Duft auf eine flüchtige Flüssigkeit übertrug, hatte er den Duft befreit von der Materie, hatte den Duft vergeistigt, den Duft als reinen Duft erfunden, kurz: das Parfum erschaffen. Was für eine Tat! Welch epochale Leistung! Vergleichbar wirklich nur den größten Errungenschaften des Menschengeschlechts wie der Erfindung der Schrift durch die Assyrer, der euklidischen Geometrie, den Ideen des Plato und der Verwandlung von Trauben in Wein durch die Griechen. Eine wahrhaft prometheische Tat!

Und doch, wie alle großen Geistestaten nicht nur Licht, sondern auch Schatten werfen und der Menschheit neben Wohltaten auch Verdruß und Elend bereiten, so hatte leider auch die herrliche Entdeckung Frangipanis üble Folgen: Denn nun, da man gelernt hatte, den Geist der Blumen und Kräuter, der Hölzer, Harze und der tierischen Sekrete in Tinkturen festzubannen und auf Fläschchen abzufüllen, entglitt die Kunst des Parfümierens nach und nach den wenigen universalen handwerklichen Könnern und stand Quacksalbern offen, sofern sie nur eine leidlich feine Nase besaßen, wie zum Beispiel diesem Stinktier Pélissier. Ohne sich darum zu bekümmern, wie der wunderbare Inhalt seiner Fläschchen je entstanden war, konnte er einfach seinen olfaktorischen Launen folgen und zusammenmischen, was ihm gerade einfiel oder was das Publikum gerade wünschte.

Bestimmt besaß dieser Bastard Pélissier mit seinen fünfunddreißig Jahren schon jetzt ein größeres Vermögen als er, Baldini, es sich in der dritten Generation durch harte beharrliche Arbeit endlich angehäuft hatte. Und Pélissiers nahm täglich zu, während seins, Baldinis, sich täglich verminderte. So etwas wäre früher doch gar nicht möglich gewesen! Daß ein angesehener Handwerker und eingeführter *Commerçant* um seine schiere Existenz zu kämpfen hatte, das gab es doch erst seit wenigen Jahrzehnten! Seitdem überall und in allen Bereichen die hektische Neuerungssucht ausgebrochen ist, dieser hemmungslose Tatendrang, diese Experimentierwut, diese Großmannssucht im Handel, im Verkehr und in den Wissenschaften!

Oder der Geschwindigkeitswahnsinn! Wozu

brauchte man die vielen neuen Straßen, die überall gebuddelt wurden, und die neuen Brücken? Wozu? War es von Vorteil, wenn man bis Lyon in einer Woche reisen konnte? Wem war daran gelegen? Wem nützte es? Oder über den Atlantik zu fahren, in einem Monat nach Amerika zu rasen – als wäre man nicht jahrtausendelang sehr gut ohne diesen Kontinent ausgekommen. Was hatte der zivilisierte Mensch im Urwald der Indianer verloren oder bei den Negern? Sogar nach Lappland gingen sie, das lag im Norden, im ewigen Eise, wo Wilde lebten, die rohe Fische fraßen. Und noch einen weiteren Kontinent wollten sie entdecken, der angeblich in der Südsee lag, wo immer das war. Und wozu dieser Wahnsinn? Weil die anderen es auch taten, die Spanier, die verfluchten Engländer, die impertinenten Holländer, mit denen man sich dann herumschlagen mußte, was man sich überhaupt nicht leisten konnte. 300000 Livres kostet so ein Kriegsschiff gut und gerne, und versenkt ist es in fünf Minuten mit einem einzigen Kanonenschuß, auf Nimmerwiedersehen, bezahlt von unseren Steuern. Den zehnten Teil auf alle Einkünfte verlangt der Herr Finanzminister neuerdings, und das ist ruinös, auch wenn man diesen Teil nicht zahlt, denn schon die ganze Geisteshaltung ist verderblich.

Das Unglück des Menschen rührt daher, daß er nicht still in seinem Zimmer bleiben will, dort, wo er hingehört. Sagt Pascal. Aber Pascal war ein großer Mann gewesen, ein Frangipani des Geistes, ein Handwerker recht eigentlich, und ein solcher ist heute nicht mehr gefragt. Jetzt lesen sie aufwieglerische Bücher von Hugenotten oder Engländern. Oder sie schreiben

Traktate oder sogenannte wissenschaftliche Großwerke, in denen sie alles und jedes in Frage stellen. Nichts mehr soll stimmen, alles soll jetzt plötzlich anders sein. In einem Glas Wassers sollen neuerdings ganz kleine Tierchen schwimmen, die man früher nicht gesehen hat; die Syphilis soll eine ganz normale Krankheit sein und keine Strafe Gottes mehr; Gott soll die Welt nicht an sieben Tagen erschaffen haben, sondern in Jahrmillionen, wenn er es überhaupt war; die Wilden sind Menschen wie wir; unsere Kinder erziehen wir falsch; und die Erde ist nicht mehr rund wie bisher, sondern oben und unten platt wie eine Melone – als ob es darauf ankäme! In jedem Bereich wird gefragt und gebohrt und geforscht und geschnüffelt und herumexperimentiert. Es genügt nicht mehr, daß man sagt, was ist und wie es ist – es muß jetzt alles noch bewiesen werden, am besten mit Zeugen und Zahlen und irgendwelchen lächerlichen Versuchen. Diese Diderots und d'Alemberts und Voltaires und Rousseaus und wie die Schreiberlinge alle hießen – sogar geistliche Herren sind darunter und Herren von Adel! –, sie haben es wahrhaft geschafft, ihre eigne perfide Ruhelosigkeit, die schiere Lust am Nichtzufriedensein und des um alles in der Welt Sichnichtbegnügenkönnens, kurz: das grenzenlose Chaos, das in ihren Köpfen herrscht, auf die gesamte Gesellschaft auszudehnen!

Wo man hinsah, herrschte Hektik. Leute lasen Bücher, sogar Frauen. Priester hockten im Kaffeehaus. Und wenn die Polizei mal eingriff und einen dieser Oberschurken ins Gefängnis steckte, dann heulten die Verleger auf und reichten Petitionen ein, und höchste Herren und Damen machten ihren Einfluß geltend, bis man ihn nach ein paar Wochen wieder freisetzte oder ins Ausland ziehen ließ, wo er dann hemmungslos weiterpamphletisierte. In den Salons palaverte man nur noch über Kometenbahnen und Expeditionen, über Hebelkraft und Newton, über Kanalbau, Blutkreislauf und den Durchmesser des Erdballs.

Und selbst der König ließ sich irgendeinen neumodischen Unsinn vorführen, eine Art künstliches Gewitter namens Elektrizität: Im Angesicht des ganzen Hofes rieb ein Mensch an einer Flasche, und es funkte, und Seine Majestät, so hört man, zeigte sich tief beeindruckt. Unvorstellbar, daß sein Urgroßvater, der wahrhaft große Ludwig, unter dessen segensreicher Herrschaft Baldini lange Jahre noch das Glück hatte gelebt zu haben, eine so lächerliche Demonstration vor seinen Augen geduldet hätte! Aber das war der Geist der neuen Zeit, und böse würde alles enden!

Denn wenn man schon ungeniert und auf die frechste Art die Autorität von Gottes Kirche in Zweifel ziehen konnte; wenn man über die nicht minder gottgewollte Monarchie und die geheiligte Person des Königs sprach, als seien beide bloß variable Posten in einem ganzen Katalog von anderen Regierungsformen, die man nach Gusto auswählen könne; wenn man sich schließlich noch so weit verstieg, wie das geschah, Gott selbst, den Allmächtigen, Ihn Höchstpersönlich, als entbehrlich hinzustellen und allen Ernstes zu behaupten, es seien Ordnung, Sitte und das Glück auf Erden ohne Ihn zu denken, rein aus der eingeborenen Moralität und der Vernunft der Menschen selber ... o Gott, o Gott! – dann allerdings brauchte man sich nicht zu wundern, wenn sich alles von oben nach unten kehrte und die Sitten verlotterten und die Menschheit das Strafgericht dessen, den sie verleugnete, auf sich herabzog. Böse wird es enden. Der große Komet von 1681, über den sie sich lustig gemacht haben, den sie als nichts als einen Haufen von Sternen bezeichnet haben, er war eben doch ein warnendes Vorzeichen Gottes gewesen, denn er hatte – jetzt wußte man es ja – ein Jahrhundert der Auflösung angezeigt, der Zersetzung, des geistigen und politischen und religiösen Sumpfes, den sich die Menschheit selber schuf, in dem sie dereinst selbst versinken wird und in dem nur noch schillernde und stinkende Sumpfblüten gediehen wie dieser Pélissier!

Er stand am Fenster, der alte Mann Baldini, und schaute mit gehässigem Blick gegen die schrägstehende Sonne auf den Fluß hinaus. Lastkähne tauchten unter ihm auf und glitten langsam nach Westen auf den Pont Neuf und den Hafen vor den Galerien des Louvre zu. Keiner wurde hier gegen die Strömung heraufgestakt, sie nahmen den Flußarm auf der anderen Seite der Insel. Hier strömte alles nur weg, die leeren und die beladenen Schiffe, die Ruderboote und die flachen Kähne der Fischer, das schmutzigbraune Wasser und das golden gekräuselte, alles strömte weg, langsam, breit und unaufhaltsam. Und wenn Baldini ganz steil nach unten blickte, hart an der Hauswand entlang, dann war es, als söge das strömende Wasser die Fundamente der Brücke davon, und es schwindelte ihm.

Es war ein Fehler gewesen, das Haus auf der Brücke zu kaufen, und ein doppelter Fehler, eines auf der westlich gelegenen Seite zu nehmen. Nun hatte er dauernd den wegströmenden Fluß vor Augen, und es war ihm, als ströme er selbst und sein Haus und sein in vielen Jahrzehnten erworbener Reichtum davon wie der Fluß und als sei er zu alt und zu schwach, sich noch gegen diese gewaltige Strömung zu stemmen. Manchmal, wenn er auf dem linken Ufer zu tun hatte, im Viertel um die Sorbonne oder bei Saint-Sulpice, dann ging er nicht über die Insel und den Pont Saint-Michel, sondern er nahm den längeren Weg über den Pont Neuf, denn diese Brücke war unbebaut. Und dann stellte er sich an die östliche Brüstung und schaute flußaufwärts, um wenigstens ein Mal alles auf sich zuströmen zu sehen; und für einige Augenblicke schwelgte er in der Vorstellung, die Tendenz seines Lebens habe sich umgekehrt, die Geschäfte florierten, die Familie gediehe, die Frauen flögen ihm zu und seine Existenz, statt zu zerrinnen, mehre und mehre sich.

Aber dann, wenn er den Blick nur ein klein wenig hob, sah er in einigen hundert Metern Entfernung sein eigenes Haus gebrechlich schmal und hoch auf dem Pont au Change, und er sah das Fenster seines Arbeitszimmers im ersten Stock und sah sich selbst dort am Fenster stehen, sah sich hinaussehen auf den Fluß und das wegströmende Wasser beobachten, wie jetzt. Und damit war der schöne Traum verflogen, und Baldini, auf dem Pont Neuf stehend, wandte sich ab, niedergeschlagener als zuvor, niedergeschlagen wie jetzt, da er sich vom Fenster abwendete, zum Schreibtisch ging und sich setzte.

12

Vor ihm stand der Flakon mit Pélissiers Parfum. Die Flüssigkeit schimmerte goldbraun im Sonnenlicht, klar, ohne die geringste Trübung. Ganz unschuldig sah sie aus, wie heller Tee – und enthielt doch neben vier Fünfteln Alkohol ein Fünftel eines geheimnisvollen Gemisches, das eine ganze Stadt in Aufregung versetzen konnte. Dieses Gemisch wiederum mochte aus drei oder aus dreißig verschiedenen Stoffen bestehen, die in einem ganz bestimmten von unzähligen möglichen Volumenverhältnissen zueinander standen. Es war die Seele des Parfums – soweit man bei einem Parfum dieses eiskalten Geschäftemachers Pélissier von Seele reden konnte –, und ihren Aufbau galt es nun herauszufinden.

Baldini schneuzte sich sorgfältig die Nase und ließ die Jalousie am Fenster etwas herunter, denn das direkte Sonnenlicht war jedem Riechstoff und jeder feineren geruchlichen Konzentration abträglich. Aus der Schublade des Schreibtischs holte er ein frisches weißes Spitzentaschentuch und entfaltete es. Dann öffnete er den Flakon durch eine leichte Drehung des Stöpsels. Den Kopf hielt er dabei weit zurück und kniff die Nasenflügel zusammen, denn er wollte um Gottes willen nicht einen vorschnellen Geruchseindruck direkt aus der Flasche erwischen. Parfum mußte in entfaltetem, luftigem Zustand gerochen werden, niemals konzentriert. Er sprenkelte einige Tropfen auf das Taschentuch, wedelte es durch die Luft, um den Alkohol davonzujagen, und hielt es sich dann unter die Nase. Mit drei ganz kurzen, ruckartigen Stößen riß er den Duft in sich hinein wie ein Pulver, blies ihn sofort wieder aus, fächelte sich Luft zu, schnüffelte noch einmal im Dreierrhythmus und nahm zum Abschluß einen ganz tiefen Atemzug, den er langsam und mehrmals verhaltend, gleichsam ihn wie über eine lange flache Treppe gleiten lassend, ausströmte. Er warf das Taschentuch auf den Tisch und ließ sich gegen die Sessellehne zurückfallen.

Das Parfum war ekelhaft gut. Dieser miserable Pélissier war leider ein Könner. Ein Meister, Gott sei's geklagt, und wenn er tausendmal nichts gelernt hatte! Baldini wünschte, es wäre von ihm, dieses ›Amor und Psyche‹. Es war keine Spur ordinär. Absolut klassisch, rund und harmonisch war es. Und trotzdem faszinierend neu. Es war frisch, aber nicht reißerisch. Es war blumig, ohne schmalzig zu sein. Es besaß Tiefe, eine herrliche, haftende, schwelgerische, dunkelbraune Tiefe – und war doch kein bißchen überladen oder schwülstig.

Baldini stand fast ehrfürchtig auf und hielt sich das Taschentuch noch einmal unter die Nase. »Wunderbar, wunderbar...« murmelte er und schnüffelte gierig, »es hat einen heiteren Charakter, es ist lieblich, es ist wie eine Melodie, es macht direkt gute Laune... Unsinn, gute Laune!« Und er schleuderte das Tüchlein wütend auf den Tisch zurück, wandte sich ab und ging in die hinterste Ecke des Zimmers, als schäme er sich seiner Begeisterung.

Lächerlich! Sich zu solchen Elogen hinreißen zu lassen. ›Wie eine Melodie. Heiter. Wunderbar. Gute Laune.‹ – Blödsinn! Kindischer Blödsinn. Eindruck des Augenblicks. Alter Fehler. Temperamentsfrage.

Wahrscheinlich italienisches Erbteil. Urteile nicht, solange du riechst! Das ist die erste Regel, Baldini, alter Schafskopf! Rieche, wenn du riechst, und urteile, wenn du gerochen hast! ›Amor und Psyche‹ ist ein nicht unebenes Parfum. Ein durchaus gelungenes Produkt. Ein geschickt zusammengestelltes Machwerk. Um nicht zu sagen ein Blendwerk. Und etwas anderes als ein Blendwerk war von einem Mann wie Pelissier auch gar nicht zu erwarten. Natürlich fabrizierte ein Kerl wie Pelissier kein Dutzendparfum. Der Schurke blendete mit höchster Könnerschaft, verwirrte den Geruchssinn mit perfekter Harmonie, ein Wolf im Schafspelz klassischer Geruchskunst war dieser Mensch, mit einem Wort: ein Scheusal mit Talent. Und das war schlimmer als ein Pfuscher mit dem rechten Glauben.

Aber du, Baldini, wirst dich nicht betören lassen. Du warst nur einen Augenblick lang überrascht vom ersten Eindruck des Machwerks. Aber weiß man denn, wie es in einer Stunde riechen wird, wenn seine flüchtigsten Substanzen sich verflogen haben und sein Mittelbau hervortritt? Oder wie es heute abend riechen wird, wenn nur noch jene schweren, dunklen Komponenten wahrzunehmen sind, die jetzt geruchlich wie im Zwielicht unter angenehmen Blütenschleiern liegen? Wart es ab, Baldini!

Die zweite Regel sagt: Das Parfum lebt in der Zeit; es hat seine Jugend, seine Reife und sein Alter. Und nur wenn es in allen drei verschiedenen Lebensaltern auf gleich angenehme Weise Duft verströmt, ist es als gelungen zu bezeichnen. Wie oft hatten wir nicht schon den Fall, daß eine Mischung, die wir machten, bei der ersten Probe herrlich frisch roch, nach kurzer Zeit nach faulem Obst und endlich nur noch ekelhaft nach reinem Zibet, das wir zu hoch dosierten. Vorsicht überhaupt mit Zibet! Ein Tropfen zuviel schafft Katastrophen. Alte Fehlerquelle. Wer weiß – vielleicht hat Pélissier zuviel Zibet erwischt? Vielleicht bleibt bis heut abend von seinem ambitiösen ›Amor und Psyche‹ nur noch ein Hauch von Katzenpisse übrig? Wir werden's sehn.

Wir werden's riechen. So wie ein scharfes Beil den Holzklotz in die kleinsten Scheite teilt, wird unsre Nase sein Parfum in jede Einzelheit zerspalten. Dann wird sich zeigen, daß dieser angebliche Zauberduft auf sehr normalem, wohlbekanntem Weg entstanden ist. Wir, Baldini, Parfumeur, werden dem Essigmischer Pélissier auf die Schliche kommen. Wir werden ihm die Maske von der Fratze reißen und dem Neuerer beweisen, wozu das alte Handwerk in der Lage ist. Haargenau wird es ihm nachgemischt, sein modisches Parfum. Es wird unter unsern Händen neu entstehen, so perfekt kopiert, daß es der Windhund selbst nicht mehr von seinem eignen unterscheiden kann. Nein! Das genügt uns nicht! Wir werden's noch verbessern! Wir werden ihm Fehler nachweisen und sie ausmerzen und es ihm auf diese Weise unter die Nase reiben: Du bist ein Pfuscher, Pélissier! Ein kleiner Stinker bist du! Ein Emporkömmling im Duftgewerbe, und sonst nichts!

An die Arbeit jetzt, Baldini! Die Nase geschärft und gerochen ohne Sentimentalität! Den Duft zerlegt nach den Regeln der Kunst! Bis heute abend mußt du im Besitz der Formel sein!

Und er stürzte zurück an den Schreibtisch, holte Papier, Tinte und ein frisches Taschentuch heraus, legte sich alles zurecht und begann seine analytische Arbeit. Das geschah so, daß er das mit frischem Parfum getränkte Tuch rasch unter der Nase vorbeizog und aus der vorüberfliegenden Duftwolke den einen oder anderen Bestandteil aufzufangen suchte, ohne allzusehr von der komplexen Mischung aller Teile abgelenkt zu sein; um dann, während er das Taschentuch mit ausgestrecktem Arm weit von sich hielt, den Namen des gefundenen Bestandteils rasch zu notieren und hierauf neuerdings das Tuch an der Nase vorbeifliegen zu lassen, das nächste Duftfragment zu erhaschen und so fort ...

13

Er arbeitete zwei Stunden lang ununterbrochen. Und immer hektischer wurden seine Bewegungen, immer fahriger das Gekrakel seiner Feder auf dem Papier, immer höher die Dosen des Parfums, das er aus dem Flakon in sein Taschentuch schüttete und sich unter die Nase hielt.

Er roch jetzt kaum noch etwas, er war längst betäubt von den ätherischen Substanzen, die er einatmete, konnte nicht einmal mehr wiedererkennen, was er zu Beginn seines Probierens zweifelsfrei analysiert zu haben glaubte. Er wußte, daß es sinnlos war, weiterzuriechen. Er würde nie herausbekommen, woraus dieses neumodische Parfum zusammengesetzt war, heute schon überhaupt nicht mehr, aber auch morgen nicht, wenn sich seine Nase, so Gott wollte, wieder erholt haben würde. Er hatte dieses zersetzende Riechen nie gelernt. Es war ihm eine unselig widerwärtige Beschäftigung, einen Duft zu zerspalten; ein Ganzes, ein gut oder weniger gut Gefügtes, aufzuteilen in seine simplen Fragmente. Es interessierte ihn nicht. Er wollte nicht mehr.

Aber mechanisch fuhr seine Hand fort, mit jener tausendmal geübten zierlichen Bewegung das Spitzentaschentuch zu tränken, es zu schütteln und rasch am Gesicht vorbeizuwedeln, und mechanisch riß er bei jedem Vorüberflug eine Portion duftgetränkter Luft in sich hinein, um sie kunstgerecht verhalten ausströmen zu lassen. Bis ihn endlich seine eigene Nase von der Qual befreite, indem sie von innen her allergisch schwoll und sich wie mit einem wächsernen Pfropfen selbst verschloß. Jetzt konnte er gar nichts mehr riechen, kaum noch atmen. Wie von einem schweren Schnupfen zugelötet war die Nase, und in seinen Augenwinkeln sammelten sich kleine Tränen. Gott im Himmel sei Dank! Nun konnte er guten Gewissens ein Ende machen. Nun hatte er seine Pflicht getan, nach besten Kräften, nach allen Regeln der Kunst, und war, wie schon so oft, gescheitert. Ultra posse nemo obligatur. Feierabend. Morgen früh würde er zu Pélissier schicken um eine große Flasche ›Amor und Psyche‹ und damit die spanische Haut für den Grafen Verhamont beduften, wie bestellt. Und danach würde er sein Köfferchen nehmen, mit den altmodischen Seifen, Sentbons, Pomaden und Sachets, und seine Runde machen durch die Salons greiser Herzoginnen. Und eines Tages würde die letzte greise Herzogin gestorben sein und damit seine letzte Kundin. Und dann würde er selbst ein Greis sein und würde sein Haus verkaufen müssen, an Pélissier oder an irgendeinen anderen dieser aufstrebenden Händler, vielleicht bekäme er noch ein paar tausend Livre dafür. Und würde ein, zwei Koffer packen und mit seiner alten Frau, wenn die bis dahin noch nicht tot war, nach Italien reisen. Und wenn er die Reise überlebte, würde er sich ein kleines Häuschen auf dem Lande bei Messina kaufen, wo es billig war. Und dort würde er sterben, Giuseppe Baldini, einst größter Parfumeur von Paris, in bitterster Armut, wann immer Gott es gefiel. Und so war es gut.

Er stöpselte den Flakon zu, legte die Feder aus der Hand und wischte sich ein letztes Mal mit dem getränkten Taschentuch über die Stirn. Er spürte die Kühle des verdunstenden Alkohols, sonst nichts mehr. Dann ging die Sonne unter.

Baldini erhob sich. Er öffnete die Jalousie, und sein Körper tauchte bis herab zu den Knien ins Abendlicht und glühte auf wie eine abgebrannte glosende Fackel. Er sah den tiefroten Saum der Sonne hinterm Louvre und das zartere Feuer auf den Schieferdächern der Stadt. Unter ihm der Fluß glänzte wie Gold, die Schiffe waren verschwunden. Und es kam wohl ein Wind auf, denn über die Wasserfläche fielen die Böen wie Schuppen, und es glitzerte da und dort und immer näher, als streue eine riesige Hand Millionen von Louisdor-Stücken ins Wasser, und die Richtung des Flusses schien sich für einen Moment umgekehrt zu haben: er strömte auf Baldini zu, eine gleißende Flut von purem Gold.

Baldinis Augen waren feucht und traurig. Eine Weile lang stand er still und beobachtete das herrliche Bild. Dann, plötzlich, riß er das Fenster auf, schlug die beiden Flügel weit auseinander und warf den Flakon mit Pélissiers Parfum in hohem Bogen hinaus. Er sah, wie er aufplatschte und für einen Augenblick den glitzernden Wasserteppich zerriß.

Frische Luft strömte ins Zimmer. Baldini schöpfte Atem und merkte, wie sich die Schwellung seiner Nase löste. Dann schloß er das Fenster. Fast im gleichen Moment wurde es Nacht, ganz plötzlich. Das goldglänzende Bild der Stadt und des Flusses erstarrte zu einer aschgrauen Silhouette. Im Zimmer war es mit einem Schlag düster geworden. Baldini stand wieder in der gleichen Haltung wie zuvor und starrte zum Fenster hinaus. »Ich werde morgen nicht zu Pélissier schicken«, sagte er und umklammerte mit beiden Händen die Rückenlehne seines Stuhles. »Ich werde es nicht tun. Und ich werde auch nicht meine Tour durch die Salons machen. Sondern ich werde morgen zum Notar gehen und mein Haus und mein Geschäft verkaufen. Das werde ich tun. E basta!«

Er hatte einen trotzigen, bubenhaften Gesichtsausdruck bekommen und fühlte sich auf einmal sehr glücklich. Er war wieder der alte, der junge Baldini, mutig, und entschlossen wie je, dem Schicksal die Stirn zu bieten – auch wenn das Stirnbieten in diesem Fall nur Rückzug war. Und wenn schon! Es blieb ja nichts anderes übrig. Die dumme Zeit ließ keine andre Wahl. Gott gibt gute und schlechte Zeiten, aber er will nicht, daß wir in schlechten Zeiten jammern und wehklagen, sondern daß wir uns männlich bewähren. Und Er hatte ein Zeichen gegeben. Das blutrot-goldene Trugbild der Stadt war eine Warnung gewesen: Handle, Baldini, eh es zu spät ist! Noch steht dein Haus fest, noch sind deine Lager gefüllt, noch wirst du einen guten Preis für dein niedergehendes Geschäft erzielen können. Noch liegen die Entscheidungen in deiner Hand. In Messina bescheiden alt zu werden, das ist zwar nicht dein Lebensziel gewesen – aber es ist doch ehrenwerter und gottgefälliger als in Paris pompös zugrunde zu gehen. Sollen die Brouets, Calteaux und Pélissiers ruhig triumphieren. Giuseppe Baldini räumt das Feld. Aber er tat es aus freien Stücken und ungebeugt!

Er war jetzt direkt stolz auf sich. Und unendlich erleichtert. Zum ersten Mal seit vielen Jahren wich der subalterne Krampf aus seinem Rücken, der den Nacken verspannte und die Schultern immer devoter gewölbt hatte, und er stand ohne Anstrengung aufrecht, gelöst und frei und freute sich. Sein Atem ging leicht durch die Nase. Er nahm den Geruch von ›Amor und Psyche‹, der das Zimmer beherrschte, deutlich wahr, aber er ließ sich nichts mehr von ihm anhaben. Baldini hatte sein Leben geändert und fühlte sich wunderbar. Er würde jetzt zu seiner Frau hinaufgehen und sie von seinen Entschlüssen in Kenntnis setzen und dann nach Notre-Dame hinüberpilgern und eine Kerze anzünden, um Gott zu danken für den gnädigen Fingerzeig und für die unglaubliche Charakterstärke, die Er ihm, Giuseppe Baldini, verliehen hatte.

Mit beinahe jugendlichem Elan warf er die Perücke auf seinen kahlen Schädel, schlüpfte in den blauen Rock, ergriff den Leuchter, der auf dem Schreibtisch stand, und verließ das Arbeitszimmer. Er hatte gerade die Kerze am Talglicht des Treppenhauses angezündet, um sich den Weg hinauf zur Wohnung zu beleuchten, als er es unten im Erdgeschoß klingeln hörte. Es war nicht das schöne persische Geläute der Ladentür, sondern die scheppernde Klingel des Dienstboteneingangs, ein ekelhaftes Geräusch, das ihn schon immer gestört hatte. Oft wollte er das Ding entfernen und durch eine angenehmere Glocke ersetzen lassen, aber dann war es ihm immer um die Ausgabe leid gewesen, und jetzt, fiel ihm plötzlich ein, und er kicherte bei dem Gedanken, jetzt war's egal; er würde die aufdringliche Klingel samt dem Haus verkaufen. Sollte sein Nachfolger sich darüber ärgern!

Wieder schepperte die Klingel. Er lauschte nach unten. Offenbar hatte Chénier den Laden schon verlassen. Auch das Dienstmädchen machte keine Anstalten zu kommen. So stieg Baldini selbst hinab, um zu öffnen.

Er riß den Riegel zurück, schwenkte die schwere Tür auf – und sah nichts. Die Dunkelheit verschluckte den Schein der Kerze vollständig. Dann, sehr allmählich, konnte er eine kleine Gestalt ausmachen, ein Kind oder einen halbwüchsigen Jungen, der etwas über dem Arm trug.

»Was willst du?«

»Ich komme von Maître Grimal, ich bringe das Ziegenleder«, sagte die Gestalt und trat näher und hielt Baldini den abgewinkelten Arm mit einigen übereinandergehängten Häuten entgegen. Im Lichtschein erkannte Baldini das Gesicht eines Jungen mit ängstlich lauernden Augen. Seine Haltung war geduckt. Es schien, als verstecke er sich hinter seinem vorgehaltenen Arm wie einer, der Schläge erwartet. Es war Grenouille.

14

Das Ziegenleder für die spanische Haut! Baldini erinnerte sich. Er hatte die Häute vor ein paar Tagen bei Grimal bestellt, feinstes weichstes Waschleder für die Schreibunterlage des Grafen Verhamont, fünfzehn Franc das Stück. Aber jetzt brauchte er sie eigentlich nicht mehr, er konnte sich das Geld sparen. Andrerseits, wenn er den Jungen einfach zurückschickte ...? Wer weiß – es könnte einen ungünstigen Eindruck machen, man würde vielleicht reden, Gerüchte könnten entstehen: Baldini sei unzuverlässig geworden, Baldini bekomme keine Aufträge mehr, Baldini könne nicht mehr zahlen ... und so etwas war nicht gut, nein, nein, denn so etwas drückte womöglich den Verkaufswert des Geschäfts. Es war besser, diese nutzlosen Ziegenhäute anzunehmen. Niemand brauchte zur Unzeit zu erfahren, daß Giuseppe Baldini sein Leben geändert hatte.

»Komm herein!«

Er ließ den Jungen eintreten, und sie gingen in den Laden hinüber, Baldini mit dem Leuchter voran, Grenouille mit seinen Häuten hinterdrein. Es war das erste Mal, daß Grenouille eine Parfumerie betrat, einen Ort, wo Gerüche nicht Beiwerk waren, sondern ganz unverblümt im Mittelpunkt des Interesses standen. Natürlich kannte er sämtliche Parfum- und

Drogenhandlungen der Stadt, nächtelang war er vor den Auslagen gestanden, hatte seine Nase an die Spalten der Türen gedrückt. Er kannte sämtliche Düfte, die hier gehandelt wurden, und hatte sie in seinem Innern schon oft zu herrlichsten Parfums zusammengedacht. Es erwartete ihn also nichts Neues. Aber ebenso wie ein musikalisches Kind darauf brennt, ein Orchester aus der Nähe zu sehen oder einmal in der Kirche auf die Empore hinaufzusteigen, zum verborgenen Manual der Orgel, so brannte Grenouille darauf, eine Parfumerie von innen zu sehen, und er hatte, als er hörte, es solle Leder zu Baldini geliefert werden, alles daran gesetzt, diese Besorgung übernehmen zu dürfen.

Und nun stand er in Baldinis Laden, an dem Ort von Paris, an dem die größte Anzahl professioneller Düfte auf engstem Raum versammelt war. Viel sah er nicht im vorüberfliegenden Kerzenlicht, nur kurz den Schatten des Kontors mit der Waage, die beiden Reiher über dem Becken, einen Sessel für die Kunden, die dunklen Regale an den Wänden, das kurze Aufblinken von Messinggerät und weißen Etiketten auf Gläsern und Tiegeln; und er roch auch nicht mehr, als er schon von der Straße her gerochen hatte. Aber er spürte sofort den Ernst, der in diesen Räumen herrschte, fast möchte man sagen, den heiligen Ernst, wenn das Wort »heilig« für Grenouille irgendeine Bedeutung besessen hätte; den kalten Ernst spürte er, die handwerkliche Nüchternheit, den trockenen Geschäftssinn, die an jedem Möbel, an jedem Gerät, an den Bottichen und Flaschen und Töpfen klebten. Und während er hinter Baldini herging, in Baldinis

Schatten, denn Baldini nahm sich nicht die Mühe, ihm zu leuchten, überkam ihn der Gedanke, daß er hierhergehöre und nirgendwo anders hin, daß er hier bleiben werde, daß er von hier die Welt aus den Angeln heben würde.

Dieser Gedanke war natürlich von geradezu grotesker Unbescheidenheit. Es gab nichts, aber schon wirklich rein gar nichts, was einen dahergelaufenen Gerbereihilfsarbeiter dubioser Abkunft, ohne Verbindung oder Protektion, ohne die geringste ständische Position, zu der Hoffnung berechtigte, in der renommiertesten Duftstoffhandlung von Paris Fuß zu fassen; um so weniger, als, wie wir wissen, die Auflösung des Geschäfts bereits beschlossene Sache war. Aber es handelte sich ja auch nicht um eine Hoffnung, die sich in Grenouilles unbescheidenen Gedanken ausdrückte, sondern um eine Gewißheit. Diesen Laden, so wußte er, würde er nur noch verlassen, um seine Kleider bei Grimal abzuholen, und dann nicht mehr. Der Zeck hatte Blut gewittert. Jahrelang war er still gewesen, in sich verkapselt, und hatte gewartet. Jetzt ließ er sich fallen auf Gedeih und Verderb, vollkommen hoffnungslos. Und deshalb war seine Sicherheit so groß.

Sie hatten den Laden durchquert. Baldini öffnete den nach der Flußseite gelegenen Hinterraum, der teils als Lager, teils als Werkstatt und Labor diente, wo die Seifen gekocht und die Pomaden gerührt und die Riechwässer in bauchigen Flaschen gemischt wurden. »Da!« sagte er und wies auf einen großen Tisch, der vor dem Fenster stand, »da leg sie hin!«

Grenouille trat aus Baldinis Schatten heraus, legte

die Leder auf den Tisch, sprang dann rasch wieder zurück und stellte sich zwischen Baldini und die Tür. Baldini blieb noch eine Weile stehen. Er hielt die Kerze etwas beiseite, damit keine Wachstropfen auf den Tisch fielen, und strich mit dem Fingerrücken über die glatte Fläche des Leders. Dann schlug er das oberste um und fuhr über die samtige, zugleich rauhe und weiche Innenseite. Es war sehr gut, dieses Leder. Wie geschaffen für eine spanische Haut. Es würde sich beim Trocknen kaum verziehen, es würde, wenn man es richtig mit dem Falzbein strich, wieder geschmeidig werden, er spürte das sofort, wenn er es nur zwischen Daumen und Zeigefinger drückte; es konnte Duft für fünf oder zehn Jahre aufnehmen; es war ein sehr, sehr gutes Leder – vielleicht würde er Handschuhe daraus machen, drei Paar für sich und drei Paar für seine Frau, für die Reise nach Messina.

Er zog seine Hand zurück. Rührend sah der Arbeitstisch aus: wie alles bereit lag; die Glaswanne für das Duftbad, die Glasplatte zum Trocknen, die Reibschalen zum Anmischen der Tinktur, Pistill und Spatel, Pinsel und Falzbein und Schere. Es war, als schliefen die Dinge nur, weil es dunkel war, und als würden sie morgen wieder lebendig. Vielleicht sollte er den Tisch mitnehmen nach Messina? Und einen Teil seines Werkzeugs, nur die wichtigsten Stücke...? Man saß und arbeitete sehr gut an diesem Tisch. Er bestand aus Eichenbrettern, und das Gestell ebenfalls, und er war quer verstrebt, da zitterte und wackelte nichts an diesem Tisch, dem machte keine Säure etwas aus und kein Öl und kein Messerschnitt – und ein Vermögen würde es kosten, ihn nach Messina zu bringen! Selbst mit dem Schiff! Und darum wird er verkauft, der Tisch, morgen wird er verkauft, und alles, was darauf, darunter und daneben ist, wird ebenfalls verkauft! Denn er, Baldini, hatte zwar ein sentimentales Herz, aber er hatte auch einen starken Charakter, und deshalb würde er, so schwer es ihm fiel, seinen Entschluß durchführen; mit Tränen in den Augen gab er alles weg, aber er würde es trotzdem tun, denn er wußte, daß es richtig war, er hatte ein Zeichen bekommen.

Er drehte sich um, um zu gehen. Da stand dieser kleine verwachsene Mensch in der Tür, den hatte er fast schon vergessen. »Es ist gut«, sagte Baldini. »Richte dem Meister aus, das Leder ist gut. Ich werde in den nächsten Tagen vorbeikommen, um zu bezahlen.«

»Jawohl«, sagte Grenouille und blieb stehen und verstellte Baldini, der sich anschickte, seine Werkstatt zu verlassen, den Weg. Baldini stutzte ein wenig, hielt aber in seiner Ahnungslosigkeit das Verhalten des Jungen nicht für Chuzpe, sondern für Schüchternheit.

»Was ist?« fragte er. »Hast du mir noch etwas zu bestellen? Nun? Sag es nur!«

Grenouille stand geduckt und schaute Baldini mit jenem Blick an, der scheinbar Ängstlichkeit verriet, in Wirklichkeit aber einer lauernden Gespanntheit entsprang.

»Ich will bei Ihnen arbeiten, Maître Baldini. Bei Ihnen, in Ihrem Geschäft will ich arbeiten.«

Das war nicht bittend gesagt, sondern fordernd, und es war auch nicht eigentlich gesagt, sondern herausgepreßt, hervorgezischelt, schlangenhaft. Und wieder verkannte Baldini das unheimliche Selbstb wußtsein Grenouilles als knabenhafte Unbeholfenheit. Er lächelte ihn freundlich an. »Du bist Gerberlehrling, mein Sohn«, sagte er, »ich habe keine Verwendung für einen Gerberlehrling. Ich habe selbst einen Gesellen, und einen Lehrling brauche ich nicht.«

»Sie wollen diese Ziegenleder riechen machen, Maître Baldini? Diese Leder, die ich Ihnen gebracht habe, die wollen Sie doch riechen machen?« zischelte Grenouille, als habe er Baldinis Antwort gar nicht zur Kenntnis genommen.

»In der Tat«, sagte Baldini.

»Mit ›Amor und Psyche‹ von Pélissier?« fragte Grenouille und duckte sich noch tiefer zusammen.

Jetzt zuckte ein milder Schrecken durch Baldinis Körper. Nicht weil er sich fragte, woher der Bursche so genau Bescheid wußte, sondern einfach wegen der Namensnennung dieses verhaßten Parfums, an dessen Enträtselung er heute gescheitert war.

»Wie kommst du auf die absurde Idee, ich würde ein fremdes Parfum benutzen, um ...«

»Sie riechen danach!« zischelte Grenouille. »Sie tragen es auf der Stirn, und in der rechten Rocktasche haben Sie ein Tuch, das ist getränkt davon. Es ist nicht gut, dieses ›Amor und Psyche‹, es ist schlecht, es ist zuviel Bergamotte darin und zuviel Rosmarin und zuwenig Rosenöl.«

»Aha«, sagte Baldini, der von der Wendung des Gesprächs ins Exakte völlig überrascht war, »was noch?«

»Orangenblüte, Limette, Nelke, Moschus, Jasmin, Weingeist und etwas, von dem ich den Namen nicht kenne, hier, sehen Sie, da! In dieser Flasche!« Und er deutete mit dem Finger ins Dunkle. Baldini hielt den

Leuchter in die angegebene Richtung, sein Blick folgte dem Zeigefinger des Jungen und fiel auf eine Flasche im Regal, die mit einem graugelben Balsam gefüllt war.

»Storax?« fragte er.

Grenouille nickte. »Ja. Das ist drin. Storax.« Und dann krümmte er sich wie von einem Krampf zusammengezogen und murmelte mindestens ein dutzendmal das Wort ›Storax‹ vor sich hin: »Storaxstoraxstoraxstorax...«

Baldini hielt die Kerze gegen das storaxkrächzende Häuflein Mensch und dachte: Entweder ist er besessen, oder er ist ein betrügerischer Gauner, oder er ist ein begnadetes Talent. Denn daß die angegebenen Stoffe in richtiger Zusammensetzung das Parfum ›Amor und Psyche‹ ergeben konnten, war durchaus möglich; es war sogar wahrscheinlich. Rosenöl, Nelke und Storax – nach diesen drei Komponenten hatte er heute nachmittag so verzweifelt gesucht; mit ihnen fügten sich die anderen Teile der Komposition – die auch er erkannt zu haben glaubte – wie Segmente zu einem hübschen runden Kuchen. Es war jetzt nur noch die Frage, in welchem exakten Verhältnis zueinander man sie fügen mußte. Um das herauszufinden, würde er, Baldini, tagelang herumexperimentieren müssen, eine entsetzliche Arbeit, fast noch schlimmer als das bloße Identifizieren der Teile, denn nun galt es, zu messen und zu wägen und zu notieren und dabei doch höllisch aufzupassen, denn die kleinste Unaufmerksamkeit – ein Zittern mit der Pipette, ein Fehler beim Tropfenzählen – konnte alles verderben. Und jeder verpatzte Versuch war gräßlich teuer. Jede verdorbene Mischung kostete ein kleines Vermögen... Er wollte den kleinen Menschen auf die Probe stellen, wollte ihn nach der exakten Formel von ›Amor und Psyche‹ fragen. Wenn er sie wußte, auf Gramm und Tropfen genau – dann war er offenkundig ein Betrüger, der sich auf irgendeine Weise das Rezept von Pélissier ergaunert hatte, um sich bei Baldini Zutritt und Anstellung zu verschaffen. Erriet er sie aber ungefähr, dann war er ein Geruchsgenie und forderte als solches Baldinis professionelles Interesse heraus. Nicht daß Baldini seinen gefaßten Entschluß, das Geschäft aufzugeben, in Frage stellte! Es kam ihm nicht auf das Parfum von Pélissier als solches an. Selbst wenn der Bursche es ihm literweise verschaffte, Baldini dächte nicht im Traum daran, die spanische Haut des Grafen Verhamont damit zu beduften, aber ... Aber man war doch nicht sein Leben lang Parfumeur gewesen, hatte sich nicht ein Leben lang mit der Zusammensetzung von Düften beschäftigt, um von einer Stunde zur anderen seine ganze professionelle Leidenschaft zu verlieren! Es interessierte ihn jetzt, die Formel dieses verfluchten Parfums herauszubekommen, und mehr noch, das Talent dieses unheimlichen Jungen zu erforschen, der ihm einen Duft von der Stirne abgelesen hatte. Er wollte wissen, was da dahintersteckte. Er war ganz einfach neugierig.

»Du hast, so scheint es, eine feine Nase, junger Mann«, sagte er, nachdem Grenouille mit seinem Gekrächze aufgehört hatte, und trat zurück in die Werkstatt, um den Leuchter vorsichtig auf dem Arbeitstisch abzustellen, »eine zweifellos feine Nase, aber ...«

»Ich habe die beste Nase von Paris, Maître Baldini«,

schnarrte Grenouille dazwischen. »Ich kenne alle Gerüche der Welt, alle, die in Paris sind, alle, nur kenne ich von manchen die Namen nicht, aber ich kann auch die Namen lernen, alle Gerüche, die Namen haben, das sind nicht viele, das sind nur einige Tausende, ich werde sie alle lernen, ich werde den Namen des Balsams nie vergessen, Storax, der Balsam heißt Storax heißt er, Storax...«

»Schweig!« rief Baldini, »unterbrich mich nicht, wenn ich spreche! Du bist vorlaut und anmaßend. Kein Mensch kennt tausend Gerüche beim Namen. Selbst ich kenne nicht tausend beim Namen, sondern nur einige hundert, denn mehr gibt es nicht in unserem Gewerbe als einige hundert, alles andre ist nicht Geruch, sondern Gestank!«

Grenouille, der sich während seiner längeren eruptiven Zwischenrede beinahe körperlich entfaltet, in der Erregung sogar für einen Moment mit beiden Armen im Kreis gefuchtelt hatte, um das ›alles, alles‹, was er kenne, zu umschreiben, klappte bei Baldinis Entgegnung augenblicks wieder in sich zusammen wie eine kleine schwarze Kröte und verharrte auf der Türschwelle, bewegungslos lauernd.

»Ich bin mir«, fuhr Baldini fort, »selbstverständlich längst darüber im klaren, daß ›Amor und Psyche‹ aus Storax, Rosenöl und Nelke sowie Bergamott und Rosmarinextrakt et cetera besteht. Um das herauszufinden, bedarf es, wie gesagt, bloß einer leidlich feinen Nase, und es mag durchaus sein, daß Gott dir eine leidlich feine Nase gegeben hat, wie vielen, vielen anderen Menschen auch – namentlich in deinem Alter. Der Parfumeur jedoch« – und hier hob Baldini den

Zeigefinger und wölbte seine Brust heraus – »der Parfumeur jedoch braucht mehr als eine leidlich feine Nase. Er braucht ein über viele Jahrzehnte geschultes, unbestechlich arbeitendes Riechorgan, das ihn in Stand versetzt, auch komplizierteste Gerüche nach Art und Menge sicher zu enträtseln, ebenso wie neue, unbekannte Duftgemische zu kreieren. Eine solche Nase« – und er tippte mit dem Finger an die seine – »*hat* man nicht, junger Mann! Eine solche Nase erwirbt man sich mit Ausdauer und Fleiß. Oder könntest du mir vielleicht auf Anhieb die exakte Formel von ›Amor und Psyche‹ nennen? Nun? Könntest du das?«

Grenouille antwortete nicht.

»Könntest du sie mir vielleicht ungefähr verraten?« sagte Baldini und beugte sich ein wenig vor, um die Kröte in der Tür genauer zu sehen, »nur so in etwa, schätzungsweise? Nun? Sprich, du beste Nase von Paris!«

Doch Grenouille schwieg.

»Siehst du?« sagte Baldini gleichermaßen befriedigt wie enttäuscht und richtete sich wieder auf, »du kannst es nicht. Natürlich nicht. Wie solltest du es auch können. Du bist wie einer, der beim Essen schmeckt, ob Kerbel oder Petersilie in der Suppe ist. Nun gut – das ist schon etwas. Aber deshalb bist du noch lange kein Koch. In jeder Kunst und auch in jedem Handwerk – merke dir das, bevor du gehst! – gilt das Talent so gut wie nichts, aber alles die Erfahrung, die durch Bescheidenheit und Fleiß erworben wird.«

Er griff nach dem Leuchter auf dem Tisch, als Grenouilles gepreßte Stimme von der Tür her schnarrte: »Ich weiß nicht, was eine Formel ist, Maître, das weiß ich nicht, sonst weiß ich alles!«

»Eine Formel ist das A und O jeden Parfums«, erwiderte Baldini streng, denn er wollte dem Gespräch nun ein Ende machen. »Sie ist die akribische Anweisung, in welchem Verhältnis die einzelnen Ingredienzen zu mischen sind, damit der eine gewünschte, unverwechselbare Duft entstehe; das ist die Formel. Sie ist das Rezept – wenn du dieses Wort besser verstehst.«

»Formel, Formel«, krächzte Grenouille und wurde etwas größer in der Tür, »ich brauche keine Formel. Ich habe das Rezept in meiner Nase. Soll ich es für Sie mischen, Maître, soll ich es mischen, soll ich?«

»Wie denn?« rief Baldini mit ziemlicher Lautstärke und hielt dem Gnom die Kerze vors Gesicht. »Wie denn mischen?«

Grenouille zuckte zum ersten Mal nicht mehr zurück. »Aber sie sind doch alle da, die man braucht, die Gerüche, sind doch alle da, in diesem Raum«, sagte er und deutete wieder ins Dunkle. »Rosenöl da! Orangenblüte da! Nelke da! Rosmarin da ...!«

»Freilich sind sie da!« brüllte Baldini. »Alle sind sie da! Aber ich sage dir doch, Holzkopf, das nützt nichts, wenn man die Formel nicht hat!«

»...Jasmin da! Weingeist da! Bergamotte da! Storax da!« krächzte Grenouille weiter und deutete bei jedem Namen auf einen anderen Punkt im Raum, wo es so dunkel war, daß man den Schatten der Regale mit den Flaschen höchstens ahnen konnte.

»Du siehst wohl auch bei Nacht, he?« fuhr Baldini ihn an, »du hast nicht nur die feinste Nase, sondern auch die schärfsten Augen von Paris, wie? Wenn du nur leidlich gute Ohren hast, dann mach sie auf, denn ich sage dir: Du bist ein kleiner Betrüger. Wahrscheinlich hast du irgend etwas aufgeschnappt bei Pélissier, hast was ausspioniert, wie? Und glaubst, du könntest mich hinters Licht führen?«

Grenouille stand jetzt ganz auseinandergefaltet, sozusagen in voller Körpergröße in der Türe, mit leicht auseinandergestellten Beinen und leicht abgespreizten Armen, so daß er aussah wie eine schwarze Spinne, die sich an Schwelle und Rahmen festkrallte. »Geben Sie mir zehn Minuten«, sagte er in ziemlich flüssiger Rede, »und ich werde Ihnen das Parfum ›Amor und Psyche‹ herstellen. Jetzt gleich und hier in diesem Raum. Maître, geben Sie mir fünf Minuten!«

»Du glaubst, ich lasse dich in meiner Werkstatt herumpantschen? Mit Essenzen, die ein Vermögen wert sind? Dich?«

»Ja«, sagte Grenouille.

»Pah!« rief Baldini und stieß dabei den ganzen Atem, den er hatte, auf einmal heraus. Dann holte er tief Luft, sah den spinnenhaften Grenouille lange an und überlegte. Im Grunde ist es egal, dachte er, denn morgen hat sowieso alles ein Ende. Ich weiß zwar, daß er das, was er behauptet, nicht kann, ja gar nicht können kann, er wäre denn noch größer als der große Frangipani. Aber warum soll ich mir das, was ich weiß, nicht noch vor Augen demonstrieren lassen? Womöglich kommt mir sonst in Messina eines Tages – man wird ja manchmal sonderbar im Alter und versteift sich auf die verrücktesten Ideen – der Gedanke, ich hätte ein olfaktorisches Genie, ein Wesen, auf dem die Gnade Gottes überreichlich ruhte, ein Wunderkind, als solches nicht erkannt ... – Es ist ganz ausgeschlossen. Nach allem, was mir der Verstand sagt, ist es ausgeschlossen – aber Wunder gibt es, das steht fest. Nun, wenn ich dereinst sterbe in Messina, und auf dem Sterbelager kommt mir der Gedanke: Damals in Paris, an jenem Abend, hast du vor einem Wunder die Augen zugemacht ...? Das wäre nicht sehr angenehm, Baldini! Soll der Narr die paar Tropfen Rosenöl und Moschustinktur verkleckern, du selbst hättest sie auch verkleckert, wenn dich das Parfum von Pélissier noch wirklich interessierte. Und was sind schon die paar Tropfen – wiewohl teuer, sehr, sehr teuer! – gemessen an der Sicherheit des Wissens und an einem ruhigen Lebensabend?

»Paß auf!« sagte er mit künstlich strenger Stimme, »paß auf! Ich ... – wie heißt du überhaupt?«

»Grenouille«, sagte Grenouille. »Jean-Baptiste Grenouille.«

»Aha«, sagte Baldini. »Also paß auf, Jean-Baptiste Grenouille! Ich habe es mir überlegt. Du sollst die Gelegenheit bekommen, jetzt, sofort, deine Behauptung zu beweisen. Dies ist zugleich eine Gelegenheit für dich, durch ein eklatantes Scheitern die Tugend der Bescheidenheit zu lernen, welche – in deinem jungen Alter vielleicht verzeihlicherweise noch kaum entwickelt – eine unabdingbare Voraussetzung für dein späteres Fortkommen als Mitglied deiner Zunft und deines Standes, als Ehemann, als Untertan, als Mensch und als ein guter Christ sein wird. Ich bin bereit, dir diese Lehre auf meine Kosten zu erteilen, denn aus bestimmten Gründen bin ich heute spendabel aufgelegt, und, wer weiß, vielleicht wird mir eines Tages die Rückerinnerung an diese Szene etwas Heiterkeit bereiten. Aber glaube nicht, du könntest mich übertölpeln! Giuseppe Baldinis Nase ist alt, aber sie ist scharf, scharf genug, auch den kleinsten Unterschied zwischen deiner Mixtur und diesem Produkt hier« – und dabei zog er sein ›Amor und Psyche‹-getränktes Tüchlein aus der Tasche und wedelte es Grenouille vor die Nase – »sofort festzustellen. Tritt näher, beste Nase von Paris! Tritt näher an diesen Tisch und zeige, was du kannst! Doch gib acht, daß du mir nichts umstößt und herunterwirfst! Rühre mir nichts an! Erst will ich mehr Licht machen. Wir wollen große Beleuchtung haben für dieses kleine Experiment, nicht wahr?«

Und damit nahm er zwei andere Leuchter, die am Rand des großen Eichentisches standen, und zündete sie an. Er postierte sie alle drei nebeneinander an der hinteren Längsseite, schob das Leder beiseite, räumte den mittleren Teil des Tisches frei. Dann, mit zugleich ruhigen und raschen Griffen, holte er die Geräte, die das Geschäft erforderte, von einem kleinen Gestell: die große bauchige Mischflasche, den gläsernen Trichter, die Pipette, das kleine und das große Meßglas, und stellte sie wohlgeordnet vor sich auf die Eichenplatte.

Grenouille hatte sich inzwischen vom Türrahmen gelöst. Schon während Baldinis pompöser Rede war das Versteifte, lauernd Verdruckte von ihm abgefallen. Er hörte nur die Zustimmung, nur das Ja, mit dem innern Jubel eines Kindes, das sich ein Zugeständnis ertrotzt hat und auf die Einschränkungen, Bedingungen und moralischen Ermahnungen, die sich daran knüpfen, pfeift. Locker dastehend, einem Menschen zum ersten Mal ähnlicher als einem Tier, ließ er den Rest von Baldinis Suada über sich ergehen und wußte, daß er diesen Mann, der ihm nun nachgab, schon überwältigt hatte.

Während Baldini noch mit seinen Kerzenleuchtern auf dem Tisch hantierte, schlüpfte Grenouille schon in das seitliche Dunkel der Werkstatt, wo die Regale mit den kostbaren Essenzen, Ölen und Tinkturen standen, und griff sich, der sicheren Witterung seiner Nase folgend, die benötigten Fläschchen von den Borden. Neun waren es an der Zahl: Orangenblütenessenz, Limettenöl, Nelken- und Rosenöl, Jasmin-, Bergamott- und Rosmarinextrakt, Moschustinktur und Storaxbalsam, die er sich rasch herunterpflückte und am Rand des Tisches zurechtstellte. Als letztes schleppte er einen Ballon mit hochprozentigem Weingeist heran. Dann stellte er sich hinter Baldini, der noch immer mit bedächtiger Pedanterie seine Mischgefäße arrangierte, dieses Glas ein wenig dahin rückte, jenes noch ein wenig dorthin, damit alles seine gute altgewohnte Ordnung habe und sich im vorteilhaftesten Licht der Leuchter präsentiere – und wartete, zitternd vor Ungeduld, daß der Alte sich entferne und ihm Platz mache.

»So!« sagte Baldini endlich und trat zur Seite. »Hier ist alles aufgereiht, was du für dein – nennen wir es freundlicherweise ›Experiment‹ benötigst. Zerbrich mir nichts, vertropfe mir nichts! Denn merke: Diese Flüssigkeiten, mit denen du jetzt fünf Minuten lang hantieren darfst, sind von einer Kostbarkeit und Seltenheit, wie du sie nie wieder in deinem Leben in so konzentrierter Form in Händen halten wirst!«

»Wieviel soll ich Ihnen machen, Maître?« fragte Grenouille.

»Was machen ...?« sagte Baldini, der seine Rede noch nicht beendet hatte.

»Wieviel von dem Parfum?« schnarrte Grenouille, »wieviel davon wollen Sie haben? Soll ich diese dicke Flasche bis zum Rand vollfüllen?« Und er deutete auf eine Mischflasche, die gut und gerne drei Liter faßte.

»Nein, das sollst du nicht!« schrie Baldini entsetzt, und es schrie aus ihm die ebenso tief verwurzelte wie spontane Angst vor der Verschwendung seines Eigentums. Und als geniere er sich über diesen entlarvenden Schrei, brüllte er gleich hinterher: »Und in die Rede fallen sollst du mir auch nicht!« um dann in ruhigerem, ironisch eingefärbtem Ton fortzufahren: »Wozu brauchen wir drei Liter von einem Parfum, das wir beide nicht schätzen? Im Grunde genügte ein halber Meßbecher voll. Da solch kleine Quantitäten jedoch unpräzis zu mischen sind, will ich dir gestatten, eine Drittelfüllung der Mischflasche anzusetzen.«

»Gut«, sagte Grenouille. »Ich werde diese Flasche zu einem Drittel mit ›Amor und Psyche‹ füllen. Aber, Maître Baldini, ich mache es auf meine Art. Ich weiß nicht, ob das die zünftige Art ist, denn die kenne ich nicht, aber ich mache es auf meine Art.«

»Bitte!« sagte Baldini, der wußte, daß es bei diesem Geschäft nicht meine oder deine, sondern eben nur eine, eine einzig mögliche und richtige Art gab, die darin bestand, in Kenntnis der Formel und unter entsprechender Umrechnung auf die zu erzielende Endmenge ein aufs Exakteste vermessenes Konzentrat aus den verschiedenen Essenzen herzustellen, welches daraufhin mit Alkohol in einem wiederum exakten Verhältnis, das meistens zwischen eins zu zehn und eins zu zwanzig schwankte, zum endgültigen Parfum vergeistigt werden mußte. Eine andre Art, das wußte er, gab es nicht. Und deshalb mußte ihm das, was er nun zu sehen bekam und was er zunächst mit spöttischer Distanz, dann mit Verwirrung und schließlich nur noch mit hilflosem Erstaunen beobachtete, als schieres Wunder erscheinen. Und die Szene ätzte sich so in sein Gedächtnis ein, daß er sie bis ans Ende seiner Tage nicht mehr vergaß.

15

Der kleine Mensch Grenouille entkorkte als erstes den Ballon mit Weingeist. Er hatte Mühe, das schwere Gefäß hochzuwuchten. Fast bis in Kopfhöhe mußte er es heben, denn so hoch stand die Mischflasche mit dem aufgesetzten Glastrichter, in den er, ohne Zuhilfenahme eines Meßbechers, den Alkohol direkt aus dem Ballon goß. Baldini schauderte vor so viel geballtem Unvermögen: Nicht nur, daß der Kerl die parfümistische Weltordnung auf den Kopf stellte, indem er mit dem Lösungsmittel anfing, ohne das zu lösende Konzentrat zu besitzen – er war auch kaum physisch dazu in der Lage! Er zitterte vor Anstrengung, und Baldini rechnete jeden Moment damit, daß der schwere Ballon herunterkrachen und alles auf dem Tisch zertrümmern werde. Die Kerzen, dachte er, um Gottes willen, die Kerzen! Es wird eine Explosion geben, er wird mein Haus abbrennen ...! Und er wollte schon hinstürzen, um dem Verrückten den Ballon zu entreißen, als Grenouille ihn selber absetzte, heil zu Boden brachte und wieder verkorkte. In der Mischflasche schwankte die leichte klare Flüssigkeit – es war kein Tropfen danebengegangen. Für ein paar Momente verschnaufte sich Grenouille und machte dabei ein so zufriedenes Gesicht, als habe er den beschwerlichsten Teil der Arbeit schon hinter sich. Und in der Tat ging das Folgende mit einer derartigen Geschwindigkeit vonstatten, daß Baldini mit den Augen kaum folgen konnte, geschweige denn eine Reihenfolge oder auch nur einen irgendwie geregelten Ablauf des Geschehens hätte erkennen können.

Anscheinend wahllos griff Grenouille in die Reihe der Flakons mit den Duftessenzen, riß die Glasstöpsel heraus, hielt sich den Inhalt für eine Sekunde unter die Nase, schüttete dann von diesem, tröpfelte von einem anderen, gab einen Schuß von einem dritten Fläschchen in den Trichter und so fort. Pipette, Reagenzglas, Meßglas, Löffelchen und Rührstab – all die Geräte, die den komplizierten Mischprozeß für den Parfumeur beherrschbar machen, rührte Grenouille kein einziges Mal an. Es war, als spiele er nur, als pritschle und pansche er wie ein Kind, das aus Wasser, Gras und Dreck einen scheußlichen Sud kocht und dann behauptet, es sei eine Suppe. Ja, wie ein Kind, dachte Baldini; er sieht auch mit einem Mal aus wie ein Kind, trotz seinen klobigen Händen, trotz seinem vernarbten, zerkerbten Gesicht und der knolligen Altmännernase. Ich habe ihn für älter gehalten, als er ist, und jetzt kommt er mir jünger vor; wie drei oder vier kommt er mir vor; wie diese unzugänglichen, unbegreiflichen, eigensinnigen kleinen Vormenschen, die, angeblich unschuldig, nur an sich selber denken, die alles auf der

Welt sich despotisch unterordnen wollen und es wohl auch tun würden, wenn man sie in ihrem Größenwahn gewähren ließe und nicht durch strengste erzieherische Maßnahmen nach und nach disziplinierte und an die selbstbeherrschte Existenz des Vollmenschen heranführte. Ein solch fanatisches Kleinkind steckte in diesem jungen Mann, der mit glühenden Augen am Tisch stand und seine ganze Umgebung vergessen hatte, offenbar gar nicht mehr wußte, daß es noch etwas andres gab in der Werkstatt außer ihm und diesen Flaschen, die er mit behender Tapsigkeit an den Trichter führte, um sein wahnsinniges Gebräu zu mischen, von dem er hinterher todsicher behaupten würde – und auch noch daran glaubte! – es sei das erlesene Parfum ›Amor und Psyche‹. Es schauderte Baldini, als er dem im flackernden Kerzenlicht so gräßlich verkehrt und so gräßlich selbstbewußt hantierenden Menschen zusah: Seinesgleichen – so dachte er, und ihm war für einen Moment wieder so traurig und elend und wütend zumute wie am Nachmittag, als er auf die in der Dämmerung rotglühende Stadt geblickt hatte – seinesgleichen hätte es früher nicht gegeben; das war ein ganz neues Exemplar der Gattung, wie es nur in dieser maroden, verlotterten Zeit entstehen konnte ... Aber er sollte seine Lehre bekommen, der präpotente Bursche! Zusammenputzen würde er ihn am Ende dieser lächerlichen Aufführung, daß er davonschlich als das geduckte Häuflein Nichts, als welches er gekommen war. Geschmeiß! Man durfte sich überhaupt mit niemandem mehr einlassen heutzutage, denn es wimmelte von lächerlichem Geschmeiß!

So beschäftigt war Baldini mit seiner inneren Empörung und seinem Ekel vor der Zeit, daß er nicht recht begriff, was es bedeuten sollte, als Grenouille plötzlich sämtliche Flakons verstöpselte, den Trichter aus der Mischflasche zog, die Flasche selbst mit einer Hand am Halse packte, sie mit der flachen linken Hand verschloß und heftig schüttelte. Erst als die Flasche mehrmals durch die Luft gewirbelt war, ihr kostbarer Inhalt wie Limonade vom Bauch in den Hals und zurück stürzte, stieß Baldini einen Wut- und Entsetzensschrei aus. »Halt!« kreischte er. »Genug jetzt! Hör augenblicklich auf! Basta! Stell sofort die Flasche auf den Tisch und rühre nichts mehr an, verstehst du, nichts mehr! Ich muß wahnsinnig gewesen sein, mir dein törichtes Geschwätz überhaupt anzuhören. Die Art und Weise, wie du mit den Dingen umgehst, deine Grobheit, dein primitiver Unverstand zeigen mir, daß du ein Stümper bist, ein barbarischer Stümper und ein lausiger frecher Rotzbengel obendrein. Du taugst nicht mal zum Limonadenmischer, nicht einmal zum einfachsten Lakritzwasserverkäufer taugst du, geschweige denn zum Parfumeur! Sei froh, sei dankbar und zufrieden, wenn dich dein Meister weiterhin mit Gerberbrühe panschen läßt! Wage es nicht noch einmal, hörst du mich? Wage es nicht noch einmal, deinen Fuß über die Schwelle eines Parfumeurs zu setzen!«

So sprach Baldini. Und während er noch sprach, war der Raum um ihn herum schon duftgesättigt von ›Amor und Psyche‹. Es gibt eine Überzeugungskraft des Duftes, die stärker ist als Worte, Augenschein, Gefühl und Wille. Die Überzeugungskraft des Duftes ist nicht abzuwehren, sie geht in uns hinein wie die

Atemluft in unsere Lungen, sie erfüllt uns, füllt uns vollkommen aus, es gibt kein Mittel gegen sie.

Grenouille hatte die Flasche abgesetzt, die mit Parfum benetzte Hand vom Hals genommen und an seinem Rocksaum abgewischt. Ein, zwei Schritt zurück, das linkische Zusammenklappen seines Körpers unter Baldinis Standpauke schlugen genügend Wellen in der Luft, um den neugeschaffnen Duft ringsum zu verbreiten. Mehr war nicht nötig. Zwar, Baldini tobte noch und zeterte und schimpfte; doch mit jedem Atemzug fand seine äußerlich zur Schau gestellte Wut im Innern weniger Nahrung. Ihm schwante, daß er widerlegt war, weswegen seine Rede sich gegen Ende nur noch in hohles Pathos steigern konnte. Und als er schwieg, eine Weile lang geschwiegen hatte, brauchte es gar nicht mehr Grenouilles Bemerkung: »Es ist fertig.« Er wußte es ohnehin.

Aber trotzdem, obwohl ihn mittlerweile von allen Seiten her die ›Amor-und-Psyche‹-schwere Luft umwallte, trat er an den alten Eichentisch, um eine Probe vorzunehmen. Zog ein frisches, schneeweißes Spitzentüchlein aus der Rocktasche, aus der linken, entfaltete es und tupfte darauf ein paar Tropfen, die er mit der langen Pipette aus der Mischflasche gezogen hatte. Schwenkte das Tüchlein am ausgestreckten Arm, um es zu aerieren, und zog es dann mit der geübten zierlichen Bewegung unter seiner Nase hindurch, den Duft in sich einsaugend. Während er ihn ruckweise ausströmen ließ, setzte er sich auf einen Hocker. Er war – zuvor von seinem Wutausbruch noch tiefrot im Gesicht gewesen – mit einem Mal ganz blaß geworden. »Unglaublich«, murmelte er leise vor sich hin, »bei

Gott – unglaublich.« Und wieder und wieder drückte er die Nase gegen das Tüchlein und schnüffelte und schüttelte den Kopf und murmelte »unglaublich.«: Es war ›Amor und Psyche‹, ohne den geringsten Zweifel ›Amor und Psyche‹, das hassenswert geniale Duftgemisch, so präzise kopiert, daß nicht einmal Pélissier selber es von seinem Produkt würde unterscheiden können. »Unglaublich...«

Klein und blaß saß der große Baldini auf dem Hocker und sah lächerlich aus mit seinem Tüchlein in der Hand, das er wie eine verschnupfte Jungfer gegen die Nase drückte. Die Sprache hatte es ihm nun vollständig verschlagen. Er sagte nicht einmal »unglaublich« mehr, sondern stieß nur noch, indem er fortwährend leise nickte und auf den Inhalt der Mischflasche starrte, ein monotones »Hm, hm, hm...hm, hm, hm...hm, hm, hm..« aus. Nach einer Weile näherte sich Grenouille und trat lautlos wie ein Schatten an den Tisch.

»Es ist kein gutes Parfum«, sagte er, »es ist sehr schlecht zusammengesetzt, dieses Parfum.«

»Hm, hm, hm«, sagte Baldini, und Grenouille fuhr fort: »Wenn Sie erlauben, Maître, will ich es verbessern. Geben Sie mir eine Minute, und ich mache Ihnen ein anständiges Parfum daraus!«

»Hm, hm, hm«, sagte Baldini und nickte. Nicht weil er zustimmte, sondern weil er eben in einem so hilflos apathischen Zustand war, daß er zu allem und jedem »hm, hm, hm« gesagt und genickt hätte. Und er nickte auch weiter und murmelte »hm, hm, hm« und machte keine Anstalten einzugreifen, als Grenouille zum zweiten Mal zu mischen anfing, ein zweites Mal den Weingeist aus dem Ballon in die Mischflasche goß, zum bereits darin befindlichen Parfum hinzu, zum zweiten Mal den Inhalt der Flakons in scheinbar wahlloser Reihenfolge und Menge in den Trichter kippte. Erst gegen Ende der Prozedur – Grenouille schüttelte die Flasche diesmal nicht, sondern schwenkte sie nur sachte wie ein Cognacglas, vielleicht mit Rücksicht auf Baldinis Zartgefühl, vielleicht weil ihm der Inhalt diesmal kostbarer erschien – erst jetzt also, als die Flüssigkeit schon fertig in der Flasche kreiselte, erwachte Baldini aus seinem betäubten Zustand und erhob sich, das Tüchlein freilich immer noch vor die Nase gepreßt, als wolle er sich gegen einen neuerlichen Angriff auf sein Innres wappnen.

»Es ist fertig, Maître«, sagte Grenouille. »Jetzt ist es ein recht guter Duft.«

»Jaja, schon gut, schon gut«, erwiderte Baldini und winkte ab mit seiner freien Hand.

»Wollen Sie nicht eine Probe nehmen?« gurgelte Grenouille weiter, »wollen Sie nicht, Maître? Keine Probe?«

»Später, bin jetzt nicht aufgelegt zu einer Probe ... habe andere Sachen im Kopf. Geh jetzt! Komm!«

Und er nahm einen der Leuchter und ging zur Tür hinaus, hinüber in den Laden. Grenouille folgte ihm. Sie kamen in den schmalen Korridor, der zum Dienstboteneingang führte. Der Alte schlurfte auf die Pforte zu, riß den Riegel zurück und öffnete. Er trat beiseite, um den Jungen hinauszulassen.

»Darf ich nun bei Ihnen arbeiten, Maître, darf ich?« fragte Grenouille, schon auf der Schwelle stehend, wieder geduckt, wieder lauernden Auges.

»Ich weiß es nicht«, sagte Baldini, »ich werde darüber nachdenken. Geh!«

Und dann war Grenouille verschwunden, mit einem Mal weg, weggeschluckt von der Dunkelheit. Baldini stand da und glotzte in die Nacht. In der rechten Hand hielt er den Leuchter, in der linken das Tüchlein, wie einer, der Nasenbluten hat, und hatte doch nur Angst. Rasch riegelte er die Türe zu. Dann nahm er das schützende Tuch vom Gesicht, schob es in die Tasche und ging durch den Laden in die Werkstatt zurück.

Der Duft war so himmlisch gut, daß Baldini schlagartig das Wasser in die Augen trat. Er brauchte keine Probe zu nehmen, er stand nur am Werktisch vor der Mischflasche und atmete. Das Parfum war herrlich. Es war im Vergleich zu ›Amor und Psyche‹ wie eine Sinfonie im Vergleich zum einsamen Gekratze einer Geige. Und es war mehr. Baldini schloß die Augen und sah sublimste Erinnerungen in sich wachgerufen. Er sah sich als einen jungen Menschen durch abendliche Gärten von Neapel gehn; er sah sich in den Armen einer Frau mit schwarzen Locken liegen und sah die Silhouette eines Strauchs von Rosen auf dem Fenstersims, über das ein Nachtwind ging; er hörte versprengte Vögel singen und von Ferne die Musik aus einer Hafenschenke; er hörte Flüsterndes ganz dicht am Ohr, er hörte ein Ichliebdich und spürte, wie sich ihm vor Wonne die Haare sträubten, jetzt! jetzt in diesem Augenblick! Er riß die Augen auf und stöhnte vor Vergnügen. Dieses Parfum war kein Parfum, wie man es bisher kannte. Das war kein Duft, der besser riechen machte, kein Sentbon, kein Toilettenartikel. Das war ein völlig neuartiges Ding, das eine ganze

Welt aus sich erschaffen konnte, eine zauberhafte, reiche Welt, und man vergaß mit einem Schlag die Ekelhaftigkeiten um sich her und fühlte sich so reich, so wohl, so frei, so gut ...

Die gesträubten Haare an Baldinis Arm legten sich, und eine betörende Seelenruhe ergriff Besitz von ihm. Er nahm das Leder, das Ziegenleder, das am Rand des Tisches lag und nahm ein Messer und schnitt das Leder zu. Dann legte er die Stücke in die Wanne aus Glas und übergoß sie mit dem neuen Parfum. Er stürzte eine Glasplatte auf die Wanne, zog den Rest des Duftes auf zwei Fläschchen, die er mit Etiketts versah, darauf schrieb er den Namen ›Nuit Napolitaine‹. Dann löschte er das Licht und ging.

Oben bei seiner Frau beim Essen sagte er nichts. Vor allem sagte er nichts von dem hochheiligen Entschluß, den er am Nachmittag gefaßt hatte. Auch seine Frau sagte nichts, denn sie merkte, daß er heiter war, und damit war sie sehr zufrieden. Er ging auch nicht mehr hinüber nach Notre-Dame, um Gott zu danken für seine Charakterstärke. Ja, er vergaß an diesem Tag sogar zum ersten Mal, zur Nacht zu beten.

16

Am nächsten Morgen ging er schnurstracks zu Grimal. Als erster bezahlte er das Ziegenleder, und zwar den vollen Preis, ohne Murren und ohne die geringste Feilscherei. Und dann lud er Grimal zu einer Flasche Weißwein in die Tour d'Argent ein und handelte ihm den Lehrling Grenouille ab. Selbstverständlich verriet er nicht, weshalb er ihn wollte und wozu er ihn brauchte. Er schwindelte etwas daher von einem großen Auftrag in Duftleder, zu dessen Bewältigung er einer ungelernten Hilfskraft bedürfe. Einen genügsamen Burschen brauche er, der ihm einfachste Dienste verrichte, Leder zuschneide und so weiter. Er bestellte noch eine Flasche Wein und bot zwanzig Livre als Entschädigung für die Unannehmlichkeit, die er Grimal durch den Ausfall Grenouilles verursachte. Zwanzig Livre waren eine enorme Summe. Grimal schlug sofort ein. Sie gingen in die Gerberei, wo Grenouille sonderbarerweise schon mit gepacktem Bündel wartete, Baldini zahlte seine zwanzig Livre und nahm ihn, im Bewußtsein, das beste Geschäft seines Lebens gemacht zu haben, gleich mit.

Grimal, der seinerseits überzeugt war, das beste Geschäft seines Lebens gemacht zu haben, kehrte in die Tour d'Argent zurück, trank dort zwei weitere Flaschen Wein, zog dann gegen Mittag in den Lion d'Or am andern Ufer um und besoff sich dort so hemmungslos, daß er, als er spät nachts abermals in die Tour d'Argent umziehen wollte, die Rue Geoffroi L'Anier mit der Rue des Nonaindières verwechselte und somit, statt, wie er gehofft hatte, direkt auf den Pont Marie zu stoßen, verhängnisvollerweise auf den Quai des Ormes geriet, von wo aus er der Länge nach mit dem Gesicht voraus ins Wasser platschte wie in ein weiches Bett. Er war augenblicklich tot. Der Fluß aber brauchte noch geraume Zeit, ihn vom seichten Ufer weg, an den vertäuten Lastkähnen vorbei, in die stärkere mittlere Strömung zu ziehen, und erst in den frühen Morgenstunden schwamm der Gerber Grimal, oder vielmehr seine nasse Leiche, in flotterer Fahrt flußabwärts, gen Westen.

Als er den Pont au Change passierte, lautlos, ohne an den Brückenpfeiler anzuecken, ging Jean-Baptiste Grenouille zwanzig Meter über ihm gerade zu Bett. Er hatte in der hinteren Ecke von Baldinis Werkstatt eine Pritsche hingestellt bekommen, von der er nun Besitz ergriff, während sein ehemaliger Brotherr, alle viere von sich gestreckt, die kalte Seine hinunterschwamm. Wohlig rollte er sich zusammen und machte sich klein wie der Zeck. Mit beginnendem Schlaf versenkte er sich tiefer und tiefer in sich hinein und hielt triumphalen Einzug in seiner inneren Festung, auf der er sich ein geruchliches Siegesfest erträumte, eine gigantische Orgie mit Weihrauchqualm und Myrrhendampf, zu Ehren seiner selbst.

17

Mit dem Erwerb von Grenouille begann der Aufstieg des Hauses Giuseppe Baldini zu nationalem, ja europäischem Ansehen. Das persische Glockenspiel stand nicht mehr still, und die Reiher hörten nicht mehr auf zu speien im Laden auf dem Pont au Change.

Am ersten Abend noch mußte Grenouille einen großen Ballon ›Nuit Napolitaine‹ ansetzen, von dem im Laufe des folgenden Tages über achtzig Flakons verkauft wurden. Der Ruf des Duftes verbreitete sich mit rasender Geschwindigkeit. Chénier bekam ganz glasige Augen vom Geldzählen und einen schmerzenden Rücken von den tiefen Bücklingen, die er verrichten mußte, denn es erschienen hohe und höchste Herrschaften, oder zumindest die Diener von hohen und höchsten Herrschaften. Und einmal flog sogar die Tür auf, daß es nur so schepperte, und herein trat der Lakai des Grafen d'Argenson und schrie, wie nur Lakaien schreien können, daß er fünf Flaschen von dem neuen Duft haben wolle, und Chénier zitterte noch eine Viertelstunde später vor Ehrfurcht, denn der Graf d'Argenson war Intendant und Kriegsminister Seiner Majestät und der mächtigste Mann von Paris.

Während Chénier im Laden allein dem Ansturm der Kundschaft ausgesetzt war, hatte sich Baldini mit seinem neuen Lehrling in der Werkstatt eingeschlossen. Chénier gegenüber rechtfertigte er diesen Umstand mit einer phantastischen Theorie, die er als »Arbeitsteilung und Rationalisierung« bezeichnete. Jahrelang, so erklärte er, habe er geduldig mitangesehen, wie Pélissier und seinesgleichen zunftverachtende Gestalten ihm die Kundschaft abspenstig gemacht und das Geschäft versaut hätten. Jetzt sei sein Langmut zuende. Jetzt nehme er die Herausforderung an und schlage wider diese frechen Parvenus zurück, und zwar mit deren eigenen Mitteln: Zu jeder Saison, jeden Monat, wenn es sein mußte auch jede Woche, werde er mit neuen Düften auftrumpfen, und mit was für welchen! Er wolle aus dem vollen seiner kreativen Ader schöpfen. Und dazu sei es nötig, daß er – unterstützt allein von einer ungelernten Hilfskraft – ganz und ausschließlich die Produktion der Düfte betreibe, während Chénier sich ausschließlich deren Verkauf zu widmen habe. Mit dieser modernen Methode werde man ein neues Kapitel in der Geschichte der Parfumerie aufschlagen, die Konkurrenz hinwegfegen und unermeßlich reich werden – ja, er sage bewußt und ausdrücklich »man«, denn er gedenke, seinen altgedienten Gesellen an diesen unermeßlichen Reichtümern mit einem bestimmten Prozentsatz zu beteiligen.

Vor wenigen Tagen noch hätte Chénier solche Reden seines Meisters als Anzeichen eines beginnenden Alterswahnsinns gedeutet. ›Jetzt ist er reif für die Charité‹, hätte er gedacht, ›jetzt kann's nicht mehr lange dauern, bis er das Pistill endgültig aus der Hand legt.‹ Nun aber dachte er nichts mehr. Er kam gar nicht mehr dazu, er hatte einfach zu viel zu tun. Er hatte so viel zu tun, daß er abends vor Erschöpfung kaum noch in der Lage war, die pralle Kasse auszuleeren und sich seinen Anteil abzuzweigen. Er kam nicht im Traum darauf zu zweifeln, daß es mit rechten Dingen zuging, wenn Baldini beinahe täglich mit irgendeinem neuen Duft aus seiner Werkstatt trat.

Und was für Düfte waren das! Nicht nur Parfums der höchsten, allerhöchsten Schule, sondern auch Cremes und Puder, Seifen, Haarlotionen, Wässer, Öle ... Alles, was zu duften hatte, duftete jetzt neu und anders und herrlicher als je zuvor. Und auf alles, aber wirklich alles, selbst auf die neuartigen Dufthaarbänder, die Baldinis kuriose Laune eines Tages hervorbrachte, sprang das Publikum los wie behext, und Preise spielten keine Rolle. Alles, was Baldini produzierte, wurde ein Erfolg. Und der Erfolg war dermaßen überwältigend, daß Chénier ihn wie ein Naturereignis hinnahm und nicht mehr nach seinen Ursachen forschte. Daß etwa der neue Lehrling, der unbeholfene Gnom, der in der Werkstatt hauste wie ein Hund

und den man manchmal, wenn der Meister heraustrat, im Hintergrund stehen und Gläser wischen und Mörser putzen sah – daß dieses Nichts von Mensch etwas zu tun haben sollte mit dem sagenhaften Aufblühn des Geschäfts, das hätte Chénier nicht einmal dann geglaubt, wenn man es ihm gesagt hätte.

Natürlich hatte der Gnom alles damit zu tun. Das, was Baldini in den Laden brachte und Chénier zum Verkauf überließ, war nur ein Bruchteil dessen, was Grenouille hinter verschlossenen Türen zusammenmischte. Baldini kam mit dem Riechen nicht mehr nach. Es war ihm manchmal eine regelrechte Qual, unter den Herrlichkeiten, die Grenouille hervorbrachte, eine Wahl zu treffen. Dieser Zauberlehrling hätte alle Parfumeure Frankreichs mit Rezepten versorgen können, ohne sich zu wiederholen, ohne auch nur ein Mal etwas Minderwertiges oder auch nur Mittelmäßiges hervorzubringen. – Das heißt, mit Rezepten, also Formeln, hätte er sie eben *nicht* versorgen können, denn zunächst komponierte Grenouille seine Düfte noch auf jene chaotische und völlig unprofessionelle Manier, die Baldini schon kannte, indem er nämlich aus der freien Hand in scheinbar wildem Durcheinander Ingredienzien mischte. Um das verrückte Geschäft, wenn nicht zu kontrollieren, so doch wenigstens begreifen zu können, verlangte Baldini eines Tages von Grenouille, er möge sich, auch wenn er das für unnötig halte, beim Ansetzen seiner Mischungen der Waage, des Meßbechers und der Pipette bedienen; er möge sich ferner angewöhnen, den Weingeist nicht als Duftstoff zu begreifen, sondern als Lösungsmittel, welches erst im nachhinein zuzusetzen sei; und er möge schließlich um Gottes willen langsam hantieren, gemächlich und langsam, wie es sich für einen Handwerker gehöre.

Grenouille tat das. Und zum ersten Mal war Baldini in der Lage, die einzelnen Handhabungen des Hexenmeisters zu verfolgen und zu dokumentieren. Mit Feder und Papier saß er neben Grenouille und notierte, immer wieder zur Langsamkeit mahnend, wieviel Gramm von diesem, wieviel Meßstriche von jenem, wieviel Tropfen von einem dritten Ingredienz in die Mischflasche wanderten. Auf diese sonderbare Weise, indem er nämlich einen Vorgang nachträglich mit eben jenen Mitteln analysierte, ohne deren vorherigen Gebrauch er eigentlich gar nicht hätte stattfinden dürfen, gelangte Baldini endlich doch in den Besitz der synthetischen Vorschrift. *Wie* Grenouille ohne diese in der Lage war, seine Parfums zu mixen, blieb für Baldini zwar weiterhin ein Rätsel, vielmehr ein Wunder, aber wenigstens hatte er das Wunder jetzt auf eine Formel gebracht und damit seinen nach Regeln dürstenden Geist einigermaßen befriedigt und sein parfümistisches Weltbild vor dem vollständigen Kollaps bewahrt.

Nach und nach entlockte er Grenouille die Rezepturen sämtlicher Parfums, die dieser bisher erfunden hatte, und er verbot ihm schließlich sogar, neue Düfte anzusetzen, ohne daß er, Baldini, mit Feder und Papier zugegen war, den Prozeß mit Argusaugen beobachtete und Schritt für Schritt dokumentierte. Seine Notizen, bald viele Dutzende von Formeln, übertrug er dann penibel mit gestochener Schrift in zwei verschiedene Büchlein, deren eines er in seinen feuerfesten Geldschrank einschloß und deren anderes er ständig bei sich trug und mit dem er nachts auch schlafen ging. Das gab ihm Sicherheit. Denn nun konnte er, wenn er wollte, Grenouilles Wunder selber nachvollziehen, die ihn, als er sie zum erstenmal erlebte, tief erschüttert hatten. Mit seiner schriftlichen Formelsammlung glaubte er, das entsetzliche schöpferische Chaos, welches aus dem Innern seines Lehrlings hervorquoll, bannen zu können. Auch hatte die Tatsache, daß er nicht mehr bloß blöde staunend, sondern beobachtend und registrierend an den Schöpfungsakten teilnahm, auf Baldini eine beruhigende Wirkung und stärkte sein Selbstvertrauen. Nach einer Weile glaubte er gar von sich, zum Gelingen der sublimen Düfte nicht unwesentlich beizutragen. Und wenn er sie erst einmal in seine Büchlein eingetragen hatte und im Tresor und dicht am eigenen Busen verwahrte, zweifelte er sowieso nicht mehr daran, daß sie nun ganz und gar sein eigen seien.

Aber auch Grenouille profitierte von dem disziplinierenden Verfahren, das ihm von Baldini aufgezwungen wurde. Er selbst war zwar nicht darauf angewiesen. Er mußte nie eine alte Formel nachschlagen, um ein Parfum nach Wochen oder Monaten zu rekonstruieren, denn er vergaß Gerüche nicht. Aber er erlernte mit der obligatorischen Verwendung von Meßbecher und Waage die Sprache der Parfumerie, und er spürte instinktiv, daß ihm die Kenntnis dieser Sprache von Nutzen sein konnte. Nach wenigen Wochen beherrschte Grenouille nicht nur die Namen sämtlicher Duftstoffe in Baldinis Werkstatt, sondern er war auch in der Lage, die Formel seiner

Parfums selbst niederzuschreiben und umgekehrt, fremde Formeln und Anweisungen in Parfums und sonstige Riecherzeugnisse zu verwandeln. Und mehr noch! Nachdem er einmal gelernt hatte, seine parfümistischen Ideen in Gramm und Tropfen auszudrücken, bedurfte er nicht einmal mehr des experimentellen Zwischenschritts. Wenn Baldini ihm auftrug, einen neuen Duft, sei es für ein Taschentuchparfum, für ein Sachet, für eine Schminke zu kreieren, so griff Grenouille nicht mehr zu Flakons und Pulvern, sondern er setzte sich einfach an den Tisch und schrieb die Formel direkt nieder. Er hatte gelernt, den Weg von seiner inneren Geruchsvorstellung zum fertigen Parfum um die Herstellung der Formel zu erweitern. Für ihn war das ein Umweg. In den Augen der Welt, das heißt in Baldinis Augen, jedoch war es ein Fortschritt. Grenouilles Wunder blieben dieselben. Aber die Rezeptur, mit denen er sie nun versah, nahmen ihnen den Schrecken, und das war von Vorteil. Je besser Grenouille die handwerklichen Griffe und Verfahrensweisen beherrschte, je normaler er sich in der konventionellen Sprache der Parfümerie auszudrücken wußte, desto weniger fürchtete und beargwöhnte ihn der Meister. Bald hielt Baldini ihn zwar noch für einen ungewöhnlich begabten Geruchsmenschen, nicht mehr aber für einen zweiten Frangipani oder gar für einen unheimlichen Hexenmeister, und Grenouille war das nur recht. Der handwerkliche Komment diente ihm als willkommene Tarnung. Er lullte Baldini geradezu ein durch sein vorbildliches Verfahren beim Wägen der Zutaten, beim Schwenken der Mischflasche, beim Betupfen des weißen Probiertüchleins. Er konnte es fast schon so zierlich schütteln, so elegant an der Nase vorüberfliegen lassen wie der Meister. Und gelegentlich, in wohldosierten Intervallen, beging er Fehler, die so beschaffen waren, daß Baldini sie bemerken mußte: Vergaß zu filtrieren, stellte die Waage falsch ein, schrieb einen unsinnig hohen Prozentsatz von Ambertinktur in eine Formel ... und ließ sich den Fehler verweisen, um ihn dann geflissentlichst zu korrigieren. So gelang es ihm, Baldini in der Illusion zu wiegen, es gehe letzten Endes alles doch mit rechten Dingen zu. Er wollte den Alten ja nicht verprellen. Er wollte ja wirklich von ihm lernen. Nicht das Mischen von Parfums, nicht die rechte Komposition eines Duftes, natürlich nicht! Auf diesem Gebiet gab es niemand auf der Welt, der ihn etwas hätte lehren können, und die in Baldinis Laden vorhandenen Ingredienzien hätten auch bei weitem nicht ausgereicht, seine Vorstellungen eines wirklich großen Parfums zu verwirklichen. Was er bei Baldini an Gerüchen realisieren konnte, waren Spielereien verglichen mit den Gerüchen, die er in sich trug und die er eines Tages zu realisieren gedachte. Dazu aber, das wußte er, bedurfte es zweier unabdingbarer Voraussetzungen: Die eine war der Mantel einer bürgerlichen Existenz; mindestens des Gesellentums, in dessen Schutz er seinen eigentlichen Leidenschaften frönen und seine eigentlichen Ziele ungestört verfolgen konnte. Die andre war die Kenntnis jener handwerklichen Verfahren, nach denen man Duftstoffe herstellte, isolierte, konzentrierte, konservierte und somit für eine höhere Verwendung überhaupt erst verfügbar machte. Denn Grenouille besaß zwar in der Tat die beste Nase der Welt, sowohl analytisch als auch visionär, aber er besaß noch nicht die Fähigkeit, sich der Gerüche dinglich zu bemächtigen.

18

Und so ließ er sich denn willig unterweisen in der Kunst des Seifenkochens aus Schweinefett, des Handschuhnähens aus Waschleder, des Pudermischens aus Weizenmehl und Mandelkleie und gepulverten Veilchenwurzeln. Rollte Duftkerzen aus Holzkohle, Salpeter und Sandelholzspänen. Preßte orientalische Pastillen aus Myrrhe, Benzoe und Bernsteinpulver. Knetete Weihrauch, Schellack, Vetiver und Zimt zu Räucherkügelchen. Siebte und spatelte Poudre Impériale aus gemahlenen Rosenblättern, Lavendelblüte, Kaskarillarinde. Rührte Schminken, weiß und aderblau, und formte Fettstifte, karmesinrot, für die Lippen. Schlämmte feinste Fingernagelpulver und Zahnkreiden, die nach Minze schmeckten. Mixte Kräuselflüssigkeit für das Perückenhaar und Warzentropfen für die Hühneraugen, Sommersprossenbleiche für die Haut und Belladonnaauszug für die Augen, Spanischfliegensalbe für die Herren und Hygieneessig für die Damen ... Die Herstellung sämtlicher Wässerchen und Pülverchen, Toilette- und Schönheitsmittelchen, aber auch von Tee- und Würzmischungen, von Likören, Marinaden und dergleichen, kurz, alles, was Baldini ihn mit seinem großen überkommenen Wissen zu lehren hatte, lernte Grenouille, ohne sonderliches Interesse zwar, doch klaglos und mit Erfolg.

Mit besonderem Eifer war er hingegen bei der Sache, wenn Baldini ihn im Anfertigen von Tinkturen, Auszügen und Essenzen unterwies. Unermüdlich konnte er Bittermandelkerne in der Schraubenpresse quetschen oder Moschuskörner stampfen oder fette graue Amberknollen mit dem Wiegemesser hacken oder Veilchenwurzeln raspeln, um die Späne dann in feinstem Alkohol zu digerieren. Er lernte den Gebrauch des Scheidetrichters kennen, mit welchem man das reine Öl gepreßter Limonenschalen von der trüben Rückstandsbrühe trennte. Er lernte Kräuter und Blüten zu trocknen, auf Rosten in schattiger Wärme, und das raschelnde Laub in wachsversiegelten Töpfen und Truhen zu konservieren. Er erlernte die Kunst, Pomaden auszuwaschen, Infusionen herzustellen, zu filtrieren, zu konzentrieren, zu klarifizieren und zu rektifizieren.

Freilich war Baldinis Werkstatt nicht dazu geeignet, daß man darin in großem Stile Blüten- oder Kräuteröle fabrizierte. Es hätte in Paris ja auch die notwendigen Mengen frischer Pflanzen kaum gegeben. Gelegentlich jedoch, wenn frischer Rosmarin, wenn Salbei, Minze oder Anissamen am Markt billig zu haben waren oder wenn ein größerer Posten Irisknollen oder Baldrianwurzel, Kümmel, Muskatnuß oder trockne Nelkenblüte eingetroffen war, dann regte sich Baldinis Alchimistenader, und er holte seinen großen Alambic hervor, einen kupfernen Destillierbottich mit oben aufgesetztem Kondensiertopf – einen sogenannten Maurenkopfalambic, wie er stolz verkündete –, mit dem er schon vor vierzig Jahren an den südlichen Hängen Liguriens und auf den Höhen des Luberon auf freiem Felde Lavendel destilliert habe. Und während Grenouille das Destilliergut zerkleinerte, heizte Baldini in hektischer Eile – denn rasche Verarbeitung war das A und O des Geschäfts – eine gemauerte Feuerstelle ein, auf die er den kupfernen Kessel, mit einem guten Bodensatz Wasser gefüllt, postierte. Er warf die Pflanzenteile hinein, stopfte den doppelwandigen Maurenkopf auf den Stutzen und schloß zwei Schläuchlein für zu- und abfließendes Wasser daran an. Diese raffinierte Wasserkühlungskonstruktion, so erklärte er, sei erst nachträglich von ihm eingebaut worden, denn seinerzeit auf dem Felde habe man selbstverständlich mit bloßer zugefächelter Luft gekühlt. Dann blies er das Feuer an.

Allmählich begann es, im Kessel zu brodeln. Und nach einer Weile, erst zaghaft tröpfchenweise, dann in fadendünnem Rinnsal, floß Destillat aus der dritten Röhre des Maurenkopfs in eine Florentinerflasche, die Baldini untergestellt hatte. Es sah zunächst recht unansehnlich aus, wie eine dünne, trübe Suppe. Nach und nach aber, vor allem wenn die gefüllte Flasche durch eine neue ausgetauscht und ruhig beiseite gestellt worden war, schied sich die Brühe in zwei verschiedene Flüssigkeiten: unten stand das Blüten- oder Kräuterwasser, obenauf schwamm eine dicke Schicht von Öl. Goß man nun vorsichtig durch den unteren Schnabelhals der Florentinerflasche das nur zart duftende Blütenwasser ab, so blieb das reine Öl zurück, die Essenz, das starke riechende Prinzip der Pflanze.

Grenouille war von dem Vorgang fasziniert. Wenn je etwas im Leben Begeisterung in ihm entfacht hatte – freilich keine äußerlich sichtbare, sondern eine verborgene, wie in kalter Flamme brennende Begeisterung –, dann war es dieses Verfahren, mit Feuer, Wasser und Dampf und einer ausgeklügelten Apparatur den Dingen ihre duftende Seele zu entreißen. Diese duftende Seele, das ätherische Öl, war ja das Beste an ihnen, das einzige, um dessentwillen sie ihn interessierten. Der blöde Rest: Blüte, Blätter, Schale, Frucht, Farbe, Schönheit, Lebendigkeit und was sonst noch an Überflüssigem in ihnen steckte, das kümmerte ihn nicht. Das war nur Hülle und Ballast. Das gehörte weg.

Von Zeit zu Zeit, wenn das Destillat wäßrig klar geworden war, nahmen sie den Alambic vom Feuer, öffneten ihn und schütteten das zerkochte Zeug heraus. Es sah schlapp aus und blaß wie aufgeweichtes Stroh, wie gebleichte Knochen kleiner Vögel, wie Gemüse, das zu lang gekocht hat, fad und fasrig, matschig, kaum noch als es selbst erkenntlich, eklig leichenhaft und so gut wie vollständig des eigenen Geruchs beraubt. Sie warfen es zum Fenster hinaus in den Fluß. Dann beschickten sie mit neuen frischen Pflanzen, füllten Wasser nach und setzten den Alambic zurück auf die Feuerstelle. Und wieder begann der Kessel zu brodeln, und wieder rann der Lebenssaft der Pflanzen in die Florentinerflaschen. So ging es oft die ganze Nacht hindurch. Baldini besorgte den Ofen, Grenouille behielt die Flaschen im Auge, mehr war nicht zu tun in der Zeit zwischen den Wechseln.

Sie saßen auf Schemeln ums Feuer, im Banne des

plumpen Bottichs, beide gebannt, wenn auch aus sehr verschiedenen Gründen. Baldini genoß die Glut des Feuers und das flackernde Rot der Flammen und des Kupfers, er liebte das Knistern des brennenden Holzes, das Gurgeln des Alambics, denn das war wie früher. Da konnte man ins Schwärmen kommen! Er holte eine Flasche Wein aus dem Laden, denn die Hitze machte ihn durstig, und Weintrinken, das war auch wie früher. Und dann fing er an, Geschichten zu erzählen, von damals, endlos. Vom spanischen Erbfolgekrieg, an dessen Verlauf er, gegen die Österreicher kämpfend, maßgeblich beteiligt gewesen sei; von den Camisards, mit denen er die Cevennen unsicher gemacht habe; von der Tochter eines Hugenotten im Esterel, die vom Lavendelduft berauscht ihm zu Willen gewesen sei; von einem Waldbrand, den er dabei um ein Haar entfacht und der dann wohl die gesamte Provence in Brand gesteckt hätte, so sicher wie das Amen in der Kirche, denn es ging ein scharfer Mistral; und vom Destillieren erzählte er, immer wieder davon, auf freiem Feld, nachts, beim Mondschein, bei Wein und bei Zikadengeschrei, und von einem Lavendelöl, das er dabei erzeugt habe, so fein und kräftig, daß man es ihm mit Silber aufgewogen habe; von seiner Lehrzeit in Genua, von seinen Wanderjahren und von der Stadt Grasse, in der es so viele Parfumeure gebe wie anderswo Schuster, und so reiche darunter, daß sie lebten wie Fürsten, in prächtigen Häusern mit schattigen Gärten und Terrassen und holzgetäfelten Eßzimmern, in denen sie speisten von porzellanenen Tellern mit Goldbesteck, und so fort...

Solche Geschichten erzählte der alte Baldini und

trank Wein dazu und bekam vom Wein und von der Feuerglut und von der Begeisterung über seine eignen Geschichten ganz feuerrote Bäckchen. Grenouille aber, der etwas mehr im Schatten saß, hörte gar nicht zu. Ihn interessierten keine alten Geschichten, ihn interessierte ausschließlich der neue Vorgang. Er starrte unausgesetzt auf das Röhrchen am Kopf des Alambics, aus dem in dünnem Strahl das Destillat rann. Und indem er es anstarrte, stellte er sich vor, er selbst sei so ein Alambic, in dem es brodele wie in diesem und aus dem ein Destillat hervorquelle wie hier, nur eben besser, neuer, ungewohnter, ein Destillat von jenen exquisiten Pflanzen, die er selbst in seinem Innern gezogen hatte, die dort blühten, ungerochen außer von ihm selbst, und die mit ihrem einzigartigen Parfum die Welt in einen duftenden Garten Eden verwandeln könnten, in welchem für ihn das Dasein olfaktorisch einigermaßen erträglich wäre. Ein großer Alambic zu sein, der alle Welt mit seinen selbsterzeugten Destillaten überschwemmte, das war der Wunschtraum, dem Grenouille sich hingab.

Während aber Baldini, vom Wein entzündet, immer ausschweifendere Geschichten davon erzählte, wie es früher gewesen war, und sich immer hemmungsloser in die eigenen Schwärmereien verstrickte, ließ Grenouille bald ab von seiner bizarren Phantasie. Er verbannte die Vorstellung vom großen Alambic fürs erste aus seinem Kopf und überlegte stattdessen, wie er sich seine neuerworbenen Kenntnisse für näherliegende Ziele nutzbar machen könnte.

Nicht lang, und er war ein Spezialist auf dem Gebiet des Destillierens. Er fand heraus – und seine Nase half ihm dabei mehr als Baldinis Regelwerk –, daß die Hitze des Feuers von entscheidendem Einfluß auf die Güte des Destillates war. Jede Pflanze, jede Blüte, jedes Holz und jede Ölfrucht verlangten eine besondere Prozedur. Mal mußte schärfster Dampf entwickelt, mal nur mäßig stark gebrodelt werden, und manche Blüte gab ihr Bestes erst, wenn man sie auf kleinster Flamme schwitzen ließ.

Ähnlich wichtig war die Aufbereitung. Minze und Lavendel konnte man in ganzen Büscheln destillieren. Andres wollte fein verlesen sein, zerpflückt, gehackt, geraspelt, gestampft oder sogar als Maische angesetzt, bevor es in den Kupferkessel kam. Manches aber ließ sich überhaupt nicht destillieren, und das erbitterte Grenouille aufs äußerste.

Baldini hatte ihm, als er sah, wie sicher Grenouille die Apparatur beherrschte, freie Hand im Umgang mit dem Alambic gelassen, und Grenouille hatte diese Freiheit weidlich genutzt. Während er tagsüber Parfums mischte und sonstige Duft- und Würzprodukte fertigte, beschäftigte er sich nachts ausschließlich mit der geheimnisvollen Kunst des Destillierens. Sein Plan war, vollkommen neue Geruchsstoffe zu produzieren, um damit wenigstens einige der Düfte, die er in seinem Innern trug, herstellen zu können. Zunächst hatte er auch kleine Erfolge. Es gelang ihm, ein Öl von Brennesselblüten und von Kressesamen zu erzeugen, ein Wasser von der frischgeschälten Rinde des Holunderstrauchs und von Eibenzweigen. Die Destillate ähnelten zwar im Duft den Ausgangsstoffen kaum noch, waren aber immerhin noch interessant genug, um für weitere Verarbeitung zu taugen. Dann allerdings gab es Stoffe, bei denen das Verfahren vollständig versagte. Grenouille versuchte etwa, den Geruch von Glas zu destillieren, den lehmig-kühlen Geruch glatten Glases, der von normalen Menschen gar nicht wahrzunehmen ist. Er besorgte sich Fensterglas und Flaschenglas und verarbeitete es in großen Stücken, in Scherben, in Splittern, als Staub – ohne den geringsten Erfolg. Er destillierte Messing, Porzellan und Leder, Korn und Kieselsteine. Schiere Erde destillierte er. Blut und Holz und frische Fische. Seine eigenen Haare. Am Ende destillierte er sogar Wasser, Wasser aus der Seine, dessen eigentümlicher Geruch ihm wert schien, aufbewahrt zu werden. Er glaubte, mit Hilfe des Alambics könne er diesen Stoffen ihren charakteristischen Duft entreißen, wie das bei Thymian, bei Lavendel und beim Kümmelsamen möglich war. Er wußte ja nicht, daß die Destillation nichts anderes war als ein Verfahren zur Trennung gemischter Substanzen in ihre flüchtigen und weniger flüchtigen Einzelteile und daß sie für die Parfumerie nur insofern von Nutzen war, als sie das flüchtige ätherische Öl gewisser Pflanzen von ihren duftlosen oder duftarmen Resten absondern konnte. Bei Substanzen, denen dieses ätherische Öl abging, war das Verfahren der Destillation natürlich völlig sinnlos. Uns heutigen Menschen, die wir physikalisch ausgebildet sind, leuchtet das sofort ein. Für Grenouille jedoch war diese Erkenntnis das mühselig errungene Ergebnis einer langen Kette von enttäuschenden Versuchen. Über Monate hinweg hatte er Nacht für Nacht am Alambic gesessen und auf jede erdenkliche Weise versucht, mittels Destillation radikal neue Düfte zu erzeugen, Düfte, wie es sie in konzentrierter Form auf Erden noch nicht gegeben hatte. Und bis auf ein paar lächerliche Pflanzenöle war nichts dabei herausgekommen. Aus dem tiefen, unermeßlich reichen Brunnen seiner Vorstellung hatte er keinen einzigen Tropfen konkreter Duftessenz gefördert, von allem, was ihm geruchlich vorgeschwebt hatte, nicht ein Atom realisieren können.

Als er sich über sein Scheitern klargeworden war, stellte er die Versuche ein und wurde lebensbedrohlich krank.

20

Er bekam hohes Fieber, das in den ersten Tagen von Ausschwitzungen begleitet war und später, als genügten die Poren der Haut nicht mehr, unzählige Pusteln erzeugte. Grenouilles Körper war übersät von diesen roten Bläschen. Viele von ihnen platzten auf und ergossen ihren wäßrigen Inhalt, um sich dann wieder von neuem zu füllen. Andere wuchsen sich zu wahren Furunkeln aus, schwollen dick rot an und rissen wie Krater auf und spien dickflüssigen Eiter aus und mit gelben Schlieren durchsetztes Blut. Nach einer Weile sah Grenouille aus wie ein von innen gesteinigter Märtyrer, aus hundert Wunden schwärend.

Da machte sich Baldini natürlich Sorgen. Es wäre ihm sehr unangenehm gewesen, seinen kostbaren

Lehrling ausgerechnet in einem Augenblick zu verlieren, wo er sich anschickte, seinen Handel über die Grenzen der Hauptstadt, ja sogar des ganzen Landes auszudehnen. Denn in der Tat geschah es immer häufiger, daß nicht nur aus der Provinz, sondern auch von ausländischen Höfen Bestellungen eingingen für jene neuartigen Düfte, nach denen Paris verrückt war; und Baldini trug sich mit dem Gedanken, zur Bewältigung dieser Nachfrage eine Filiale im Faubourg Saint-Antoine zu gründen, eine veritable kleine Manufaktur, wo die gängigsten Düfte en gros gemischt und en gros in nette kleine Flakons gefüllt, von netten kleinen Mädchen verpackt nach Holland, England und ins Deutsche Reich verschickt werden sollten. Für einen in Paris ansässigen Meister war ein solches Unterfangen nicht gerade legal, aber neuerdings verfügte Baldini ja über Protektion höheren Orts, seine raffinierten Düfte hatten sie ihm verschafft, nicht nur beim Intendanten, sondern auch bei so wichtigen Persönlichkeiten wie Monsieur dem Zollpächter von Paris und einem Mitglied des königlichen Finanzkabinetts und Förderer wirtschaftlich florierender Unternehmen wie dem Herrn Feydeau de Brou. Dieser hatte sogar königliches Privileg in Aussicht gestellt, das Beste, was man sich überhaupt wünschen konnte, war es doch eine Art Passepartout zur Umgehung sämtlicher staatlicher und ständischer Bevormundung, das Ende aller geschäftlichen Sorgen und eine ewige Garantie für sicheren, unangefochtenen Wohlstand.

Und dann gab es noch einen anderen Plan, mit dem Baldini schwanger ging, einen Lieblingsplan, eine Art Gegenprojekt zu der Manufaktur im Faubourg Saint-

Antoine, die, wenn nicht Massenware, so doch für jedermann käufliche produzierte: Er wollte für eine ausgewählte Zahl hoher und höchster Kundschaft persönliche Parfums kreieren, vielmehr kreieren lassen, Parfums, die, wie angeschneiderte Kleider, nur zu einer Person paßten, nur von dieser verwendet werden durften und allein ihren erlauchten Namen trugen. Er stellte sich ein ›Parfum de la Marquise de Cernay‹ vor, ein ›Parfum de la Maréchale de Villars‹, ein ›Parfum du Duc d'Aiguillon‹ und so fort. Er träumte von einem ›Parfum de Madame la Marquise de Pompadour‹, ja sogar von einem ›Parfum de Sa Majesté le Roi‹ im köstlich geschliffenen achatenen Flakon mit ziselierter Goldfassung und dem auf der Innenseite des Fußes verborgen eingravierten Namen ›Giuseppe Baldini, Parfumeur‹. Des Königs Namen und sein eigener auf ein und demselben Gegenstand. Zu solch herrlichen Vorstellungen hatte sich Baldini verstiegen! Und nun war Grenouille krank geworden. Wo doch Grimal, Gott hab ihn selig, geschworen hatte, dem fehle nie etwas, der halte alles aus, sogar die schwarze Pest stecke der weg. War mir nichts, dir nichts krank auf den Tod. Wenn er stürbe? Entsetzlich! Dann stürben mit ihm die herrlichen Pläne von der Manufaktur, von den netten kleinen Mädchen, vom Privilegium und vom Parfum des Königs.

Also beschloß Baldini, nichts unversucht zu lassen, um das teure Leben seines Lehrlings zu retten. Er ordnete eine Umsiedlung von der Werkstattpritsche in ein sauberes Bett im Obergeschoß des Hauses an. Er ließ das Bett mit Damast beziehen. Er half eigenhändig mit, den Kranken die enge Stiege hinaufzutragen, ob-

wohl ihn unsäglich vor den Pusteln und den schwärenden Furunkeln ekelte. Er befahl seiner Frau, Hühnerbrühe mit Wein zu kochen. Er schickte nach dem renommiertesten Arzt im Quartier, einem gewissen Procope, der im voraus bezahlt werden mußte, zwanzig Franc! damit er sich überhaupt herbemühte.
Der Doktor kam, hob mit spitzen Fingern das Laken hoch, warf einen einzigen Blick auf Grenouilles Körper, der wirklich aussah wie von hundert Kugeln zerschossen, und verließ das Zimmer, ohne seine Tasche, die der Assistent ihm ständig nachtrug, auch nur geöffnet zu haben. Der Fall, begann er zu Baldini, sei völlig klar. Es handle sich um eine syphilitische Spielart der schwarzen Blattern untermischt mit eiternden Masern in stadio ultimo. Eine Behandlung sei schon deshalb nicht vonnöten, da ein Schnepper zum Aderlaß an dem sich zersetzenden Leib, der einer Leiche ähnlicher sei als einem lebenden Organismus, gar nicht mehr ordnungsgemäß angebracht werden könne. Und obwohl der für den Krankheitsverlauf charakteristische pestilenzartige Gestank noch nicht wahrzunehmen sei – was allerdings verwundere und vom streng wissenschaftlichen Standpunkt aus gesehen ein kleines Kuriosum darstelle –, könne am Ableben des Patienten innerhalb der kommenden achtundvierzig Stunden nicht der geringste Zweifel herrschen, so wahr er Doktor Procope heiße. Worauf er sich abermals zwanzig Franc auszahlen ließ für absolvierten Besuch und erstellte Prognose – fünf Franc davon rückzahlbar für den Fall, daß man ihm den Kadaver mit der klassischen Symptomatik zu Demonstrationszwecken überließ – und sich empfahl.

Baldini war außer sich. Er klagte und schrie vor Verzweiflung. Er biß sich in die Finger vor Wut über sein Schicksal. Wieder einmal wurden ihm die Pläne für den ganz, ganz großen Erfolg kurz vor dem Ziel vermasselt. Seinerzeit, da waren's Pélissier und seine Spießgesellen mit ihrem Erfindungsreichtum gewesen. Jetzt war's dieser Junge mit seinem unerschöpflichen Fundus an neuen Gerüchen, dieser mit Gold gar nicht aufzuwiegende kleine Dreckskerl, der ausgerechnet jetzt, in der geschäftlichen Aufbauphase, die syphilitischen Blattern bekommen mußte und die eitrigen Masern in stadio ultimo! Ausgerechnet jetzt! Warum nicht in zwei Jahren? Warum nicht in einem? Bis dahin hätte man ihn ausplündern können wie eine Silbermine, wie einen Goldesel. In einem Jahr hätte er getrost sterben dürfen. Aber nein! Er starb jetzt, Herrgottsakrament, binnen achtundvierzig Stunden!

Für einen kurzen Moment erwog Baldini den Gedanken, nach Notre-Dame hinüberzupilgern, eine Kerze anzuzünden und von der Heiligen Mutter Gottes Genesung für Grenouille herbeizuflehen. Aber dann ließ er den Gedanken fallen, denn die Zeit drängte zu sehr. Er lief um Tinte und Papier und verscheuchte seine Frau aus dem Zimmer des Kranken. Er wolle selbst die Wache halten. Dann ließ er sich auf einem Stuhl neben dem Bett nieder, die Notizblätter auf den Knien, die tintenfeuchte Feder in der Hand, und versuchte, Grenouille eine parfümistische Beichte abzunehmen. Er möge doch um Gottes willen die Schätze, die er in seinem Innern trage, nicht sang- und klanglos mit sich nehmen! Er möge doch jetzt in seinen letzten Stunden ein Testament zu treuen Händen hinterlassen, damit der Nachwelt nicht die besten Düfte aller Zeiten vorenthalten blieben! Er, Baldini, werde dieses Testament, diesen Formelkanon der sublimsten aller je gerochnen Düfte, treu verwalten und zum Blühen bringen. Er werde unsterblichen Ruhm an Grenouilles Namen heften, ja, er werde – und hiermit schwöre er's bei allen Heiligen – den besten dieser Düfte dem König selbst zu Füßen legen, in einem achatenen Flakon mit ziseliertem Gold und eingravierter Widmung ›Von Jean-Baptiste Grenouille, Parfumeur in Paris‹. – So sprach, oder besser: so flüsterte Baldini in Grenouilles Ohr, beschwörend, flehentlich, schmeichelnd und unausgesetzt.

Aber es war alles umsonst. Grenouille gab nichts von sich als wäßriges Sekret und blutigen Eiter. Stumm lag er im Damast und entäußerte sich dieser ekelhaften Säfte, nicht aber seiner Schätze, seines Wissens, nicht der geringsten Formel eines Dufts. Baldini hätte ihn erwürgen mögen, erschlagen hätte er ihn mögen, herausgeprügelt aus dem moribunden Körper hätte er am liebsten die kostbaren Geheimnisse, wenn's Aussicht auf Erfolg gehabt... und wenn es seiner Auffassung von christlicher Nächstenliebe nicht so eklatant widersprochen hätte.

Und so säuselte und flötete er denn weiter in den süßesten Tönen und umhätschelte den Kranken und tupfte ihm mit kühlen Tüchern – wiewohl es ihn grauenhafte Überwindung kostete – die schweißnasse Stirn und die glühenden Vulkane der Wunden, und löffelte ihm Wein in den Mund, um seine Zunge zum Sprechen zu bringen, die ganze Nacht hindurch – vergebens. Im Morgengrauen gab er es auf. Er fiel erschöpft in einen Sessel am anderen Ende des Zimmers und starrte, nicht einmal mehr wütend, sondern nur noch stiller Resignation ergeben, auf den kleinen sterbenden Körper Grenouilles drüben im Bett, den er weder retten noch berauben konnte, aus dem er nichts mehr für sich bergen konnte, dessen Untergang er nur noch tatenlos mitansehen mußte wie ein Kapitän den Untergang des Schiffs, das seinen ganzen Reichtum mit in die Tiefe reißt.

Da öffneten sich mit einem Mal die Lippen des Todkranken, und mit einer Stimme, die in ihrer Klarheit und Festigkeit von bevorstehendem Untergang wenig ahnen ließ, sprach er: »Sagen Sie, Maître: Gibt es noch andre Mittel als das Pressen oder Destillieren, um aus einem Körper Duft zu gewinnen?«

Baldini, der glaubte, daß die Stimme seiner Einbildung oder dem Jenseits entsprungen war, antwortete mechanisch: »Ja, die gibt es.«

»Welche?« fragte es vom Bett her, und Baldini riß die müden Augen auf. Regungslos lag Grenouille in den Kissen. Hatte die Leiche gesprochen?

»Welche?« fragte es wieder, und diesmal erkannte Baldini die Bewegung auf Grenouilles Lippen. »Jetzt ist es aus«, dachte er, »jetzt geht's dahin, das ist der Fieberwahn oder die Todesagonie.« Und er stand auf, ging zum Bett hinüber und beugte sich über den Kranken. Der hatte die Augen geöffnet und sah Baldini mit dem gleichen seltsam lauernden Blick an, mit dem er ihn bei der ersten Begegnung fixiert hatte.

»Welche?« fragte er.

Da gab Baldini seinem Herzen einen Stoß – er wollte einem Sterbenden den letzten Willen nicht versagen –

und antwortete: »Es gibt deren drei, mein Sohn: Die enfleurage à chaud, die enfleurage à froid und die enfleurage à l'huile. Sie sind dem Destillieren in vieler Hinsicht überlegen, und man bedient sich ihrer zur Gewinnung der feinsten aller Düfte: des Jasmins, der Rose und der Orangenblüte.«

»Wo?« fragte Grenouille.

»Im Süden«, antwortete Baldini. »Vor allem in der Stadt Grasse.«

»Gut«, sagte Grenouille.

Und damit schloß er die Augen. Baldini richtete sich langsam auf. Er war sehr deprimiert. Er suchte seine Notizblätter zusammen, auf die er keine einzige Zeile geschrieben hatte, und blies die Kerze aus. Draußen tagte es schon. Er war hundemüde. Man hätte einen Priester kommen lassen sollen, dachte er. Dann machte er mit der Rechten ein flüchtiges Zeichen des Kreuzes und ging hinaus.

Grenouille aber war alles andere als tot. Er schlief nur sehr fest und träumte tief und zog seine Säfte in sich zurück. Schon begannen die Bläschen auf seiner Haut zu verdorren, die Eiterkrater zu versiegen, schon begannen sich seine Wunden zu schließen. Im Verlauf einer Woche war er genesen.

21

Am liebsten wäre er gleich weggegangen nach Süden, dorthin, wo man die neuen Techniken lernen konnte, von denen ihm der Alte gesprochen hatte. Aber daran war natürlich gar nicht zu denken. Er war ja nur ein

Lehrling, das heißt ein Nichts. Strenggenommen, so erklärte ihm Baldini – nachdem er seine anfängliche Freude über Grenouilles Wiederauferstehung überwunden hatte –, strenggenommen war er noch weniger als ein Nichts, denn zum ordentlichen Lehrling gehörten tadellose, nämlich eheliche Abkunft, standesgemäße Verwandtschaft und ein Lehrvertrag, was er alles nicht besitze. Wenn er, Baldini, ihm dennoch eines Tages zum Gesellenbrief verhelfen wolle, so nur in Anbetracht von Grenouilles nicht alltäglicher Begabung, eines tadellosen künftigen Verhaltens und wegen seiner, Baldinis, unendlichen Gutherzigkeit, die er, auch wenn sie ihm oft zum Schaden gereicht habe, niemals verleugnen könne.

Es hatte freilich mit der Einlösung dieses Versprechens der Gutmütigkeit gute Weile, nämlich knappe drei Jahre. In dieser Zeit erfüllte sich Baldini mit Grenouilles Hilfe seine hochfliegenden Träume. Er gründete die Manufaktur im Faubourg Saint-Antoine, setzte sich mit seinen exklusiven Parfums bei Hofe durch, bekam königliches Privileg. Seine feinen Duftprodukte wurden bis nach Petersburg verkauft, bis nach Palermo, bis nach Kopenhagen. Eine moschusschwangere Note war sogar in Konstantinopel begehrt, wo man doch weiß Gott genug eigene Düfte besaß. In den feinen Kontoren der Londoner City duftete es ebenso nach Baldinis Parfums wie am Hofe von Parma, im Warschauer Schloß nicht anders als im Schlößchen des Grafen von und zur Lippe-Detmold. Baldini war, nachdem er sich bereits damit abgefunden hatte, sein Alter in bitterer Armut bei Messina zu verbringen, mit siebzig Jahren zum unumstritten größten

Parfumeur Europas aufgestiegen und zu einem der reichsten Bürger von Paris.

Anfang des Jahres 1756 – er hatte sich unterdessen das Nebenhaus auf dem Pont au Change zugelegt, ausschließlich zum Wohnen, denn das alte Haus war nun buchstäblich bis unters Dach mit Duftstoffen und Spezereien vollgestopft – eröffnete er Grenouille, daß er nun gewillt sei, ihn freizusprechen, allerdings nur unter drei Bedingungen: Erstens dürfe er sämtliche unter Baldinis Dach entstandenen Parfums künftig weder selbst herstellen noch ihre Formel an Dritte weitergeben; zweitens müsse er Paris verlassen und dürfe es zu Baldinis Lebzeiten nicht wieder betreten; und drittens habe er über die beiden ersten Bedingungen absolutes Stillschweigen zu bewahren. Dies alles solle er beschwören bei sämtlichen Heiligen, bei der armen Seele seiner Mutter und bei seiner eigenen Ehre.

Grenouille, der weder eine Ehre hatte noch an Heilige oder gar an die arme Seele seiner Mutter glaubte, schwor. Er hätte alles geschworen. Er hätte jede Bedingung Baldinis akzeptiert, denn er wollte diesen lächerlichen Gesellenbrief haben, der es ihm ermöglichte, unauffällig zu leben und unbehelligt zu reisen und Anstellung zu finden. Das andere war ihm gleichgültig. Was waren das auch schon für Bedingungen! Paris nicht mehr betreten? Wozu brauchte er Paris! Er kannte es ja bis in den letzten stinkenden Winkel, er führte es mit sich, wohin immer er ging, er besaß Paris, seit Jahren. – Keinen von Baldinis Erfolgsdüften herstellen, keine Formeln weitergeben? Als ob er nicht tausend andere erfinden könnte, ebenso gute und bessere, wenn er nur wollte! Aber er wollte ja gar nicht. Er hatte ja gar nicht vor, in Konkurrenz zu Baldini oder zu irgendeinem anderen der bürgerlichen Parfumeure zu treten. Er war nicht darauf aus, mit seiner Kunst das große Geld zu machen, nicht einmal leben wollte er von ihr, wenn's anders möglich war zu leben. Er wollte seines Innern sich entäußern, nichts anderes, seines Innern, das er für wunderbarer hielt als alles, was die äußre Welt zu bieten hatte. Und deshalb waren Baldinis Bedingungen für Grenouille keine Bedingungen.

Im Frühjahr zog er los, an einem Tag im Mai, frühmorgens. Er hatte von Baldini einen kleinen Rucksack bekommen, ein zweites Hemd, zwei Paar Strümpfe, eine große Wurst, eine Pferdedecke und fünfundzwanzig Franc. Das sei weit mehr, als er zu geben verpflichtet sei, sagte Baldini, zumal Grenouille für die profunde Ausbildung, die er genossen, keinen Sol Lehrgeld bezahlt habe. Verpflichtet sei er zu zwei Franc Weggeld, zu sonst gar nichts. Aber er könne eben seine Gutmütigkeit so wenig verleugnen wie die tiefe Sympathie, die sich im Lauf der Jahre in seinem Herzen für den guten Jean-Baptiste angesammelt habe. Er wünsche ihm viel Glück auf seiner Wanderschaft und ermahne ihn noch einmal eindringlich, seines Schwurs nicht zu vergessen. Damit brachte er ihn an die Tür des Dienstboteneingangs, wo er ihn einst empfangen hatte, und entließ ihn.

Die Hand gab er ihm nicht, so weit war es mit der Sympathie auch wieder nicht her. Er hatte ihm noch nie die Hand gegeben. Er hatte überhaupt immer vermieden, ihn zu berühren, aus einer Art frommem

Ekel, so, als bestünde die Gefahr, daß er sich anstecke an ihm, sich besudele. Er sagte nur kurz adieu. Und Grenouille nickte und duckte sich weg und ging davon. Die Straße war menschenleer.

22

Baldini schaute ihm nach, wie er die Brücke hinunterhatschte, zur Insel hinüber, klein, gebückt, den Rucksack wie einen Buckel tragend, von hinten aussehend wie ein alter Mann. Drüben am Parlamentspalast, wo die Gasse eine Biegung machte, verlor er ihn aus den Augen und war außerordentlich erleichtert.

Er hatte den Kerl nie gemocht, nie, jetzt konnte er es sich endlich eingestehn. Die ganze Zeit, die er ihn unter seinem Dach beherbergt und ausgeplündert hatte, war ihm nicht wohl gewesen. Ihm war zumute gewesen wie einem unbescholtenen Menschen, der zum ersten Mal etwas Verbotenes tut, ein Spiel mit unerlaubten Mitteln spielt. Gewiß, das Risiko, daß man ihm auf die Schliche kam, war klein und die Aussicht auf den Erfolg war riesengroß gewesen; aber ebenso groß waren auch Nervosität und schlechtes Gewissen. Tatsächlich war in all den Jahren kein Tag vergangen, an dem er nicht von der unangenehmen Vorstellung verfolgt gewesen wäre, er müsse auf irgendeine Weise dafür bezahlen, daß er sich mit diesem Menschen eingelassen hatte. Wenn's nur gutgeht! so hatte er sich immer wieder ängstlich vorgebetet, wenn's mir nur gelingt, daß ich den Erfolg dieses gewagten Abenteuers einheimse, ohne die Zeche dafür zu bezahlen! Wenn's mir nur gelingt! Es ist zwar nicht recht, was ich tue, aber Gott wird ein Auge zudrücken, bestimmt wird Er es tun! Er hat mich im Verlaufe meines Lebens oftmals hart genug gestraft, ohne jeden Anlaß, also wäre es nur gerecht, wenn Er sich diesmal konziliant verhielte. Worin besteht denn mein Vergehen schon, wenn es überhaupt eines ist? Höchstens darin, daß ich mich ein wenig außerhalb der Zunftordnung bewege, indem ich die wunderbare Begabung eines ungelernten exploitiere und seine Fähigkeit als meine eigne ausgebe. Höchstens darin, daß ich um ein Kleines vom traditionellen Pfad der handwerklichen Tugend abgewichen bin. Höchstens darin, daß ich heute tue, was ich gestern noch verdammt habe. Ist das ein Verbrechen? Andere betrügen ihr Leben lang. Ich habe nur ein paar Jahre ein bißchen geschummelt. Und auch nur, weil mir der Zufall die einmalige Gelegenheit dazu gegeben hat. Vielleicht war es nicht einmal der Zufall, vielleicht war es Gott selbst, der mir den Zauberer ins Haus geschickt hat, zur Wiedergutmachung für die Zeit der Erniedrigung durch Pélissier und seine Spießgesellen. Vielleicht richtet sich die göttliche Fügung überhaupt nicht auf mich, sondern *gegen* Pélissier! Das könnte sehr wohl möglich sein! Wie anders nämlich wäre Gott imstande, Pélissier zu strafen, als dadurch, daß er mich erhöhte? Mein Glück wäre infolgedessen das Mittel göttlicher Gerechtigkeit, und als solches dürfte ich nicht nur, ich müßte es akzeptieren, ohne Scham und ohne die geringste Reue...

So hatte Baldini in den vergangenen Jahren oft gedacht, morgens, wenn er die schmale Treppe in den Laden hinunterstieg, abends, wenn er mit dem Inhalt der Kasse heraufkam und die schweren Gold- und Silbermünzen in seinen Geldschrank zählte, und nachts, wenn er neben dem schnarchenden Gerippe seiner Frau lag und aus lauter Angst vor seinem Glück nicht schlafen konnte.

Aber jetzt, endlich, war es vorbei mit den sinistren Gedanken. Der unheimliche Gast war fort und würde nie mehr wiederkehren. Der Reichtum aber blieb und war für alle Zukunft sicher. Baldini legte die Hand auf seine Brust und spürte durch den Stoff des Rocks das Büchlein über seinem Herzen. Sechshundert Formeln waren darin aufgezeichnet, mehr als ganze Generationen von Parfumeuren jemals würden realisieren können. Wenn er heute alles verlöre, so könnte er allein mit diesem wunderbaren Büchlein binnen Jahresfrist abermals ein reicher Mann sein. Wahrlich, was konnte er mehr verlangen!

Die Morgensonne fiel über die Giebel der gegenüberliegenden Häuser gelb und warm auf sein Gesicht. Immer noch schaute Baldini nach Süden die Straße hinunter in Richtung Parlamentspalast – es war einfach zu angenehm, daß von Grenouille nichts mehr zu sehen war! – und beschloß, aus einem überbordenden Gefühl von Dankbarkeit noch heute nach Notre-Dame hinüberzupilgern, ein Goldstück in den Opferstock zu werfen, drei Kerzen anzuzünden und seinem Herrn auf den Knien zu danken, daß Er ihn mit so viel Glück überhäuft und vor Rache verschont hatte.

Aber dummerweise kam ihm dann wieder etwas dazwischen, denn am Nachmittag, als er sich gerade auf den Weg in die Kirche machen wollte, wurde das Gerücht laut, die Engländer hätten Frankreich den Krieg erklärt. Das war zwar an und für sich nichts Beunruhigendes. Da Baldini aber just dieser Tage eine Sendung mit Parfums nach London expedieren wollte, verschob er den Besuch in Notre-Dame und ging stattdessen in die Stadt, um Erkundigungen einzuholen, und anschließend in seine Manufaktur im Faubourg Saint-Antoine, um die Sendung nach London fürs erste zu stornieren. Nachts im Bett, kurz vor dem Einschlafen, hatte er dann eine geniale Idee: Er wollte in Anbetracht der bevorstehenden kriegerischen Auseinandersetzungen um die Kolonien in der Neuen Welt ein Parfum lancieren unter dem Namen ›Prestige du Québec‹, einen harzig-heroischen Duft, dessen Erfolg – das stand fest – ihn für den Wegfall des Englandgeschäfts mehr als entschädigen würde. Mit diesem süßen Gedanken in seinem dummen alten Kopf, den er erleichtert auf das Kissen bettete, unter welchem sich der Druck des Formelbüchleins angenehm spürbar machte, entschlief Maître Baldini und wachte in seinem Leben nicht mehr auf.

In der Nacht nämlich geschah eine kleine Katastrophe, welche, mit gebührender Verzögerung, den Anlaß dazu gab, daß nach und nach sämtliche Häuser auf sämtlichen Brücken der Stadt Paris auf königlichen Befehl hin abgerissen werden mußten: Ohne erkennbare Ursache brach der Pont au Change auf seiner westlichen Seite zwischen dem dritten und vierten Pfeiler in sich zusammen. Zwei Häuser stürzten in den Fluß, so vollständig und so plötzlich, daß keiner der Insassen gerettet werden konnte. Glücklicherweise handelte es sich nur um zwei Personen, nämlich um Giuseppe Baldini und seine Frau Teresa. Die Bediensteten hatten sich, erlaubt oder unerlaubt, Ausgang genommen. Chénier, der erst in den frühen Morgenstunden leicht angetrunken nach Hause kam – vielmehr nach Hause kommen wollte, denn das Haus war ja nicht mehr da –, erlitt einen nervösen Zusammenbruch. Er hatte sich dreißig Jahre lang der Hoffnung hingegeben, von Baldini, der keine Kinder und Verwandte hatte, im Testament als Erbe eingesetzt zu sein. Und nun, mit einem Schlag, war das gesamte Erbe weg, alles, Haus, Geschäft, Rohstoffe, Werkstatt, Baldini selbst – ja sogar das Testament, das vielleicht noch Aussicht auf das Eigentum an der Manufaktur gegeben hätte!

Nichts wurde gefunden, die Leichen nicht, der Geldschrank nicht, die Büchlein mit den sechshundert Formeln nicht. Das einzige, was von Giuseppe Baldini, Europas größtem Parfumeur, zurückblieb, war ein sehr gemischter Duft von Moschus, Zimt, Essig, Lavendel und tausend anderen Stoffen, der noch mehrere Wochen lang den Lauf der Seine von Paris bis nach Le Havre überschwebte.

Zweiter Teil

23

Zu der Zeit, da das Haus Giuseppe Baldini stürzte, befand sich Grenouille auf der Straße nach Orléans. Er hatte den Dunstkreis der großen Stadt hinter sich gelassen, und mit jedem Schritt, den er sich weiter von ihr entfernte, wurde die Luft um ihn her klarer, reiner und sauberer. Sie dünnte sich gleichsam aus. Es hetzten sich nicht mehr Meter für Meter Hunderte, Tausende verschiedener Gerüche in rasendem Wechsel, sondern die wenigen, die es gab – der Geruch der sandigen Straße, der Wiesen, der Erde, der Pflanzen, des Wassers –, zogen in langen Bahnen über das Land, langsam sich blähend, langsam schwindend, kaum je abrupt unterbrochen.

Grenouille empfand diese Simplizität wie eine Erlösung. Die gemächlichen Düfte schmeichelten seiner Nase. Zum ersten Mal in seinem Leben mußte er nicht mit jedem Atemzug darauf gefaßt sein, ein Neues, Unerwartetes, Feindliches zu wittern, oder ein Angenehmes zu verlieren. Zum ersten Mal konnte er fast frei atmen, ohne dabei immer lauernd riechen zu müssen. ›Fast‹ sagen wir, denn wirklich frei strömte natürlich nichts durch Grenouilles Nase. Es blieb, auch wenn er nicht den kleinsten Anlaß dazu hatte, immer eine instinktive Reserviertheit in ihm wach gegen alles, was von außen kam und in ihn eingelassen werden sollte. Sein Leben lang, selbst in den wenigen Momenten, in denen er Anklänge von so etwas wie Genugtuung, Zufriedenheit, ja vielleicht sogar Glück erlebte, atmete er lieber aus als ein – wie er ja auch sein Leben nicht mit einem hoffnungsvollen Atemholen begonnen hatte, sondern mit einem mörderischen Schrei. Aber von dieser Einschränkung abgesehen, die bei ihm eine konstitutionelle Beschränkung war, fühlte sich Grenouille, je weiter er Paris hinter sich ließ, immer wohler, atmete er immer leichter, ging er immer beschwingteren Schritts und raffte sich sogar sporadisch zu einer geraden Körperhaltung auf, so daß er von ferne betrachtet beinahe wie ein gewöhnlicher Handwerksbursche aussah, also wie ein ganz normaler Mensch.

Am befreiendsten empfand er die Entfernung von den Menschen. In Paris lebten mehr Menschen auf engstem Raum als in irgendeiner anderen Stadt auf der Welt. Sechs-, siebenhunderttausend Menschen lebten in Paris. Auf den Straßen und Plätzen wimmelte es von ihnen, und die Häuser waren vollgepfropft mit ihnen vom Keller bis unter die Dächer. Es gab kaum einen Winkel in Paris, der nicht vor Menschen starrte, keinen Stein, kein Fleckchen Erde, das nicht nach Menschlichem roch.

Daß es dieser geballte Menschenbrodem war, der ihn achtzehn Jahre lang wie gewitterschwüle Luft bedrückt hatte, das wurde Grenouille erst jetzt klar, da er sich ihm zu entziehen begann. Bisher hatte er immer geglaubt, es sei die Welt im allgemeinen, von der er sich wegkrümmen müsse. Es war aber nicht die Welt, es waren die Menschen. Mit der Welt, so schien es, der menschenleeren Welt, ließ sich leben.

Am dritten Tag seiner Reise geriet er ins olfaktorische Gravitationsfeld von Orléans. Lange noch bevor irgendein sichtbares Zeichen auf die Nähe der Stadt hindeutete, gewahrte Grenouillle die Verdichtung des Menschlichen in der Luft und entschloß sich, entgegen seiner ursprünglichen Absicht, Orléans zu meiden. Er wollte sich die frischgewonnene Atemfreiheit nicht schon so bald wieder vom stickigen Menschenklima verderben lassen. Er machte einen großen Bogen um die Stadt, stieß bei Châteauneuf auf die Loire und überquerte sie bei Sully. Bis dorthin reichte seine Wurst. Er kaufte sich eine neue und zog dann, den Flußlauf verlassend, landeinwärts.

Er mied jetzt nicht mehr nur die Städte, er mied auch die Dörfer. Er war wie berauscht von der sich immer stärker ausdünnenden, immer menschenferneren Luft. Nur um sich neu zu verproviantieren, näherte er sich einer Siedlung oder einem alleinstehenden Gehöft, kaufte Brot und verschwand wieder in den Wäldern. Nach einigen Wochen wurden ihm selbst die Begegnungen mit den wenigen Reisenden auf den abgelegenen Wegen zuviel, ertrug er nicht mehr den punktuell auftretenden Geruch der Bauern, die auf den Wiesen das erste Gras mähten. Ängstlich wich er jeder Schafherde aus, nicht der Schafe wegen, sondern um den Geruch der Hirten zu umgehen. Er schlug sich querfeldein, nahm meilenweite Umwege in Kauf, wenn er eine noch Stunden entfernte Schwadron Reiter auf sich zukommen roch. Nicht weil er, wie andere Handwerksburschen und Herumtreiber, fürchtete, kontrolliert und nach Papieren gefragt und womöglich zum Kriegsdienst verpflichtet zu werden – er wußte nicht einmal, daß Krieg war –, sondern einzig und allein, weil ihn vor dem Menschengeruch der Reiter ekelte. Und so kam es ganz von alleine und ohne besonderen Entschluß, daß sein Plan, auf schnellstem Wege nach Grasse zu gehen, allmählich verblaßte; der Plan löste sich sozusagen in der Freiheit auf, wie alle anderen Pläne und Absichten. Grenouille wollte nicht mehr irgendwohin, sondern nur noch weg, weg von den Menschen.

Schließlich wanderte er nur noch nachts. Tagsüber verkroch er sich ins Unterholz, schlief unter Büschen, im Gestrüpp, an möglichst unzugänglichen Orten, zusammengerollt wie ein Tier, die erdbraune Pferdedecke über Körper und Kopf gezogen, die Nase in die Ellbogenbeuge verkeilt und abwärts zur Erde gerichtet, damit auch nicht der kleinste fremde Geruch seine Träume störte. Bei Sonnenuntergang erwachte er, witterte nach allen Himmelsrichtungen, und erst, wenn er sicher gerochen hatte, daß auch der letzte Bauer sein Feld verlassen und auch der wagemutigste Wanderer vor der hereinbrechenden Dunkelheit eine Unterkunft aufgesucht hatten, erst wenn die Nacht mit ihren vermeintlichen Gefahren das Land von Menschen reingefegt hatte, kam Grenouille aus seinem Versteck hervorgekrochen und setzte seine Reise fort. Er brauchte kein Licht, um zu sehen. Schon früher, als er noch tagsüber gewandert war, hatte er oft stundenlang die Augen geschlossen gehalten und war nur der Nase nach gegangen. Das grelle Bild der Landschaft, das Blendende, die Plötzlichkeit und die Schärfe des Sehens mit den Augen schmerzten ihn. Allein das Mondlicht ließ er sich gefallen. Das Mondlicht kannte keine Farben und zeichnete nur schwach die Konturen des Geländes. Es überzog das Land mit schmutzigem Grau und erdrosselte für eine Nacht lang das Leben. Diese wie in Blei gossene Welt, in der sich nichts regte als der Wind, der manchmal wie ein Schatten über die grauen Wälder fiel, und in der nichts lebte als die Düfte der nackten Erde, war die einzige Welt, die er gelten ließ, denn sie ähnelte der Welt seiner Seele.

So zog er in südliche Richtung. Ungefähr in südliche Richtung, denn er folgte keinem magnetischen Kompaß, sondern nur dem Kompaß seiner Nase, der ihn jede Stadt, jedes Dorf, jede Siedlung umgehen ließ. Wochenlang traf er keinen Menschen. Und er hätte sich im beruhigenden Glauben wiegen können, er sei allein auf der dunklen oder vom kalten Mondlicht beschienenen Welt, wenn nicht der feine Kompaß ihn eines Besseren belehrt hätte.

Auch nachts gab es Menschen. Auch in den entlegensten Gebieten gab es Menschen. Sie hatten sich nur in ihre Schlupfwinkel zurückgezogen wie die Ratten und schliefen. Die Erde war nicht rein von ihnen, denn selbst im Schlaf dünsteten sie ihren Geruch aus, der durch die offenen Fenster und durch die Ritzen ihrer Behausungen hinaus ins Freie drängte und die sich scheinbar selbst überlassene Natur verpestete. Je mehr sich Grenouille an die reinere Luft gewöhnt hatte, desto empfindlicher traf ihn so ein Menschengeruch, der plötzlich, völlig unerwartet, nächtens daherflatterte, scheußlich wie Odelgestank, und die Anwesenheit irgendeiner Hirtenunterkunft oder einer Köhlerkate oder einer Räuberhöhle verriet. Und er flüchtete weiter, immer sensibler reagierend auf den immer seltener werdenden Geruch des Menschlichen. So führte ihn seine Nase in immer abgelegenere Gegenden des Landes, entfernte ihn immer weiter von den Menschen und trieb ihn immer heftiger dem Magnetpol der größtmöglichen Einsamkeit entgegen.

24

Dieser Pol, nämlich der menschenfernste Punkt des ganzen Königreichs, befand sich im Zentralmassiv der Auvergne, etwa fünf Tagesreisen südlich von Clermont, auf dem Gipfel eines zweitausend Meter hohen Vulkans namens Plomb du Cantal.

Der Berg bestand aus einem riesigen Kegel bleigrauen Gesteins und war umgeben von einem endlosen, kargen, nur von grauem Moos und grauem Gestrüpp bewachsenen Hochland, aus dem hier und da braune Felsspitzen wie verfaulte Zähne aufragten und ein paar von Bränden verkohlte Bäume. Selbst am helllichten Tage war diese Gegend von so trostloser Unwirtlichkeit, daß der ärmste Schafhirte der ohnehin armen Provinz seine Tiere nicht hierher getrieben hätte. Und bei Nacht gar, im bleichen Licht des Mondes, schien sie in ihrer gottverlassenen Öde nicht mehr von dieser Welt zu sein. Selbst der weithin gesuchte auvergnatische Bandit Lebrun hatte es vorgezogen, sich in die Cevennen durchzuschlagen und dort ergreifen und vierteilen zu lassen, als sich am Plomb du

Cantal zu verstecken, wo ihn zwar sicher niemand gesucht und gefunden hätte, wo er aber ebenso sicher den ihm schlimmer erscheinenden Tod der lebenslangen Einsamkeit gestorben wäre. In meilenweitem Umkreis des Berges lebten kein Mensch und kein ordentliches warmblütiges Tier, bloß ein paar Fledermäuse und ein paar Käfer und Nattern. Seit Jahrzehnten hatte niemand den Gipfel bestiegen.

Grenouille erreichte den Berg in einer Augustnacht des Jahres 1756. Als der Morgen graute, stand er auf dem Gipfel. Er wußte noch nicht, daß seine Reise hier zuende war. Er dachte, dies sei nur eine Etappe auf dem Weg in immer noch reinere Lüfte, und er drehte sich im Kreise und ließ den Blick seiner Nase über das gewaltige Panorama des vulkanischen Ödlands streifen: nach Osten hin, wo die weite Hochebene von Saint-Flour und die Sümpfe des Flusses Riou lagen; nach Norden hin, in die Gegend, aus der er gekommen und wo er tagelang durch karstiges Gebirge gewandert war; nach Westen, von woher der leichte Morgenwind ihm nichts als den Geruch von Stein und hartem Gras entgegentrug; nach Süden schließlich, wo die Ausläufer des Plomb sich meilenweit hinzogen bis zu den dunklen Schluchten der Truyère. Überall, in jeder Himmelsrichtung, herrschte die gleiche Menschenferne, und zugleich hätte jeder Schritt in jede Richtung wieder größere Menschennähe bedeutet. Der Kompaß kreiselte. Er gab keine Orientierung mehr an. Grenouille war am Ziel. Aber zugleich war er gefangen.

Als die Sonne aufging, stand er immer noch am gleichen Fleck und hielt seine Nase in die Luft. Mit verzweifelter Anstrengung versuchte er, die Richtung zu erschnuppern, aus der das bedrohlich Menschliche kam, und die Gegenrichtung, in die er weiterfliehen mußte. In jeder Richtung argwöhnte er, doch noch einen verborgenen Fetzen menschlichen Geruchs zu entdecken. Doch da war nichts. Da war nur Ruhe, wenn man so sagen kann, geruchliche Ruhe. Ringsum herrschte nur der wie ein leises Rauschen wehende, homogene Duft der toten Steine, der grauen Flechten und der dürren Gräser, und sonst nichts.

Grenouille brauchte sehr lange Zeit, um zu glauben, was er nicht roch. Er war auf sein Glück nicht vorbereitet. Sein Mißtrauen wehrte sich lange gegen die bessere Einsicht. Er nahm sogar, während die Sonne stieg, seine Augen zuhilfe und suchte den Horizont nach dem geringsten Zeichen menschlicher Gegenwart ab, nach dem Dach einer Hütte, dem Rauch eines Feuers, einem Zaun, einer Brücke, einer Herde. Er hielt die Hände an die Ohren und lauschte, nach dem Dengeln einer Sense etwa oder dem Gebell eines Hundes oder dem Schrei eines Kindes. Den ganzen Tag über verharrte er in der glühendsten Hitze auf dem Gipfel des Plomb du Cantal und wartete vergeblich auf das kleinste Indiz. Erst als die Sonne unterging, wich sein Mißtrauen allmählich einem immer stärker werdenden Gefühl der Euphorie: Er war dem verhaßten Odium entkommen! Er war tatsächlich vollständig allein! Er war der einzige Mensch auf der Welt!

Ein ungeheurer Jubel brach in ihm aus. So wie ein Schiffbrüchiger nach wochenlanger Irrfahrt die erste von Menschen bewohnte Insel ekstatisch begrüßt, feierte Grenouille seine Ankunft auf dem Berg der Einsamkeit. Er schrie vor Glück. Rucksack, Decke, Stock warf er von sich und trampelte mit den Füßen auf den Boden, warf die Arme in die Höhe, tanzte im Kreis, brüllte seinen eigenen Namen in alle vier Winde, ballte die Fäuste, schüttelte sie triumphierend gegen das ganze weite unter ihm liegende Land und gegen die sinkende Sonne, triumphierend, als hätte er sie persönlich vom Himmel verjagt. Er führte sich auf wie ein Wahnsinniger, bis tief in die Nacht hinein.

25

Die nächsten Tage verbrachte er damit, sich auf dem Berg einzurichten – denn das stand für ihn fest, daß er diese begnadete Gegend so schnell nicht mehr verlassen würde. Als erstes schnupperte er nach Wasser und fand es in einem Einbruch etwas unterhalb des Gipfels, wo es in einem dünnen Film am Fels entlangrann. Es war nicht viel, aber wenn er geduldig eine Stunde lang leckte, hatte er seinen Feuchtigkeitsbedarf für einen Tag gestillt. Er fand auch Nahrung, nämlich kleine Salamander und Ringelnattern, die er, nachdem er ihnen den Kopf abgeknipst hatte, mit Haut und Knochen verschlang. Dazu aß er trockene Flechten und Gras und Moosbeeren. Diese nach bürgerlichen Maßstäben völlig undiskutable Ernährungsweise verdroß ihn nicht im mindesten. Schon in den letzten Wochen und Monaten hatte er sich nicht mehr von menschlich gefertigter Nahrung wie Brot und Wurst und Käse ernährt, sondern, wenn er Hunger verspürte, alles zusammengefressen, was ihm an irgendwie Eßbarem in die Quere gekommen war. Er war nichts weniger als ein Gourmet. Er hatte es überhaupt nicht mit dem Genuß, wenn der Genuß in etwas anderem als dem reinen körperlosen Geruch bestand. Er hatte es auch nicht mit der Bequemlichkeit und wäre zufrieden gewesen, sein Lager auf blankem Stein einzurichten. Aber er fand etwas Besseres.

Nahe der Wasserstelle entdeckte er einen natürlichen Stollen, der in vielen engen Windungen in das Innere des Berges führte, bis er nach etwa dreißig Metern an einer Verschüttung endete. Dort, am Ende des Stollens, war es so eng, daß Grenouilles Schultern das Gestein berührten, und so niedrig, daß er nur gebückt stehen konnte. Aber er konnte sitzen, und wenn er sich krümmte, konnte er sogar liegen. Das genügte seinem Bedürfnis nach Komfort vollkommen. Denn der Ort hatte unschätzbare Vorzüge: Am Ende des Tunnels herrschte selbst tagsüber stockfinstere Nacht, es war totenstill, und die Luft atmete eine feuchte, salzige Kühle. Grenouille roch sofort, daß noch kein lebendes Wesen diesen Platz je betreten hatte. Es überfiel ihn beinahe ein Gefühl von heiliger Scheu, als er ihn in Besitz nahm. Sorgsam breitete er seine Pferdedecke auf den Boden, als bedecke er einen Altar, und legte sich darauf. Er fühlte sich himmlisch wohl. Er lag im einsamsten Berg Frankreichs fünfzig Meter tief unter der Erde wie in seinem eigenen Grab. Noch nie im Leben hatte er sich so sicher gefühlt – schon gar nicht im Bauch seiner Mutter. Es mochte draußen die Welt verbrennen, hier würde er nichts davon merken. Er begann still zu weinen. Er wußte nicht, wem er danken sollte für so viel Glück.

In der folgenden Zeit ging er nur noch ins Freie, um an der Wasserstelle zu lecken, sich rasch seines Urins und seiner Exkremente zu entledigen, und um Echsen und Schlangen zu jagen. Nachts waren sie leicht zu erwischen, denn sie hatten sich unter Steinplatten oder in kleine Höhlen zurückgezogen, wo er sie mit seiner Nase aufspürte.

Zum Gipfel hinauf stieg er während der ersten Wochen wohl noch ein paar Mal, um den Horizont abzuwittern. Bald aber war dies mehr eine lästige Gewohnheit als eine Notwendigkeit geworden, denn kein einziges Mal hatte er Bedrohliches gerochen. Und so stellte er schließlich die Exkursionen ein und war nur noch darauf bedacht, so schnell wie möglich in seine Gruft zurückzukehren, wenn er die fürs schiere Überleben allernötigsten Verrichtungen hinter sich gebracht hatte. Denn hier, in der Gruft, lebte er eigentlich. Das heißt, er saß weit über zwanzig Stunden am Tag in vollkommener Dunkelheit und vollkommener Stille und vollkommener Bewegungslosigkeit auf seiner Pferdedecke am Ende des steinernen Ganges, hatte den Rücken gegen das Geröll gelehnt, die Schultern zwischen die Felsen geklemmt, und genügte sich selbst.

Man weiß von Menschen, die die Einsamkeit suchen: Büßer, Gescheiterte, Heilige oder Propheten. Sie ziehen sich vorzugsweise in Wüsten zurück, wo sie von Heuschrecken und wildem Honig leben. Manche wohnen auch in Höhlen und Klausen auf abgelegenen Inseln oder hocken sich – etwas spektakulärer – in Käfige, die auf Stangen montiert sind und hoch in den Lüften schweben. Sie tun das, um Gott näher zu sein.

Sie kasteien sich mit der Einsamkeit und tun Buße durch sie. Sie handeln im Glauben, ein gottgefälliges Leben zu führen. Oder sie warten monate- oder jahrelang darauf, daß ihnen in der Einsamkeit eine göttliche Mitteilung zukomme, die sie dann eiligst unter den Menschen verbreiten wollen.

Nichts von alledem traf auf Grenouille zu. Er hatte mit Gott nicht das geringste im Sinn. Er büßte nicht und wartete auf keine höhere Eingebung. Nur zu seinem eigenen, einzigen Vergnügen hatte er sich zurückgezogen, nur, um sich selbst nahe zu sein. Er badete in seiner eigenen, durch nichts mehr abgelenkten Existenz und fand das herrlich. Wie seine eigene Leiche lag er in der Felsengruft, kaum noch atmend, kaum daß sein Herz noch schlug – und lebte doch so intensiv und ausschweifend, wie nie ein Lebemann draußen in der Welt gelebt hat.

26

Schauplatz dieser Ausschweifungen war – wie könnte es anders sein – sein inneres Imperium, in das er von Geburt an die Konturen aller Gerüche eingegraben hatte, denen er jemals begegnet war. Um sich in Stimmung zu bringen, beschwor er zunächst die frühesten, die allerentlegensten: den feindlichen, dampfigen Dunst der Schlafstube von Madame Gaillard; das ledrig verdorrte Odeur ihrer Hände; den essigsauren Atem des Pater Terrier; den hysterischen, heißen mütterlichen Schweiß der Amme Bussie; den Leichengestank des Cimetière des Innocents; den Mördergeruch seiner Mutter. Und er schwelgte in Ekel und Haß, und es sträubten sich seine Haare vor wohligem Entsetzen.

Manchmal, wenn ihn dieser Aperitif der Abscheulichkeiten noch nicht genügend in Fahrt gebracht hatte, gestattete er sich auch einen kleinen geruchlichen Abstecher zu Grimal und kostete vom Gestank der rohen, fleischigen Häute und der Gerbbrühen, oder er imaginierte den versammelten Brodem von sechshunderttausend Parisern in der schwülen lastenden Hitze des Hochsommers.

Und dann brach mit einem Mal – das war der Sinn der Übung – mit orgastischer Gewalt sein angestauter Haß hervor. Wie ein Gewitter zog er her über diese Gerüche, die es gewagt hatten, seine erlauchte Nase zu beleidigen. Wie Hagel auf ein Kornfeld drosch er auf sie ein, wie ein Orkan zerstäubte er das Geluder und ersäufte es in einer riesigen reinigenden Sintflut destillierten Wassers. So gerecht war sein Zorn. So groß war seine Rache. Ah! Welch sublimer Augenblick! Grenouille, der kleine Mensch, zitterte vor Erregung, sein Körper krampfte sich in wollüstigem Behagen und wölbte sich auf, so daß er für einen Moment mit dem Scheitel an die Decke des Stollens stieß, um dann langsam zurückzusinken und liegenzubleiben, gelöst und tief befriedigt. Er war wirklich zu angenehm, dieser eruptive Akt der Extinktion aller widerwärtigen Gerüche, wirklich zu angenehm... Fast war ihm diese Nummer das liebste in der ganzen Szenenfolge seines inneren Welttheaters, denn sie vermittelte das wunderbare Gefühl rechtschaffener Erschöpfung, das nur den wirklich großen, heldenhaften Taten folgt.

Er durfte nun eine Weile lang guten Gewissens

ruhen. Er streckte sich aus; körperlich, so gut es eben ging im engen steinernen Gelaß. Innerlich jedoch, auf den reingefegten Matten seiner Seele, da streckte er sich bequem der vollen Länge nach und döste dahin und ließ sich feine Düfte um die Nase spielen: ein würziges Lüftchen etwa, wie von Frühlingswiesen hergetragen; einen lauen Maienwind, der durch die ersten grünen Buchenblätter weht; eine Brise vom Meer, herb wie gesalzene Mandeln. Es war später Nachmittag, als er sich erhob – sozusagen später Nachmittag, denn es gab natürlich keinen Nachmittag oder Vormittag oder Abend oder Morgen, es gab kein Licht und keine Finsternis, es gab auch keine Frühlingswiesen und keine grünen Buchenblätter... es gab überhaupt keine Dinge in Grenouilles innerem Universum, sondern nur die Düfte von Dingen. (Darum ist es eine *façon de parler*, von diesem Universum als einer Landschaft zu sprechen, eine adäquate freilich und die einzig mögliche, denn unsere Sprache taugt nicht zur Beschreibung der riechbaren Welt.) – Es war also später Nachmittag, will sagen ein Zustand und Zeitpunkt in Grenouilles Seele, wie er im Süden am Ende der Siesta herrscht, wenn die mittägliche Lähmung langsam abfällt von der Landschaft und das zurückgehaltne Leben wieder beginnen will. Die wutentbrannte Hitze – Feindin der sublimen Düfte – war verflogen, das Dämonenpack vernichtet. Die inneren Gefilde lagen blank und weich in der lasziven Ruhe des Erwachens und warteten, daß der Wille ihres Herrn über sie käme.

Und Grenouille erhob sich – wie gesagt – und schüttelte den Schlaf aus seinen Gliedern. Er stand auf, der große innere Grenouille, wie ein Riese stellte er sich hin, in seiner ganzen Pracht und Größe, herrlich war er anzuschauen – fast schade, daß ihn keiner sah! –, und blickte in die Runde, stolz und hoheitsvoll:

Ja! Dies war sein Reich! Das einzigartige Grenouillereich! Von ihm, dem einzigartigen Grenouille erschaffen und beherrscht, von ihm verwüstet, wann es ihm gefiel, und wieder aufgerichtet, von ihm ins Unermeßliche erweitert und mit dem Flammenschwert verteidigt gegen jeden Eindringling. Hier galt nichts als sein Wille, der Wille des großen, herrlichen, einzigartigen Grenouille. Und nachdem die üblen Gestänke der Vergangenheit hinweggetilgt waren, wollte er nun, daß es dufte in seinem Reich. Und er ging mit mächtigen Schritten über die brachen Fluren und säte Duft der verschiedensten Sorten, verschwenderisch hier, sparsam dort, in endlos weiten Plantagen und kleinen intimen Rabatten, den Samen faustweise verschleudernd oder einzeln an eigens ausgewählten Plätzen versenkend. Bis in die entlegensten Regionen seines Reiches eilte der Große Grenouille, der rasende Gärtner, und bald war kein Winkel mehr, in den er kein Duftkorn geworfen hätte.

Und als er sah, daß es gut war und daß das ganze Land von seinem göttlichen Grenouillesamen durchtränkt war, da ließ der Große Grenouille einen Weingeistregen herniedergehen, sanft und stetig, und es begann allüberall zu keimen und zu sprießen, und die Saat trieb aus, daß es das Herz erfreute. Schon wogte es üppig auf den Plantagen, und in den verborgenen Gärten standen die Stengel im Saft. Die Knospen der Blüten platzten schier aus ihrer Hülle.

Da gebot der Große Grenouille Einhalt dem Regen. Und es geschah. Und er schickte die milde Sonne seines Lächelns über das Land, worauf sich mit einem Schlag die millionenfache Pracht der Blüten erschloß, von einem Ende des Reichs bis zum anderen, zu einem einzigen bunten Teppich, geknüpft aus Myriaden von köstlichen Duftbehältern. Und der Große Grenouille sah, daß es gut war, sehr, sehr gut. Und er blies den Wind seines Odems über das Land. Und die Blüten, liebkost, verströmten Duft und vermischten ihre Myriaden Düfte zu einem ständig changierenden und doch in ständigem Wechsel vereinten universalen Huldigungsduft an Ihn, den Großen, den Einzigen, den Herrlichen Grenouille, und dieser, auf einer goldduftenden Wolke thronend, sog den Odem schnuppernd wieder ein, und der Geruch des Opfers war ihm angenehm. Und er ließ sich herab, seine Schöpfung mehrmals zu segnen, was ihm von dieser mit Jauchzen und Jubilieren und abermaligen herrlichen Duftausstößen gedankt wurde. Unterdessen war es Abend geworden, und die Düfte verströmten sich weiter und mischten sich in der Bläue der Nacht zu immer phantastischeren Noten. Es stand eine wahre Ballnacht der Düfte bevor mit einem gigantischen Brillantduftfeuerwerk.

Der Große Grenouille aber war etwas müde geworden und gähnte und sprach: »Siehe, ich habe ein großes Werk getan, und es gefällt mir sehr gut. Aber wie alles Vollendete beginnt es mich zu langweilen. Ich will mich zurückziehen und mir zum Abschluß dieses arbeitsreichen Tages in den Kammern meines Herzens noch eine kleine Beglückung gönnen.«

Also sprach der Große Grenouille und segelte, während das einfache Duftvolk unter ihm freudig tanzte und feierte, mit weitausgespannten Flügeln von der goldenen Wolke herab über das nächtliche Land seiner Seele nach Haus in sein Herz.

27

Ach, es war angenehm, heimzukehren! Das Doppelamt des Rächers und Weltenerzeugers strengte nicht schlecht an, und sich danach von der eigenen Brut stundenlang feiern zu lassen, war auch nicht die reinste Erholung. Der göttlichen Schöpfungs- und Repräsentationsverpflichtungen müde, sehnte sich der Große Grenouille nach häuslichen Freuden.

Sein Herz war ein purpurnes Schloß. Es lag in einer steinernen Wüste, getarnt hinter Dünen, umgeben von einer Oase aus Sumpf und hinter sieben steinernen Mauern. Es war nur im Flug zu erreichen. Es besaß tausend Kammern und tausend Keller und tausend feine Salons, darunter einen mit einem einfachen purpurnen Kanapee, auf welchem Grenouille, der nun nicht mehr der Große Grenouille war, sondern Grenouille ganz privat oder einfach der liebe Jean-Baptiste, sich von der Mühsal des Tages auszuruhen pflegte.

In den Kammern des Schlosses aber standen Regale vom Boden bis hinauf an die Decke, und darin befanden sich alle Gerüche, die Grenouille im Laufe seines Lebens gesammelt hatte, mehrere Millionen. Und in den Kellern des Schlosses, da ruhten in Fässern die besten Düfte seines Lebens. Sie wurden, wenn sie gereift waren, auf Flaschen gezogen und lagen dann in kilometerlangen feuchtkühlen Gängen, geordnet nach Jahrgang und Herkunft, und es waren ihrer so viele, daß ein Leben nicht reichte, sie alle zu trinken.

Und als der liebe Jean-Baptiste, endlich heimgekehrt in sein *chez soi*, im purpurnen Salon auf seinem simplen anheimelnden Sofa lag – die Stiefel, wenn man so will, endlich ausgezogen hatte –, klatschte er in die Hände und rief seine Diener herbei, die unsichtbar, unfühlbar, unhörbar und vor allem unriechbar, also vollständig imaginäre Diener waren, und befahl ihnen, in die Kammern zu gehen und aus der großen Bibliothek der Gerüche diesen oder jenen Band zu besorgen und in den Keller zu steigen und ihm zu trinken zu holen. Es eilten die imaginären Diener, und in peinigender Erwartung krampfte sich Grenouilles Magen zusammen. Es war ihm plötzlich zumute wie einem Trinker, den am Tresen die Angst befällt, man könnte ihm aus irgendeinem Grund das bestellte Glas Schnaps verweigern. Was, wenn die Keller und Kammern mit einem Mal leer, was, wenn der Wein in den Fässern verdorben war? Warum ließ man ihn warten? Warum kam man nicht? Er brauchte das Zeug sofort, er brauchte es dringend, er war süchtig danach, er würde auf dem Fleck sterben, wenn er es nicht bekäme.

Aber ruhig, Jean-Baptiste! Ruhig, Lieber! Man kommt ja, man bringt, was du begehrst. Schon fliegen die Diener herbei. Sie tragen auf unsichtbarem Tablett das Buch der Gerüche, sie tragen in weißbehandschuhten unsichtbaren Händen die kostbaren Flaschen, sie setzen sie ab, ganz behutsam, sie verneigen sich, und sie verschwinden.

Und alleine gelassen, endlich – mal wieder! – allein, greift Jean-Baptiste nach den ersehnten Gerüchen, öffnet die erste Flasche, schenkt sich ein Glas voll bis zum Rand, führt es an die Lippen und trinkt. Trinkt das Glas kühlen Geruchs in einem Zug leer, und es ist köstlich! Es ist so erlösend gut, daß dem lieben Jean-Baptiste vor Wonne das Wasser in die Augen schießt und er sich sofort das zweite Glas dieses Dufts einschenkt: eines Dufts aus dem Jahr 1752, aufgeschnappt im Frühjahr, vor Sonnenaufgang auf dem Pont Royal, mit nach Westen gerichteter Nase, woher ein leichter Wind kam, in dem sich Meergeruch, Waldgeruch und ein wenig vom teerigen Geruch der Kähne mischten, die am Ufer lagen. Es war der Duft der ersten zuendegehenden Nacht, die er, ohne Grimals Erlaubnis, in Paris herumstreunend verbracht hatte. Es war der frische Geruch des sich nähernden Tages, des ersten Tagesanbruchs, den er in Freiheit erlebte. Dieser Geruch hatte ihm damals die Freiheit verheißen. Er hatte ihm ein anderes Leben verheißen. Der Geruch jenes Morgens war für Grenouille ein Hoffnungsgeruch. Er verwahrte ihn sorgsam. Und er trank täglich davon.

Nachdem er das zweite Glas geleert hatte, fiel alle Nervosität, fielen Zweifel und Unsicherheit von ihm ab, und es erfüllte ihn eine herrliche Ruhe. Er preßte seinen Rücken gegen die weichen Kissen des Kanapees, schlug ein Buch auf und begann, in seinen Erinnerungen zu lesen. Er las von den Gerüchen seiner Kindheit, von den Schulgerüchen, von den Gerüchen der Straßen und Winkel der Stadt, von Menschengerüchen. Und angenehme Schauer durchrieselten ihn, denn es waren durchaus die verhaßten Gerüche, die exterminierten, die da beschworen wurden. Mit angewidertem Interesse las Grenouille im Buch der ekligen Gerüche, und wenn der Widerwille das Interesse überwog, so klappte er es einfach zu, legte es weg und nahm ein anderes.

Nebenher trank er ohne Pause von den edlen Düften. Nach der Flasche mit dem Hoffnungsduft entkorkte er eine aus dem Jahre 1744, die gefüllt war mit dem warmen Holzgeruch vor dem Haus der Madame Gaillard. Und nach diesem trank er eine Flasche sommerabendlichen Dufts, parfumdurchweht und blütenschwer, aufgelesen am Rande eines Parks in Saint-Germain-des-Prés anno 1753.

Er war nun mächtig angefüllt von Düften. Die Glieder lagen immer schwerer in den Kissen. Sein Geist benebelte sich wunderbar. Und doch war er noch nicht am Ende des Gelages. Zwar konnten seine Augen nicht mehr lesen, war ihm das Buch längst aus der Hand geglitten – aber er wollte den Abend nicht beschließen, ohne noch die letzte Flasche, die herrlichste, geleert zu haben: Es war der Duft des Mädchens aus der Rue des Marais...

Er trank ihn andachtsvoll und setzte sich zu diesem Zweck aufrecht auf das Kanapee, obwohl ihm das schwerfiel, denn der purpurne Salon schwankte und kreiste um ihn bei jeder Bewegung. In schülerhafter Haltung, die Knie aneinandergepreßt, die Füße dicht an dicht gestellt, auf den linken Oberschenkel seine linke Hand gelegt – so trank der kleine Grenouille den köstlichsten Duft aus den Kellern seines Herzens,

Glas um Glas, und wurde immer trauriger dabei. Er wußte, daß er zuviel trank. Er wußte, daß er so viel Gutes nicht vertrug. Und trank doch, bis die Flasche leer war: Er ging durch den dunklen Gang von der Straße in den Hinterhof. Er ging auf den Lichtschein zu. Das Mädchen saß und schnitt die Mirabellen auf. Von weit her krachten die Raketen und Petarden des Feuerwerks...

Er stellte das Glas ab und blieb noch, von der Sentimentalität und vom Suff wie versteinert, ein paar Minuten lang sitzen, so lange, bis auch der letzte Nachgeschmack von der Zunge verschwunden war. Er glotzte vor sich hin. In seinem Hirn war es plötzlich so leer wie in den Flaschen. Dann kippte er um, seitlich aufs purpurne Kanapee und versank von einem Moment zum anderen in einen betäubenden Schlaf.

Zur gleichen Zeit schlief auch der äußere Grenouille auf seiner Pferdedecke ein. Und sein Schlaf war ebenso abgrundtief wie der des inneren Grenouille, denn die herkuleischen Taten und Exzesse von diesem hatten jenen nicht weniger erschöpft – schließlich waren beide ja ein und dieselbe Person.

Als er aufwachte allerdings, wachte er nicht auf im purpurnen Salon seines purpurnen Schlosses hinter den sieben Mauern und auch nicht in den frühlingshaften Duftgefilden seiner Seele, sondern einzig und allein im Steinverließ am Ende des Tunnels auf dem harten Boden in der Finsternis. Und ihm war speiübel vor Hunger und Durst und fröstelig und elend wie einem süchtigen Trinker nach durchzechter Nacht. Auf allen vieren kroch er aus dem Stollen.

Draußen war irgendeine Tageszeit, meistens die beginnende oder die endende Nacht, aber selbst bei Mitternacht stach ihm die Helligkeit des Sternenlichts wie Nadeln in die Augen. Die Luft erschien ihm staubig, raß, lungenbrennend, die Landschaft hart, er stieß sich an den Steinen. Und selbst die zartesten Gerüche wirkten streng und beizend auf seine weltentwöhnte Nase. Grenouille, der Zeck, war empfindlich geworden wie ein Krebs, der sein Muschelgehäuse verlassen hat und nackt durchs Meer wandert.

Er ging zur Wasserstelle, leckte die Feuchtigkeit von der Wand, ein, zwei Stunden lang, es war eine Tortur, die Zeit nahm kein Ende, die Zeit, in der ihm die wirkliche Welt auf der Haut brannte. Er riß sich ein paar Fetzen Moos von den Steinen, würgte sie in sich hinein, hockte sich hin, schiß während er fraß – schnell, schnell, schnell mußte alles gehen –, und wie gejagt, wie wenn er ein kleines weichfleischiges Tier wäre und droben am Himmel kreisten schon die Habichte, lief er zurück zu seiner Höhle bis ans Ende des Stollens, wo die Pferdedecke lag. Hier war er endlich wieder sicher.

Er lehnte sich zurück gegen die Schütte von Geröll, streckte die Beine aus und wartete. Er mußte seinen Körper jetzt ganz still halten, ganz still, wie ein Gefäß, das von zuviel Bewegung überzuschwappen droht. Allmählich gelang es ihm, den Atem zu zügeln. Sein aufgeregtes Herz schlug ruhiger, der innere Wellenschlag ließ langsam nach. Und plötzlich fiel die Einsamkeit wie eine schwarze Spiegelfläche über sein Gemüt. Er schloß die Augen. Die dunkle Türe in sein Innres tat sich auf, und er trat ein. Die nächste Vorstellung des grenouillschen Seelentheaters begann.

So ging es Tag für Tag, Woche für Woche, Monat für Monat. So ging es sieben ganze Jahre lang.

Während dieser Zeit herrschte in der äußeren Welt Krieg, und zwar Weltkrieg. Man schlug sich in Schlesien und Sachsen, in Hannover und Belgien, in Böhmen und Pommern. Die Truppen des Königs starben in Hessen und Westfalen, auf den Balearen, in Indien, am Mississippi und in Kanada, sofern sie nicht schon auf der Fahrt dorthin dem Typhus erlagen. Der Krieg kostete einer Million Menschen das Leben, den König von Frankreich sein Kolonialreich und alle beteiligten Staaten so viel Geld, daß sie sich schließlich schweren Herzens entschlossen, ihn zu beenden.

Grenouille wäre einmal in dieser Zeit, im Winter, fast erfroren, ohne es zu merken. Fünf Tage lag er im purpurnen Salon, und als er im Stollen erwachte, konnte er sich vor Kälte nicht mehr bewegen. Er schloß sofort wieder die Augen, um sich zutode zu schlafen. Doch dann kam ein Wettersturz, taute ihn auf und rettete ihn.

Einmal war der Schnee so hoch, daß er nicht mehr die Kraft hatte, sich bis zu den Flechten durchzuwühlen. Da ernährte er sich von steifgefrorenen Fledermäusen.

Einmal lag ein toter Rabe vor der Höhle. Den aß er. Das waren die einzigen Vorkommnisse, die er von der äußeren Welt in den sieben Jahren zur Kenntnis nahm. Ansonsten lebte er nur in seinem Berg, nur im selbstgeschaffenen Reich seiner Seele. Und er wäre bis zu seinem Tode dort geblieben (denn es mangelte ihm an nichts), wenn nicht eine Katastrophe eingetreten wäre, die ihn aus dem Berg vertrieben und in die Welt zurückgespieen hätte.

29

Die Katastrophe war kein Erdbeben, kein Waldbrand, kein Bergrutsch und kein Stolleneinsturz. Sie war überhaupt keine äußere Katastrophe, sondern eine innere, und daher besonders peinlich, denn sie blockierte Grenouilles bevorzugten Fluchtweg. Sie geschah im Schlaf. Besser gesagt im Traum. Vielmehr im Traum im Schlaf im Herz in seiner Phantasie.

Er lag auf dem Kanapee im purpurnen Salon und schlief. Um ihn standen die leeren Flaschen. Er hatte enorm viel getrunken, zum Abschluß gar zwei Flaschen vom Duft des rothaarigen Mädchens. Wahrscheinlich war das zuviel gewesen, denn sein Schlaf, wiewohl von todesähnlicher Tiefe, war diesmal nicht traumlos, sondern von geisterhaften Traumschlieren durchzogen. Diese Schlieren waren deutlich erkennbare Fetzen eines Geruchs. Zuerst zogen sie nur in dünnen Bahnen an Grenouilles Nase vorbei, dann wurden sie dichter, wolkenhaft. Es war nun, als stünde er inmitten eines Moores, aus dem der Nebel stieg. Der Nebel stieg langsam immer höher. Bald war Grenouille vollkommen umhüllt von Nebel, durchtränkt von Nebel, und zwischen den Nebelschwaden war kein bißchen freie Luft mehr. Er mußte, wenn er nicht ersticken wollte, diesen Nebel einatmen. Und der Nebel war, wie gesagt, ein Geruch. Und Grenouille wußte auch, was für ein Geruch. Der Nebel war sein eigener Geruch. Sein, Grenouilles, Eigengeruch war der Nebel.

Und nun war das Entsetzliche, daß Grenouille, obwohl er wußte, daß dieser Geruch *sein* Geruch war, ihn nicht riechen konnte. Er konnte sich, vollständig in sich selbst ertrinkend, um alles in der Welt nicht riechen!

Als ihm das klargeworden war, schrie er so fürchterlich laut, als würde er bei lebendigem Leibe verbrannt. Der Schrei zerschlug die Wände des Purpursalons, die Mauern des Schlosses, er fuhr aus dem Herzen über die Gräben und Sümpfe und Wüsten hinweg, raste über die nächtliche Landschaft seiner Seele wie ein Feuersturm, gellte aus seinem Mund hervor, durch den gewundenen Stollen, hinaus in die Welt, weithin über die Hochebene von Saint-Flour – es war, als schriee der Berg. Und Grenouille erwachte von seinem eigenen Schrei. Im Erwachen schlug er um sich, als müsse er den unriechbaren Nebel vertreiben, der ihn ersticken wollte. Er war zutode geängstigt, schlotterte am ganzen Körper vor schierem Todesschrecken. Hätte der Schrei nicht den Nebel zerrissen, dann wäre er an sich selber ertrunken – ein grauenvoller Tod. Ihn schauderte, wenn er daran zurückdachte. Und während er noch schlotternd saß und versuchte, seine konfusen verängstigten Gedanken zusammenzufangen, wußte er schon eines ganz sicher: Er würde sein Leben ändern, und sei es nur deshalb, weil er einen so furchtbaren Traum kein zweites Mal träumen wollte. Er würde das zweite Mal nicht überstehen.

Er warf sich die Pferdedecke über die Schultern und kroch hinaus ins Freie. Draußen war gerade Vormittag, ein Vormittag Ende Februar. Die Sonne schien. Das Land roch nach feuchtem Stein, Moos und Wasser. Im Wind lag schon ein wenig Duft von Anemonen. Er hockte sich vor der Höhle auf den Boden. Das Sonnenlicht wärmte ihn. Er atmete die frische Luft ein. Es schauderte ihn immer noch, wenn er an den Nebel zurückdachte, dem er entronnen war, und es schauderte ihn vor Wohligkeit, als er die Wärme auf dem Rücken spürte. Es war doch gut, daß diese äußere Welt noch bestand, und sei's nur als ein Fluchtpunkt. Nicht auszudenken das Grauen, wenn er am Ausgang des Tunnels keine Welt mehr vorgefunden hätte! Kein Licht, keinen Geruch, kein Garnichts – nur noch diesen entsetzlichen Nebel, innen, außen, überall...

Allmählich wich der Schock. Allmählich lockerte sich der Griff der Angst, und Grenouille begann sich sicherer zu fühlen. Gegen Mittag hatte er seine Kaltblütigkeit wiedergewonnen. Er legte Zeige- und Mittelfinger der linken Hand unter die Nase und atmete zwischen den Fingerrücken hindurch. Er roch die feuchte, anemonenwürzige Frühlingsluft. Von seinen Fingern roch er nichts. Er drehte die Hand um und schnupperte an ihrer Innenseite. Er spürte die Wärme der Hand, aber er roch nichts. Nun krempelte er den zerschlissenen Ärmel seines Hemdes hoch, vergrub die Nase in der Ellbogenbeuge. Er wußte, daß dies die Stelle war, wo alle Menschen nach sich selber riechen. Er jedoch roch nichts. Er roch auch nichts unter seiner Achsel, nichts an den Füßen, nichts am Geschlecht, zu dem er sich, so weit es ging, hinunterbeugte. Es war grotesk: Er, Grenouille, der jeden anderen Menschen meilenweit erschnuppern konnte, war nicht imstande, sein weniger als eine Handspanne entferntes eigenes Geschlecht zu riechen! Trotzdem geriet er nicht in Panik, sondern sagte sich, kühl überlegend, das folgende: »Es ist nicht so, daß ich nicht rieche, denn alles riecht. Es ist vielmehr so, daß ich nicht rieche, daß ich rieche, weil ich mich seit meiner Geburt tagaus tagein gerochen habe und meine Nase daher gegen meinen eigenen Geruch abgestumpft ist. Könnte ich meinen Geruch, oder wenigstens einen Teil davon, von mir trennen und nach einer gewissen Zeit der Entwöhnung zu ihm zurückkehren, so würde ich ihn – und also mich – sehr wohl riechen können.«

Er legte die Pferdedecke ab und zog seine Kleider aus oder das, was von seinen Kleidern noch übriggeblieben war, die Fetzen, die Lumpen zog er aus. Sieben Jahre lang hatte er sie nicht vom Leib genommen. Sie mußten durch und durch getränkt sein von seinem Geruch. Er warf sie auf einen Haufen vor den Eingang der Höhle und entfernte sich. Dann stieg er, zum ersten Mal seit sieben Jahren, wieder auf den Gipfel des Berges hinauf. Dort stellte er sich an dieselbe Stelle, an der er damals bei seiner Ankunft gestanden war, hielt die Nase nach Westen und ließ sich den Wind um den nackten Körper pfeifen. Seine Absicht war, sich vollkommen auszulüften, sich so sehr mit Westwind – und das hieß mit dem Geruch von Meer und feuchten Wiesen – vollzupumpen, daß dieser den Geruch seines eigenen Körpers überwog und sich somit ein Duftgefälle zwischen ihm, Grenouille, und seinen Kleidern herstellen möge, welches er dann deutlich wahrzunehmen in der Lage wäre. Und um möglichst wenig Eigengeruch in die Nase zu bekommen, beugte er den Oberkörper nach vorn, machte den Hals so lang es ging gegen den Wind und streckte die Arme nach hinten. Er sah aus wie ein Schwimmer, kurz bevor er ins Wasser springt.

In dieser äußerst lächerlichen Haltung verharrte er mehrere Stunden lang, wobei sich seine lichtentwöhnte madenweiße Haut trotz der noch schwachen Sonne langustenrot färbte. Gegen Abend stieg er wieder zur Höhle hinab. Schon von weitem sah er den Kleiderhaufen liegen. Auf den letzten Metern hielt er sich die Nase zu und öffnete sie erst wieder, als er sie dicht über den Haufen gesenkt hatte. Er machte die Schnüffelprobe, wie er sie bei Baldini gelernt hatte, riß die Luft ein und ließ sie etappenweise wieder ausströmen. Um den Geruch zu fangen, bildete er mit seinen beiden Händen eine Glocke über den Kleidern, in die er wie einen Klöppel seine Nase steckte. Er stellte alles mögliche an, um seinen eigenen Geruch aus den Kleidern herauszuriechen. Aber der Geruch war nicht darin. Er war entschieden nicht darin. Tausend andre Gerüche waren darin. Der Geruch von Stein, Sand, Moos, Harz, Rabenblut – sogar der Geruch der Wurst, die er vor Jahren in der Nähe von Sully gekauft hatte, war noch deutlich wahrnehmbar. Die Kleider enthielten ein olfaktorisches Tagebuch der letzten sieben, acht Jahre. Nur seinen eigenen Geruch, den Geruch dessen, der sie in dieser Zeit ohne Unterlaß getragen hatte, enthielten sie nicht.

Nun wurde ihm doch etwas bang. Die Sonne war untergegangen. Er stand nackt am Eingang des Stollens, an dessen dunklem Ende er sieben Jahre lang gelebt hatte. Der Wind blies kalt, und er fror, aber er merkte nicht, daß er fror, denn in ihm war eine Gegenkälte, nämlich Angst. Es war nicht dieselbe Angst, die er im Traum empfunden hatte, diese gräßliche Angst des An-sich-selbst-Erstickens, die es um jeden Preis abzuschütteln galt und der er hatte entfliehen können. Was er jetzt empfand, war die Angst, über sich selbst nicht Bescheid zu wissen. Sie war jener Angst entgegengesetzt. Ihr konnte er nicht entfliehen, sondern er mußte ihr entgegengehen. Er mußte – und wenn auch die Erkenntnis furchtbar war – ohne Zweifel wissen, ob er einen Geruch besaß oder nicht. Und zwar jetzt gleich. Sofort.

Er ging zurück in den Stollen. Nach ein paar Metern schon umgab ihn völlige Dunkelheit, doch er fand sich zurecht wie im hellsten Licht. Viele tausend Male war er den Weg gegangen, kannte jeden Tritt und jede Windung, roch jede niederhängende Felsnase und jeden kleinsten vorspringenden Stein. Den Weg zu finden war nicht schwierig. Schwierig war, gegen die Erinnerung an den klaustrophobischen Traum anzukämpfen, die wie eine Flutwelle in ihm hoch und höher schwappte, je weiter er voranschritt. Aber er war mutig. Das heißt, er bekämpfte mit der Angst, nicht zu wissen, die Angst vor dem Wissen, und es gelang ihm, weil er wußte, daß er keine Wahl hatte. Als er am Ende des Stollens angekommen war, dort wo die Geröllverschüttung anstieg, fielen beide Ängste von ihm ab. Er fühlte sich ruhig, sein Kopf war ganz klar und seine Nase geschärft wie ein Skalpell. Er hockte sich nieder, legte die Hände über die Augen und roch.

An diesem Ort, in diesem weltfernen steinernen Grab, hatte er sieben Jahre lang gelegen. Wenn irgendwo auf der Welt, so mußte es hier nach ihm riechen. Er atmete langsam. Er prüfte genau. Er ließ sich Zeit mit dem Urteil. Eine Viertelstunde lang blieb er hocken. Er hatte ein untrügliches Gedächtnis und wußte genau, wie es vor sieben Jahren an dieser Stelle gerochen hatte: steinig und nach feuchter, salziger Kühle und so rein, daß kein lebendes Wesen, Mensch oder Tier, den Platz jemals betreten haben konnte... Genau so aber roch es auch jetzt.

Er blieb noch eine Weile hocken, ganz ruhig, nur leise mit dem Kopfe nickend. Dann drehte er sich um und ging, zunächst gebückt, und als die Höhe des Stollens es zuließ, in aufrechter Haltung, hinaus ins Freie.

Draußen zog er seine Lumpen an (die Schuhe waren ihm schon vor Jahren vermodert), legte sich die Pferdedecke über die Schultern und verließ noch in derselben Nacht den Plomb du Cantal in südlicher Richtung.

30

Er sah fürchterlich aus. Die Haare reichten ihm bis zu den Kniekehlen, der dünne Bart bis zum Nabel. Seine Nägel waren wie Vogelkrallen, und an Armen und Beinen, wo die Lumpen nicht mehr hinreichten, den Körper zu bedecken, fiel ihm die Haut in Fetzen ab.

Die ersten Menschen, denen er begegnete, Bauern auf einem Feld nahe der Stadt Pierrefort, rannten schreiend davon, als sie ihn sahen. In der Stadt selbst dagegen machte er Sensation. Die Leute liefen zu

Hunderten zusammen, um ihn zu begaffen. Manche hielten ihn für einen entkommenen Galeerensträfling. Manche sagten, er sei gar kein richtiger Mensch, sondern eine Mischung aus einem Menschen und einem Bären, eine Art Waldwesen. Einer, der früher zur See gefahren war, behauptete, er sehe aus wie der Angehörige eines wilden Indianerstammes in Cayenne, welches jenseits des großen Ozeans liege. Man führte ihn dem Bürgermeister vor. Dort wies er zum Erstaunen der Versammelten seinen Gesellenbrief vor, machte seinen Mund auf und erzählte in ein wenig kollernden Worten – denn es waren die ersten Worte, die er nach siebenjähriger Pause von sich gab –, aber gut verständlich, daß er auf seiner Wanderschaft von Räubern überfallen, verschleppt und sieben Jahre lang in einer Höhle gefangengehalten worden sei. Er habe in dieser Zeit weder das Sonnenlicht noch einen Menschen gesehen, sei mittels eines von unsichtbarer Hand ins Dunkle herabgelassenen Korbes ernährt und schließlich mit einer Leiter befreit worden, ohne zu wissen, warum, und ohne seine Entführer oder Retter je gesehen zu haben. Diese Geschichte hatte er sich ausgedacht, denn sie schien ihm glaubhafter als die Wahrheit, und sie war es auch, denn dergleichen räuberische Überfälle geschahen in den Bergen der Auvergne, des Languedoc und in den Cevennen durchaus nicht selten. Jedenfalls nahm sie der Bürgermeister anstandslos zu Protokoll und erstattete über den Vorfall Bericht an den Marquis de la Taillade-Espinasse, Lehensherrn der Stadt und Mitglied des Parlaments in Toulouse.

Der Marquis hatte schon mit vierzig Jahren dem

Versailler Hofleben den Rücken gekehrt, sich auf seine Güter zurückgezogen und dort den Wissenschaften gelebt. Aus seiner Feder stammte ein bedeutendes Werk über dynamische Nationalökonomie, in welchem er die Abschaffung aller Abgaben auf Grundbesitz und landwirtschaftliche Erzeugnisse sowie die Einführung einer umgekehrt progressiven Einkommenssteuer vorschlug, die den Ärmsten am härtesten traf und ihn somit zur stärkeren Entfaltung seiner wirtschaftlichen Aktivitäten zwang. Durch den Erfolg des Büchleins ermuntert, verfaßte er ein Traktat über die Erziehung von Knaben und Mädchen im Alter zwischen fünf und zehn Jahren, wandte sich hierauf der experimentellen Landwirtschaft zu und versuchte, durch die Übertragung von Stiersamen auf verschiedene Grassorten ein animalo-vegetabiles Kreuzungsprodukt zur Milchgewinnung zu züchten, eine Art Euterblume. Nach anfänglichen Erfolgen, die ihn sogar zur Herstellung eines Käses aus Grasmilch befähigten, der von der Wissenschaftlichen Akademie von Lyon als ›von ziegenhaftem Geschmack, wenngleich ein wenig bitterer‹ bezeichnet wurde, mußte er seine Versuche wegen der enormen Kosten des hektoliterweise über die Felder versprühten Stiersamens einstellen. Immerhin hatte die Beschäftigung mit agrarbiologischen Problemen sein Interesse nicht nur an der sogenannten Ackerscholle, sondern an der Erde überhaupt und an ihrer Beziehung zur Biosphäre geweckt.

Kaum hatte er die praktischen Arbeiten an der Milcheuterblume beendet, stürzte er sich mit ungebrochenem Forscherelan auf einen großen Essay über die Zusammenhänge zwischen Erdnähe und Vitalkraft. Seine These war, daß sich Leben nur in einer gewissen Entfernung von der Erde entwickeln könne, da die Erde selbst ständig ein Verwesungsgas verströme, ein sogenanntes »fluidum letale«, welches die Vitalkräfte lähme und über kurz oder lang vollständig zum Erliegen bringe. Deshalb seien alle Lebewesen bestrebt, sich durch Wachstum von der Erde zu entfernen, wüchsen also von ihr weg und nicht etwa in sie hinein; deshalb trügen sie ihre wertvollsten Teile himmelwärts: das Korn die Ähre, die Blume ihre Blüte, der Mensch den Kopf; und deshalb müßten sie auch, wenn das Alter sie beuge und wieder zur Erde hinkrümme, unweigerlich dem Letalgas verfallen, in das sie sich durch den Zerfallsprozeß nach ihrem Tode schließlich selbst verwandelten.

Als dem Marquis de la Taillade-Espinasse zu Ohren kam, es habe sich in Pierrefort ein Individuum gefunden, welches sieben Jahre lang in einer Höhle – also völlig umschlossen vom Verwesungselement Erde – gehaust habe, war er außer sich vor Entzücken und ließ Grenouille sofort zu sich in sein Laboratorium bringen, wo er ihn einer gründlichen Untersuchung unterzog. Aufs Anschaulichste fand er seine Theorie bestätigt: Das fluidum letale hatte Grenouille schon dermaßen angegriffen, daß sein fünfundzwanzigjähriger Körper deutlich greisenhafte Verfallserscheinungen aufwies. Einzig die Tatsache – so erklärte Taillade-Espinasse –, daß Grenouille während seiner Gefangenschaft Nahrung von erdfernen Pflanzen, vermutlich Brot und Früchte, zugeführt worden seien, habe seinen Tod verhindert. Nun könne der frühere Gesundheitszustand nur wiederhergestellt werden durch die gründliche Austreibung des Fluidums vermittels eines von ihm, Taillade-Espinasse, ersonnenen Vitalluftventilationsapparates. Einen solchen habe er im Speicher seines Stadtpalais in Montpellier stehen, und wenn Grenouille bereit wäre, sich als wissenschaftliches Demonstrationsobjekt zur Verfügung zu stellen, wolle er ihn nicht nur von seiner hoffnungslosen Erdgasverseuchung befreien, sondern ihm auch noch ein gutes Stück Geld zukommen lassen...

Zwei Stunden später saßen sie im Wagen. Obwohl sich die Straßen in einem miserablen Zustand befanden, schafften sie die vierundsechzig Meilen nach Montpellier in knapp zwei Tagen, denn der Marquis ließ es sich trotz seines vorgeschrittenen Alters nicht nehmen, persönlich auf Kutscher und Pferde einzupeitschen und bei mehreren Deichsel- und Federbrüchen selbst mit Hand anzulegen; so begeistert war er von seiner Trouvaille, so begierig, sie raschestens einer gebildeten Öffentlichkeit zu präsentieren. Grenouille hingegen durfte die Kutsche kein einziges Mal verlassen. Er hatte in seinen Lumpen, von einer mit feuchter Erde und Lehm getränkten Decke vollständig umhüllt, dazusitzen. Zu essen bekam er während der Reise rohes Wurzelgemüse. Auf diese Weise hoffte der Marquis, die Erdfluidumverseuchung noch eine Weile im Idealzustand zu konservieren.

In Montpellier angekommen, ließ er Grenouille sofort in den Keller seines Palais verbringen, verschickte Einladungen an sämtliche Mitglieder der medizinischen Fakultät, des Botanikervereins, der Landwirtschaftsschule, der chemo-physikalischen Vereinigung, der Freimaurerloge und der übrigen Gelehrtengesellschaften, deren die Stadt nicht weniger als ein Dutzend besaß. Und einige Tage später – genau eine Woche nachdem er die Bergeinsamkeit verlassen hatte – fand sich Grenouille auf einem Podest in der großen Aula der Universität von Montpellier einer vielhundertköpfigen Menge als die wissenschaftliche Sensation des Jahres präsentiert.

In seinem Vortrag bezeichnete ihn Taillade-Espinasse als den lebenden Beweis für die Richtigkeit der letalen Erdfluidumtheorie. Während er ihm nach und nach die Lumpen vom Leibe riß, erklärte er den verheerenden Effekt, den das Verwesungsgas auf Grenouilles Körper ausgeübt habe: Da sehe man Pusteln und Narben, hervorgerufen durch Gasverätzung; dort auf der Brust ein riesiges glänzendrotes Gaskarzinom; allenthalben eine Zersetzung der Haut; und sogar eine deutliche fluidale Verkrüppelung des Skeletts, die als Klumpfuß und Buckel sichtbar hervortrete. Auch seien die inneren Organe Milz, Leber, Lunge, Galle und Verdauungstrakt schwer gasgeschädigt, wie die Analyse einer Stuhlprobe, die sich in einer Schüssel zu Füßen des Demonstranten für jedermann zugänglich befinde, zweifelsfrei erwiesen habe. Zusammenfassend könne daher gesagt werden, daß die Lähmung der Vitalkräfte aufgrund siebenjähriger Verseuchung durch ›fluidum letale Taillade‹ schon so weit fortgeschritten sei, daß Demonstrant – dessen äußere Erscheinung im übrigen bereits signifikant maulwurfhafte Züge aufweise – mehr als ein dem Tode denn als ein dem Leben zugewandtes Wesen bezeichnet werden müsse. Dennoch mache Referent sich anheischig, den an und für sich Todgeweihten mittels einer

Ventilationstherapie in Kombination mit Vitaldiät innerhalb von acht Tagen wieder soweit herzustellen, daß die Anzeichen für eine vollständige Heilung jedermann in die Augen springen werde, und fordere die Anwesenden auf, sich vom Erfolg dieser Prognose, der dann freilich als gültiger Beweis für die Richtigkeit der letalen Erdfluidumstheorie angesehen werden müsse, binnen Wochenfrist zu überzeugen.

Der Vortrag war ein Riesenerfolg. Heftig applaudierte das gelehrte Publikum dem Referenten und defilierte dann am Podest vorbei, auf dem Grenouille stand. In seiner konservierten Verwahrlosung und mit seinen alten Narben und Verkrüppelungen sah er tatsächlich so beeindruckend fürchterlich aus, daß ihn jedermann für halb verwest und unrettbar verloren hielt, obwohl er selbst sich durchaus gesund und kräftig fühlte. Manche der Herren beklopften ihn fachmännisch, vermaßen ihn, schauten ihm in Mund und Auge. Einige richteten das Wort an ihn und erkundigten sich nach seinem Höhlenleben und nach seiner jetzigen Befindlichkeit. Er hielt sich jedoch streng an eine im voraus erteilte Anweisung des Marquis und antwortete auf solche Fragen nur mit einem gepreßten Röcheln, wobei er mit beiden Händen hilflose Gesten gegen seinen Kehlkopf machte, um damit kundzutun, daß auch dieser bereits vom ›fluidum letale Taillade‹ zerfressen sei.

Am Ende der Veranstaltung packte ihn Taillade-Espinasse wieder ein und verfrachtete ihn nach Hause auf den Speicher seines Palais. Dort schloß er ihn im Beisein einiger ausgewählter Doktoren der medizinischen Fakultät in den Vitalluftventilationsapparat, einen aus dichtverfugten Fichtenbrettern gefertigten Verschlag, der mittels eines weit über das Dach hinausreichenden Ansaugekamins mit letalgasfreier Höhenluft durchflutet wurde, welche durch eine am Boden angebrachte Lederventilklappe wieder entweichen konnte. In Betrieb gehalten wurde die Anlage von einer Staffel von Bediensteten, die Tag und Nacht dafür sorgten, daß die im Kamin eingebauten Ventilatoren nicht zur Ruhe kamen. Und während Grenouille auf diese Weise von einem ständigen reinigenden Luftstrom umgeben war, wurden ihm in stündlichem Abstand durch ein seitlich eingearbeitetes doppelwandiges Luftschleusentürchen diätetische Speisen erdferner Provenienz dargeboten: Taubenbrühe, Lerchenpastete, Ragout von Flugenten, eingemachtes Baumobst, Brot von extra hochwachsenden Weizensorten, Pyrenäenwein, Gemsenmilch und Eischaumcreme von Hühnern, die im Dachboden des Palais gehalten wurden.

Fünf Tage lang dauerte diese kombinierte Entseuchungs- und Revitalisierungskur. Dann ließ der Marquis die Ventilatoren anhalten und verbrachte Grenouille in einen Waschraum, wo er in Bädern von lauwarmem Regenwasser mehrere Stunden eingeweicht und schließlich mit Nußölseife aus der Andenstadt Potosi von Kopf bis Fuß gewaschen wurde. Man schnitt ihm die Finger- und Zehennägel, reinigte seine Zähne mit feingeschlämmtem Dolomitenkalk, rasierte ihn, kürzte und kämmte seine Haare, coiffierte und puderte sie. Ein Schneider wurde bestellt, ein Schuster, und Grenouille bekam ein seidenes Hemd verpaßt, mit weißem Jabot und weißen Rüschen an den

Manschetten, seidene Strümpfe, Rock, Hose und Weste aus blauem Samt und schöne Schnallenschuhe von schwarzem Leder, deren rechter geschickt den verkrüppelten Fuß kaschierte. Höchsteigenhändig legte der Marquis weiße Talkumschminke auf Grenouilles narbiges Gesicht, tupfte ihm Karmesin auf Lippen und Wangen und verlieh den Augenbrauen mit Hilfe eines weichen Stifts von Lindenholzkohle eine wirklich edle Wölbung. Dann stäubte er ihn mit seinem persönlichen Parfum ein, einer ziemlich simplen Veilchennote, trat einige Schritte zurück und brauchte lange Zeit, sein Entzücken in Worte zu fassen.

»Monsieur«, begann er endlich, »ich bin von mir begeistert. Ich bin erschüttert über meine Genialität. Ich habe an der Richtigkeit meiner fluidalen Theorie zwar nie gezweifelt; natürlich nicht; sie aber in praktizierter Therapie so herrlich bestätigt zu finden, erschüttert mich. Sie waren ein Tier, und ich habe einen Menschen aus Ihnen gemacht. Eine geradezu göttliche Tat. Erlauben Sie, daß ich gerührt bin! – Treten Sie vor diesen Spiegel dort, und schauen Sie sich an! Sie werden zum ersten Mal in Ihrem Leben erkennen, daß Sie ein Mensch sind; kein besonders außergewöhnlicher oder irgendwie hervorragender, aber doch immerhin ein ganz passabler Mensch. Gehen Sie, Monsieur! Schauen Sie sich an, und bestaunen Sie das Wunder, das ich an Ihnen vollbracht habe!«

Es war das erste Mal, daß jemand »Monsieur« zu Grenouille gesagt hatte.

Er ging zum Spiegel und sah hinein. Bis dato hatte er auch noch nie in einen Spiegel gesehen. Er sah einen Herrn in feinem blauem Gewand vor sich, mit weißem

Hemd und Seidenstrümpfen, und er duckte sich ganz instinktiv, wie er sich immer vor solch feinen Herren geduckt hatte. Der feine Herr aber duckte sich auch, und indem Grenouille sich wieder aufrichtete, tat der feine Herr dasselbe, und dann erstarrten beide und fixierten sich.

Was Grenouille am meisten verblüffte, war die Tatsache, daß er so unglaublich normal aussah. Der Marquis hatte recht: Er sah nicht besonders aus, nicht gut, aber auch nicht besonders häßlich. Er war ein wenig klein geraten, seine Haltung war ein wenig linkisch, das Gesicht ein wenig ausdruckslos, kurz, er sah aus wie Tausende von anderen Menschen auch. Wenn er jetzt hinunter auf die Straße ginge, würde kein Mensch sich nach ihm umdrehen. Nicht einmal ihm selbst würde ein solcher, wie er jetzt war, irgendwie auffallen, wenn er ihm begegnete. Es sei denn, er würde riechen, daß dieser jemand, außer nach Veilchen, sowenig röche wie der Herr im Spiegel und er selbst, der davorstand.

Und doch waren vor zehn Tagen die Bauern noch schreiend auseinandergelaufen bei seinem Anblick. Er hatte sich damals nicht anders gefühlt als jetzt, und jetzt, wenn er die Augen schloß, fühlte er sich kein bißchen anders als damals. Er sog die Luft ein, die an seinem Körper aufstieg und roch das schlechte Parfum und den Samt und das frischgeleimte Leder seiner Schuhe; er roch das Seidenzeug, den Puder, die Schminke, den schwachen Duft der Seife aus Potosi. Und plötzlich wußte er, daß es nicht die Taubenbrühe und der Ventilationshokuspokus gewesen waren, die einen normalen Menschen aus ihm gemacht hatten, sondern einzig und allein die paar Kleider, der Haarschnitt und das bißchen kosmetischer Maskerade.

Er öffnete blinzelnd die Augen und sah, wie der Monsieur im Spiegel ihm zublinzelte und wie ein kleines Lächeln um seine karmesinroten Lippen strich, ganz so, als wolle er ihm signalisieren, daß er ihn nicht gänzlich unsympathisch finde. Und auch Grenouille fand, daß der Monsieur im Spiegel, diese als Mensch verkleidete, maskierte, geruchlose Gestalt, nicht so ganz ohne sei; zumindest schien ihm, als könnte sie – würde man ihre Maske nur vervollkommnen – eine Wirkung auf die äußere Welt tun, wie er, Grenouille, sie sich selbst nie zugetraut hätte. Er nickte der Gestalt zu und sah, daß sie, während sie widernickte, verstohlen die Nüstern blähte...

31

Am folgenden Tag – der Marquis war gerade dabei, ihm die nötigsten Posen, Gesten und Tanzschritte für den bevorstehenden gesellschaftlichen Auftritt beizubringen – fingierte Grenouille einen Schwindelanfall und stürzte scheinbar vollkommen entkräftet und wie von Erstickung bedroht auf einem Diwan nieder.

Der Marquis war außer sich. Er schrie nach den Dienern, schrie nach Luftwedeln und tragbaren Ventilatoren, und während die Diener eilten, kniete er an Grenouilles Seite nieder, fächelte ihm mit seinem veilchenduftgetränkten Taschentuch Luft zu und beschwor, bebettelte ihn regelrecht, doch ja sich wieder aufzurichten, doch ja nicht jetzt die Seele auszuhauchen, sondern damit, wenn irgend möglich, noch bis übermorgen hinzuwarten, da sonst das Überleben der letalen Fluidaltheorie aufs äußerste gefährdet sei.

Grenouille wand und krümmte sich, keuchte, ächzte, fuchtelte mit seinen Armen gegen das Taschentuch, ließ sich schließlich auf sehr dramatische Weise vom Diwan fallen und verkroch sich in die entlegenste Ecke des Zimmers. »Nicht dieses Parfum!« rief er wie mit allerletzter Kraft, »nicht dieses Parfum! Es tötet mich!« Und erst als Taillade-Espinasse das Taschentuch aus dem Fenster und seinen ebenfalls nach Veilchen riechenden Rock ins Nebenzimmer geworfen hatte, ließ Grenouille seinen Anfall abebben und erzählte mit ruhiger werdender Stimme, daß er als Parfumeur eine berufsbedingt empfindliche Nase besitze und immer schon, besonders aber jetzt in der Zeit der Genesung, auf gewisse Parfums sehr heftig reagiere. Daß ausgerechnet der Duft des Veilchens, einer an und für sich lieblichen Blume, ihm so stark zusetze, könne er sich nur dadurch erklären, daß das Parfum des Marquis einen hohen Bestandteil an Veilchenwurzelextrakt enthalte, welcher wegen seiner unterirdischen Herkunft auf eine letalfluidal angegriffene Person wie ihn, Grenouille, verderblich wirke. Schon gestern, bei der ersten Applikation des Duftes, habe er sich ganz blümerant gefühlt und heute, als er den Wurzelgeruch abermals wahrgenommen habe, sei ihm gar gewesen, als stoße man ihn zurück in das entsetzliche stickige Erdloch, in dem er sieben Jahre vegetiert habe. Seine Natur habe sich dagegen empört, anders könne er nicht sagen, denn nachdem ihm einmal durch die Kunst des Herrn Marquis ein Leben als Mensch in fluidalfreier Luft geschenkt worden sei, stürbe er lieber sofort, als daß er sich noch einmal dem verhaßten Fluidum ausliefere. Noch jetzt krampfe sich alles in ihm zusammen, wenn er bloß an das Wurzelparfum denke. Er glaube aber zuversichtlich, daß er augenblicklich wiederhergestellt sein würde, wenn es ihm der Marquis gestatte, zur vollständigen Austreibung des Veilchenduftes ein eigenes Parfum zu entwerfen. Er denke dabei an eine besonders leichte, aerierte Note, die hauptsächlich aus erdfernen Ingredienzen wie Mandel- und Orangenblütenwasser, Eukalyptus, Fichtennadelöl und Zypressenöl bestehe. Einen Spritzer nur von einem solchen Duft auf seine Kleider, ein paar Tropfen nur an Hals und Wangen – und er wäre ein für allemal gefeit gegen eine Wiederholung des peinlichen Anfalls, der ihn soeben übermannt habe...

Was wir hier der Verständlichkeit halber in ordentlicher indirekter Rede wiedergeben, war in Wirklichkeit ein halbstündiger, von vielen Hustern und Keuchern und Atemnöten unterbrochener blubbernder Wortausbruch, den Grenouille mit Gezittre und Gefuchtle und Augenrollen untermalte. Der Marquis war schwer beeindruckt. Mehr noch als die Leidenssymptomatik überzeugte ihn die feine Argumentation seines Schützlings, die ganz im Sinne der letalfluidalen Theorie vorgebracht war. Natürlich das Veilchenparfum! Ein widerlich erdnahes, ja sogar unterirdisches Produkt! Wahrscheinlich war er selbst, der es seit Jahren benutzte, schon infiziert davon. Hatte keine Ahnung, daß er sich Tag für Tag durch diesen Duft dem Tode näherbrachte. Die Gicht, die Steifheit seines Nackens, die Schlaffheit seines Glieds, das Hämorrhoid, der Ohrendruck, der faule Zahn – all das kam zweifelsohne von dem Gestank der fluidaldurchseuchten Veilchenwurzel. Und dieser kleine dumme Mensch, das Häuflein Elend in der Zimmerecke dort, hatte ihn daraufgebracht. Er war gerührt. Am liebsten wäre er zu ihm gegangen, hätte ihn aufgehoben und an sein aufgeklärtes Herz gedrückt. Aber er fürchtete, noch immer nach Veilchen zu duften, und so schrie er abermals nach den Dienern und befahl, alles Veilchenparfum aus dem Hause zu entfernen, das ganze Palais zu lüften, seine Kleider im Vitalluftventilator zu entseuchen und Grenouille sofort in seiner Sänfte zum besten Parfumeur der Stadt zu bringen. Genau dies aber hatte Grenouille mit seinem Anfall bezweckt.

Das Duftwesen hatte alte Tradition in Montpellier, und obwohl es in jüngster Zeit im Vergleich zur Konkurrenzstadt Grasse etwas heruntergekommen war, lebten doch noch etliche gute Parfumeur- und Handschuhmachermeister in der Stadt. Der angesehenste unter ihnen, ein gewisser Runel, erklärte sich im Hinblick auf die Geschäftsbeziehungen mit dem Hause des Marquis de la Taillade-Espinasse, dessen Seifen-, Öl- und Duftstofflieferant er war, zu dem außergewöhnlichen Schritt bereit, sein Atelier für eine Stunde dem in der Sänfte herbeigeschafften sonderbaren Pariser Parfumeurgesellen abzutreten. Dieser ließ sich nichts erklären, wollte gar nicht wissen, wo er was zu finden habe, er kenne sich schon aus, sagte er, finde sich schon zurecht; und schloß sich in der Werkstatt ein und blieb dort eine gute Stunde, während Runel mit dem Haushofmeister des Marquis auf ein paar

Gläser Wein in eine Schenke ging und dort erfahren mußte, weswegen man sein Veilchenwasser nicht mehr riechen könne.

Runels Werkstatt und Laden waren bei weitem nicht so üppig ausgestattet wie seinerzeit Baldinis Duftstoffhandlung in Paris. Mit den paar Blütenölen, Wässern und Gewürzen hätte ein durchschnittlicher Parfumeur keine großen Sprünge machen können. Grenouille jedoch erkannte mit dem ersten schnuppernden Atemzug, daß die vorhandenen Stoffe für seine Zwecke durchaus hinreichten. Er wollte keinen großen Duft kreieren; er wollte kein Prestigewässerchen zusammenmischen wie damals für Baldini, so eines, das hervorstach aus dem Meer des Mittelmaßes und die Leute kirre machte. Nicht einmal ein einfaches Orangenblütendüftchen, wie dem Marquis versprochen, war sein eigentliches Ziel. Die gängigen Essenzen von Neroli, Eukalyptus und Zypressenblatt sollten den eigentlichen Duft, den er sich herzustellen vorgenommen hatte, nur kaschieren: dies aber war der Duft des Menschlichen. Er wollte sich, und wenn es vorläufig auch nur ein schlechtes Surrogat war, den Geruch der Menschen aneignen, den er selber nicht besaß. Freilich *den* Geruch der Menschen gab es nicht, genausowenig wie es *das* menschliche Antlitz gab. Jeder Mensch roch anders, niemand wußte das besser als Grenouille, der Tausende und Abertausende von Individualgerüchen kannte und Menschen schon von Geburt an witternd unterschied. Und doch – es gab ein parfümistisches Grundthema des Menschendufts, ein ziemlich simples übrigens: ein schweißig-fettes, käsigsäuerliches, ein im ganzen reichlich ekelhaftes Grundthema, das allen Menschen gleichermaßen anhaftete und über welchem erst in feinerer Vereinzelung die Wölkchen einer individuellen Aura schwebten.

Diese Aura aber, die höchst komplizierte, unverwechselbare Chiffre des *persönlichen* Geruchs, war für die meisten Menschen ohnehin nicht wahrnehmbar. Die meisten Menschen wußten nicht, daß sie sie überhaupt besaßen, und taten überdies alles, um sie unter Kleidern oder unter modischen Kunstgerüchen zu verstecken. Nur jener Grundduft, jene primitive Menschendünstelei, war ihnen wohlvertraut, in ihr nur lebten sie und fühlten sich geborgen, und wer nur den eklen allgemeinen Brodem von sich gab, wurde von ihnen schon als ihresgleichen angesehen.

Es war ein seltsames Parfum, das Grenouille an diesem Tag kreierte. Ein seltsameres hatte es bis dahin auf der Welt noch nicht gegeben. Es roch nicht wie ein Duft, sondern wie *ein Mensch, der duftet*. Wenn man dieses Parfum in einem dunklen Raum gerochen hätte, so hätte man geglaubt, es stehe da ein zweiter Mensch. Und wenn ein Mensch, der selber wie ein Mensch roch, es verwendet hätte, so wäre dieser uns geruchlich vorgekommen wie zwei Menschen oder, schlimmer noch, wie ein monströses Doppelwesen, wie eine Gestalt, die man nicht mehr eindeutig fixieren kann, weil sie sich verschwimmend unscharf darstellt wie ein Bild vom Grunde eines Sees, auf dem die Wellen zittern.

Um diesen Menschenduft zu imitieren – recht ungenügend, wie er selber wußte, aber doch geschickt genug, um andere zu täuschen –, suchte sich Grenouille die ausgefallensten Ingredienzen in Runels Werkstatt zusammen.

Da war ein Häufchen Katzendreck hinter der Schwelle der Tür, die zum Hof führte, noch ziemlich frisch. Davon nahm er ein halbes Löffelchen und gab es zusammen mit einigen Tropfen Essig und zerstoßenem Salz in die Mischflasche. Unter dem Werktisch fand er ein daumennagelgroßes Stückchen Käse, das offenbar von einer Mahlzeit Runels stammte. Es war schon ziemlich alt, begann, sich zu zersetzen und strömte einen beißend scharfen Duft aus. Vom Deckel der Sardinentonne, die im hinteren Teil des Ladens stand, kratzte er ein fischig-ranzig-riechendes Etwas ab, vermischte es mit faulem Ei und Castoreum, Ammoniak, Muskat, gefeiltem Horn und angesengter Schweineschwarte, fein gebröselt. Dazu gab er ein relativ hohes Quantum Zibet, mischte diese entsetzlichen Zutaten mit Alkohol, ließ digerieren und filtrierte ab in eine zweite Flasche. Die Brühe roch verheerend. Sie stank kloakenhaft, verwesend, und wenn man ihre Ausdünstung mit einem Fächerschlag von reiner Luft vermischte, so war's, als stünde man an einem heißen Sommertag in der Rue aux Fers in Paris, Ecke Rue de la Lingerie, wo sich die Düfte von den Hallen, vom Cimetière des Innocents und von den überfüllten Häusern trafen.

Über diese grauenvolle Basis, die an und für sich eher kadaverhaft als menschenähnlich roch, legte Grenouille nun eine Schicht von ölig-frischen Düften: Pfefferminz, Lavendel, Terpentin, Limone, Eukalyptus, die er durch ein Bouquet von feinen Blütenölen wie Geranium, Rose, Orangenblüte und Jasmin zugleich zügelte und angenehm kaschierte. Nach weiterer Verdünnung mit Alkohol und etwas Essig war von dem Fundament, auf dem die ganze Mischung ruhte, nichts Ekelhaftes mehr zu riechen. Der latente Gestank hatte sich durch die frischen Ingredienzen bis ins Unmerkliche verloren, das Ekelhafte war vom Duft der Blumen geschönt, ja beinahe interessant geworden, und, sonderbar, von Verwesung war nichts mehr zu riechen, nicht das geringste mehr. Es schien im Gegenteil ein heftiger beschwingter Duft von Leben von dem Parfum auszugehen.

Grenouille füllte es auf zwei Flakons, die er verstöpselte und zu sich steckte. Dann wusch er die Flaschen, Mörser, Trichter und Löffel sorgfältig mit Wasser, rieb sie mit Bittermandelöl ab, um alle geruchlichen Spuren zu verwischen, und nahm eine zweite Mischflasche. In ihr komponierte er rasch ein anderes Parfum, eine Art Kopie des ersten, das ebenfalls aus frischen und aus blumigen Elementen bestand, bei dem jedoch die Basis nichts mehr von dem Hexensud enthielt, sondern ganz konventionell etwas Moschus, Amber, ein klein wenig Zibet und Öl von Zedernholz. Für sich genommen roch es völlig anders als das erste – flacher, unbescholtener, unvirulenter – denn es fehlte ihm die Komponente des imitierten Menschendufts. Doch wenn ein gewöhnlicher Mensch es applizierte und es sich mit seinem eigenen Geruch vermählte, so würde es von dem, das Grenouille ausschließlich für sich geschaffen hatte, nicht mehr zu unterscheiden sein.

Nachdem er auch das zweite Parfum auf Flakons gefüllt hatte, zog er sich nackt aus und besprengte seine Kleider mit jenem ersten. Dann betupfte er sich selbst damit unter den Achseln, zwischen den Zehen, am

Geschlecht, auf der Brust, an Hals, Ohren und Haaren, zog sich wieder an und verließ die Werkstatt.

32

Als er die Straße betrat, bekam er plötzlich Angst, denn er wußte, daß er zum ersten Mal in seinem Leben einen menschlichen Geruch verbreitete. Er selbst aber fand, daß er stinke, ganz widerwärtig stinke. Und er konnte sich nicht vorstellen, daß andere Menschen seinen Duft nicht ebenfalls als stinkend empfänden, und wagte es nicht, direkt in die Schenke zu gehen, wo Runel und der Haushofmeister des Marquis auf ihn warteten. Es schien ihm weniger riskant, die neue Aura erst in anonymer Umgebung zu erproben.

Durch die engsten und dunkelsten Gassen schlich er zum Fluß hinunter, wo die Gerber und die Stoffärber ihre Ateliers besaßen und ihr stinkendes Geschäft betrieben. Wenn ihm jemand begegnete, oder wenn er an einem Hauseingang vorüberkam, wo Kinder spielten oder alte Frauen saßen, zwang er sich, langsamer zu gehen und seinen Duft in einer großen geschloßnen Wolke um sich her zu tragen.

Er war von Jugend an gewohnt, daß Menschen, die an ihm vorübergingen, keinerlei Notiz von ihm nahmen, nicht aus Verachtung – wie er einmal geglaubt hatte –, sondern weil sie nichts von seiner Existenz bemerkten. Es war kein Raum um ihn gewesen, kein Wellenschlag, den er, wie andre Leute, in der Atmosphäre schlug, kein Schatten, sozusagen, den er über das Gesicht der andern Menschen hätte werfen können. Nur wenn er direkt mit jemandem zusammengestoßen war, im Gedränge oder urplötzlich an einer Straßenecke, dann hatte es einen kurzen Augenblick der Wahrnehmung gegeben; und mit Entsetzen meistens prallte der Getroffene zurück, starrte ihn, Grenouille, für ein paar Sekunden an, als sehe er ein Wesen, das es eigentlich nicht geben dürfte, ein Wesen, das, wiewohl unleugbar *da*, auf irgendeine Weise nicht präsent war – und suchte dann das Weite und hatte seiner augenblicks wieder vergessen...

Jetzt aber, in den Gassen Montpelliers, spürte und sah Grenouille deutlich – und jedesmal, wenn er es wieder sah, durchrieselte ihn ein heftiges Gefühl von Stolz –, daß er eine Wirkung auf die Menschen ausübte. Als er an einer Frau vorüberging, die über einen Brunnenrand gebeugt stand, bemerkte er, wie sie für einen Augenblick den Kopf hob, um zu sehen, wer da sei, und sich dann, offenbar beruhigt, wieder ihrem Eimer zuwandte. Ein Mann, der mit dem Rücken zu ihm stand, drehte sich um und schaute ihm eine ganze Weile lang neugierig nach. Kinder, denen er begegnete, wichen aus – nicht ängstlich, sondern um ihm Platz zu machen; und selbst wenn sie seitlich aus den Hauseingängen gelaufen kamen und unvermittelt auf ihn stießen, erschraken sie nicht, sondern schlüpften wie selbstverständlich an ihm vorbei, als hätten sie eine Vorahnung von seiner sich nähernden Person gehabt.

Durch mehrere solche Begegnungen lernte er, die Kraft und Wirkungsart seiner neuen Aura präziser einzuschätzen, und wurde selbstsicherer und kecker. Er ging rascher auf die Menschen zu, strich dichter an ihnen vorbei, spreizte gar einen Arm ein wenig weiter ab und streifte wie zufällig den Arm eines Passanten. Einmal rempelte er, scheinbar aus Versehen, einen Mann an, den er überholen wollte. Er blieb stehen, entschuldigte sich, und der Mann, der noch gestern von Grenouilles plötzlicher Erscheinung wie vom Donner gerührt gewesen wäre, tat, als sei nichts geschehen, nahm die Entschuldigung an, lächelte sogar kurz und klopfte Grenouille auf die Schulter.

Er verließ die Gassen und trat auf den Platz vor dem Dom Saint-Pierre. Die Glocken läuteten. Zu beiden Seiten des Portals drängten sich Menschen. Eine Trauung war eben zuende. Man wollte die Braut sehen. Grenouille lief hin und mischte sich unter die Menge. Er drängte, bohrte sich in sie hinein, dorthin wollte er, wo die Menschen am dichtesten standen, hautnah sollten sie um ihn sein, direkt unter die Nasen wollte er ihnen seinen eigenen Duft reiben. Und er spreizte die Arme mitten in der drangvollen Enge und spreizte die Beine und riß sich den Kragen auf, damit der Duft ungehindert von seinem Körper abströmen könne... und seine Freude war grenzenlos, als er merkte, daß die andern nichts merkten, rein gar nichts, daß all diese Männer und Frauen und Kinder, die ringsum an ihn gepreßt standen, sich so leicht betrügen ließen und seinen aus Katzenscheiße, Käse und Essig zusammengepantschten Gestank als den Geruch von ihresgleichen inhalierten und ihn, Grenouille, die Kuckucksbrut in ihrer Mitte, als einen Menschen unter Menschen akzeptierten.

An seinen Knien spürte er ein Kind, ein kleines Mädchen, das zwischen den Erwachsenen verkeilt stand. Er hob es hoch, in heuchlerischer Fürsorge, und nahm es auf den Arm, damit es besser sehen könne. Die Mutter duldete es nicht nur, sie dankte es ihm, und die Kleine jauchzte vor Vergnügen.

So stand Grenouille wohl eine Viertelstunde im Schoß der Menge, ein fremdes Kind gegen die scheinheilige Brust gedrückt. Und während die Hochzeitsgesellschaft vorbeizog, begleitet vom dröhnenden Glockengeläut und vom Jubel der Menschen, über die ein Regen von Münzen herabprasselte, brach in Grenouille ein anderer Jubel los, ein schwarzer Jubel, ein böses Triumphgefühl, das ihn zittern machte und berauschte wie ein Anfall von Geilheit, und er hatte Mühe, es nicht wie Gift und Galle über all diese Menschen herspritzen zu lassen und ihnen jubelnd ins Gesicht zu schreien: daß er keine Angst vor ihnen habe; ja kaum noch sie hasse; sondern daß er sie mit ganzer Inbrunst verachte, weil sie stinkend dumm waren; weil sie sich von ihm belügen und betrügen ließen; weil sie nichts waren, und er war alles! Und wie zum Hohn preßte er das Kind enger an sich, machte sich Luft und schrie mit den andern im Chor: »Hoch die Braut! Es lebe die Braut! Es lebe das herrliche Paar!«

Als die Hochzeitsgesellschaft sich entfernt hatte und die Menge sich aufzulösen begann, gab er das Kind seiner Mutter zurück und ging in die Kirche, um sich von seiner Erregung zu erholen und auszuruhen. Im Innern des Domes stand die Luft voll Weihrauch, der in kalten Schwaden aus zwei Räucherpfannen zu beiden Seiten des Altars hervorquoll und sich wie eine erstickende Decke über die zarteren Gerüche der Menschen legte, die eben noch hier gesessen hatten. Grenouille hockte sich auf eine Bank unter dem Chor.

Mit einem Mal kam eine große Zufriedenheit über ihn. Keine trunkene, wie er sie damals im Schoße des Berges bei seinen einsamen Orgien empfunden hatte, sondern eine sehr kalte und nüchterne Zufriedenheit, wie sie das Bewußtsein der eigenen Macht gebiert. Er wußte jetzt, wozu er fähig war. Mit geringsten Hilfsmitteln hatte er, dank seinem eigenen Genie, den Duft des Menschen nachgeschaffen und ihn auf Anhieb gleich so gut getroffen, daß selbst ein Kind sich von ihm hatte täuschen lassen. Er wußte jetzt, daß er noch mehr vermochte. Er wußte, daß er diesen Duft verbessern konnte. Er würde einen Duft kreieren können, der nicht nur menschlich, sondern übermenschlich war, einen Engelsduft, so unbeschreiblich gut und lebenskräftig, daß, wer ihn roch, bezaubert war und ihn, Grenouille, den Träger dieses Dufts, von ganzem Herzen lieben mußte.

Ja, lieben sollten sie ihn, wenn sie im Banne seines Duftes standen, nicht nur ihn als ihresgleichen akzeptieren, ihn lieben bis zum Wahnsinn, bis zur Selbstaufgabe, zittern vor Entzücken sollten sie, schreien, weinen vor Wonne, ohne zu wissen, warum, auf die Knie sollten sie sinken wie unter Gottes kaltem Weihrauch, wenn sie nur *ihn*, Grenouille, zu riechen bekamen! Er wollte der omnipotente Gott des Duftes sein, so wie er es in seinen Phantasien gewesen war, aber nun in der wirklichen Welt und über wirkliche Menschen. Und er wußte, daß dies in seiner Macht stand. Denn die Menschen konnten die Augen zumachen vor der Größe, vor dem Schrecklichen, vor der

Schönheit und die Ohren verschließen vor Melodien oder betörenden Worten. Aber sie konnten sich nicht dem Duft entziehen. Denn der Duft war ein Bruder des Atems. Mit ihm ging er in die Menschen ein, sie konnten sich seiner nicht erwehren, wenn sie leben wollten. Und mitten in sie hinein ging der Duft, direkt ans Herz, und unterschied dort kategorisch über Zuneigung und Verachtung, Ekel und Lust, Liebe und Haß. Wer die Gerüche beherrschte, der beherrschte die Herzen der Menschen.

Ganz gelöst saß Grenouille auf der Bank im Dom von Saint-Pierre und lächelte. Er war nicht euphorischer Stimmung, als er den Plan faßte, Menschen zu beherrschen. Es war kein wahnsinniges Flackern in seinen Augen, und keine verrückte Grimasse überzog sein Gesicht. Er war nicht von Sinnen. So klaren und heiteren Geistes war er, daß er sich fragte, warum überhaupt er es wollte. Und er sagte sich, daß er es wolle, weil er durch und durch böse sei. Und er lächelte dabei und war sehr zufrieden. Er sah ganz unschuldig aus, wie irgendein Mensch, der glücklich ist.

Eine Weile lang blieb er so sitzen, in andächtiger Ruhe, und atmete die weihrauchsatte Luft in tiefen Zügen ein. Und wieder ging ein heiteres Schmunzeln über sein Gesicht: Wie miserabel dieser Gott doch roch! Wie lächerlich schlecht doch der Duft gemacht war, den dieser Gott von sich verströmen ließ. Nicht einmal echter Weihrauchduft war es, was aus den Pfannen qualmte. Schlechtes Surrogat war es, verfälscht mit Lindenholz und Zimtstaub und Salpeter. Gott stank. Gott war ein kleiner armer Stinker. Er war betrogen, dieser Gott, oder er war selbst ein Betrüger, nicht anders als Grenouille – nur ein um so viel schlechterer!

33

Der Marquis de la Taillade-Espinasse war entzückt von dem neuen Parfum. Es sei, so sagte er, selbst für ihn als Entdecker des letalen Fluidums, verblüffend zu sehen, welch eklatanten Einfluß ein so nebensächliches und flüchtiges Ding wie ein Parfum, je nachdem ob es aus erdverbundnen oder erdentrückten Provenienzen stamme, auf den allgemeinen Zustand eines Individuums nehme. Grenouille, der noch vor wenigen Stunden blaß und einer Ohnmacht nahe hier gelegen, sehe so frisch und blühend aus wie nur irgendein gesunder Mensch seines Alters, ja, man könne sagen, daß er – mit allen Einschränkungen, die bei einem Manne seines Standes und seiner geringen Bildung angebracht seien – fast so etwas wie Persönlichkeit gewonnen habe. Auf jeden Fall werde er, Taillade-Espinasse, im Kapitel über vitale Diätetik seiner demnächst erscheinenden Abhandlung zur fluidalen Letaltheorie von dem Vorfall Mitteilung machen. – Zunächst wolle er sich nun aber selbst mit dem neuen Duft parfümieren.

Grenouille händigte ihm die beiden Flakons mit dem konventionellen Blütenduft aus, und der Marquis besprengte sich damit. Er zeigte sich hochbefriedigt von der Wirkung. Ein wenig sei ihm, so gestand er, nachdem er jahrelang von dem entsetzlichen Veilchenduft wie von Blei belastet gewesen, als wüchsen ihm blütene Flügel; und wenn er nicht irre, so lasse der gräßliche Schmerz seines Knies ebenso nach wie das Sausen der Ohren; alles in allem fühle er sich beschwingt, tonisiert und um etliche Jahre verjüngt. Er ging auf Grenouille zu, umarmte ihn und nannte ihn »mein fluidaler Bruder«, hinzufügend, es handle sich dabei keineswegs um eine gesellschaftliche, sondern um eine rein spirituelle Anrede in conspectu universalitatis fluidi letalis, vor welchem – und vor welchem allein! – alle Menschen gleich seien; auch plane er – und dies sagte er, indem er sich von Grenouille löste, und zwar sehr freundschaftlich, nicht im geringsten angewidert, fast wie von seinesgleichen löste –, in Bälde eine internationale supraständische Loge zu gründen, deren Ziel es sei, das fluidum letale vollständig zu überwinden, um es in kürzester Zeit durch reines fluidum vitale zu ersetzen, und als deren ersten Proselyten Grenouille zu gewinnen er schon jetzt verspreche. Dann ließ er sich die Rezeptur für das Blütenparfum auf einen Zettel schreiben, steckte diesen zu sich und schenkte Grenouille fünfzig Louisdor.

Pünktlich eine Woche nach seinem ersten Vortrag präsentierte der Marquis de la Taillade-Espinasse seinen Schützling abermals in der Aula der Universität. Der Andrang war ungeheuer. Ganz Montpellier war gekommen, nicht allein das wissenschaftliche, auch und gerade das gesellschaftliche Montpellier, darunter viele Damen, die den sagenhaften Höhlenmenschen sehen wollten. Und obwohl die Gegner Taillades, hauptsächlich Vertreter des ›Freundeskreises der botanischen Universitätsgärten‹ und Mitglieder des ›Vereins zur Förderung der Agricultur‹, all ihre Anhänger mobilisiert hatten, wurde die Veranstaltung ein fulminanter Erfolg. Um dem Publikum Grenouilles Zustand vor Wochenfrist ins Gedächtnis zu rufen, ließ Taillade-Espinasse zunächst Zeichnungen kursieren, die den Höhlenmenschen in seiner ganzen Häßlichkeit und Verkommenheit zeigten. Dann ließ er den neuen Grenouille hereinführen, im schönen samtblauen Rock und seidenen Hemd, geschminkt, gepudert und frisiert; und schon die Art, wie er ging, aufrecht nämlich und mit zierlichen Schritten und elegantem Hüftschwung, wie er ganz ohne fremde Hilfe das Podest erklomm, sich tief verbeugte, bald hier-, bald dorthin lächelnd nickte, ließ alle Zweifler und Kritiker verstummen. Selbst die Freunde der botanischen Universitätsgärten schwiegen betreten. Zu eklatant war die Veränderung, zu überwältigend das Wunder, das hier offenbar geschehen war: Wo vor Wochenfrist ein geschundenes, verrohtes Tier gekauert hatte, da stand jetzt wahrhaftig ein zivilisierter, wohlgestalter Mensch. Es breitete sich eine fast andächtige Stimmung im Saale aus, und als Taillade-Espinasse zum Vortrag anhob, herrschte vollkommene Stille. Er entwickelte abermals seine sattsam bekannte Theorie des letalen Erdfluidums, erläuterte dann, mit welchen mechanischen und diätetischen Mitteln er es aus dem Körper des Demonstranten vertrieben und durch Vitalfluidum ersetzt habe, und forderte schließlich alle Anwesenden auf, Freunde wie Gegner, angesichts solch überwältigender Evidenz den Widerstand gegen die neue Lehre aufzugeben und gemeinsam mit ihm, Taillade-Espinasse, das böse Fluidum zu bekämpfen und sich dem guten vitalen Fluidum zu öffnen. Hierbei breitete er die Arme aus und schlug die Augen gen Himmel, und viele der gelehrten Männer taten es ihm gleich, und die Frauen weinten.

Grenouille stand auf dem Podest und hörte nicht zu. Er beobachtete mit größter Genugtuung die Wirkung eines ganz anderen Fluidums, eines viel realeren: seines eignen. Er hatte sich, den räumlichen Erfordernissen der Aula entsprechend, sehr stark parfümiert, und die Aura seines Duftes strahlte, kaum daß er das Podium bestiegen hatte, mächtig von ihm ab. Er sah sie – in der Tat sah er sie sogar mit Augen! – die zuvorderst sitzenden Zuschauer erfassen, sich weiter nach hinten fortpflanzen und endlich die letzten Reihen und die Galerie erreichen. Und wen sie erfaßte – das Herz im Leibe sprang Grenouille vor Freude –, den veränderte sie sichtbar. Im Banne seines Duftes, aber ohne sich dessen bewußt zu sein, wechselten die Menschen ihren Gesichtsausdruck, ihr Gehabe, ihr Gefühl. Wer ihn zunächst nur mit bassem Erstaunen beglotzt hatte, der sah ihn nun mit milderem Auge an; wer zurückgelehnt in seinem Stuhl verharrt hatte, mit kritisch gefurchter Stirn und bedeutend herabgezogenen Mundwinkeln, der lehnte sich jetzt lockerer nach vorn und bekam ein kindlich gelöstes Gesicht; und selbst in den Gesichtern der Ängstlichen, der Verschreckten, der Allersensibelsten, die seinen ehemaligen Anblick nur mit Entsetzen und seinen jetzigen immerhin noch mit gehöriger Skepsis ertragen konnten, zeigten sich Anflüge von Freundlichkeit, ja Sympathie, als sein Duft sie erreichte.

Am Ende des Vortrags erhob sich die ganze Versammlung und brach in frenetischen Jubel aus. »Es lebe das vitale Fluidum! Es lebe Taillade-Espinasse! Hoch die fluidale Theorie! Nieder mit der orthodoxen Medizin!« – so schrie das gelehrte Volk von Montpellier, der bedeutendsten Universitätsstadt des französischen Südens, und der Marquis de la Taillade-Espinasse hatte die größte Stunde seines Lebens.

Grenouille aber, der nun von seinem Podest herunterstieg und sich unter die Menge mischte, wußte, daß die Ovationen eigentlich ihm galten, ihm Jean-Baptiste Grenouille allein, auch wenn keiner der Jubler im Saal davon etwas ahnte.

34

Er blieb noch einige Wochen in Montpellier. Er hatte eine ziemliche Berühmtheit erlangt und wurde in die Salons eingeladen, wo man ihn nach seinem Höhlenleben und nach seiner Heilung durch den Marquis befragte. Immer wieder mußte er die Geschichte von den Räubern erzählen, die ihn verschleppt hatten, und von dem Korb, der herabgelassen wurde, und von der Leiter. Und jedesmal schmückte er sie prächtiger aus und erfand neue Details hinzu. So bekam er wieder eine gewisse Übung im Sprechen – freilich eine sehr beschränkte, denn mit der Sprache hatte er es zeitlebens nicht – und, was ihm wichtiger war, einen routinierteren Umgang mit der Lüge.

Im Grunde, so stellte er fest, konnte er den Leuten erzählen, was er wollte. Wenn sie einmal Vertrauen gefaßt hatten – und sie faßten Vertrauen zu ihm mit dem ersten Atemzug, den sie von seinem künstlichen Geruch inhalierten –, dann glaubten sie alles. Er bekam des weiteren eine gewisse Sicherheit im gesellschaftlichen Umgang, wie er sie niemals besessen hatte. Sie drückte sich sogar körperlich aus. Es war, als sei er gewachsen. Sein Buckel schien zu schwinden. Er ging beinahe vollkommen aufrecht. Und wenn er angesprochen wurde, so zuckte er nicht mehr zusammen, sondern blieb aufrecht stehen und hielt den auf ihn gerichteten Blicken stand. Freilich, es wurde in dieser Zeit kein Mann von Welt aus ihm, kein Salonlöwe oder souveräner Gesellschafter. Aber es fiel doch zusehends das Verdruckte, Linkische von ihm ab und machte einer Haltung Platz, die als natürliche Bescheidenheit oder allenfalls als eine leichte angeborene Schüchternheit gedeutet wurde und die auf manchen Herrn und manche Dame einen anrührenden Eindruck machte – man hatte damals in mondänen Kreisen ein Faible fürs Natürliche und für eine Art ungehobelten Charmes.

Anfang März packte er seine Sachen und zog davon, heimlich, eines Tags in aller Früh, kaum daß die Tore geöffnet waren, bekleidet mit einem unscheinbaren braunen Rock, den er am Vortag auf dem Altkleidermarkt erworben hatte, und einem schäbigen Hut, der sein Gesicht halb verdeckte. Niemand erkannte ihn, niemand sah oder bemerkte ihn, denn er hatte an diesem Tag mit Vorbedacht auf sein Parfum verzichtet. Und als der Marquis gegen Mittag Nachforschungen anstellen ließ, schworen die Wachen Stein und Bein, sie hätten zwar alle möglichen Leute die

Stadt verlassen gesehen, nicht aber jenen bekannten Höhlenmenschen, der ihnen ganz bestimmt aufgefallen wäre. Der Marquis ließ daraufhin verbreiten, Grenouille habe Montpellier mit seinem Einverständnis verlassen, um in Familienangelegenheiten nach Paris zu reisen. Insgeheim ärgerte er sich allerdings fürchterlich, denn er hatte vorgehabt, mit Grenouille eine Tournee durch das ganze Königreich zu unternehmen, um Anhänger für seine Fluidaltheorie zu werben.

Nach einiger Zeit beruhigte er sich wieder, denn sein Ruhm verbreitete sich auch ohne Tournee, fast ohne sein Zutun. Es erschienen lange Artikel über das fluidum letale Taillade im ›Journal des Sçavans‹ und sogar im ›Courier de l'Europe‹, und von weit her kamen letalverseuchte Patienten, um sich von ihm heilen zu lassen. Im Sommer 1764 gründete er die erste ›Loge des vitalen Fluidums‹, die in Montpellier 120 Mitglieder zählte und Zweigstellen in Marseille und Lyon einrichtete. Dann beschloß er, den Sprung nach Paris zu wagen, um von dort die ganze zivilisierte Welt für seine Lehre zu erobern, wollte vorher aber noch zur propagandistischen Unterstützung seines Feldzugs eine fluidale Großtat vollbringen, welche die Heilung des Höhlenmenschen sowie alle anderen Experimente in den Schatten stellte, und ließ sich Anfang Dezember von einer Gruppe unerschrockener Adepten zu einer Expedition auf den Pic du Canigou begleiten, der auf demselben Meridian wie Paris lag und für den höchsten Berg der Pyrenäen galt. Der an der Schwelle zum Greisenalter stehende Mann wollte sich auf den 2800 Meter hohen Gipfel tragen lassen und sich dort drei Wochen lang der schiersten, frischesten Vitalluft aussetzen, um, wie er verkündigte, pünktlich am Heiligen Abend als kregler Jüngling von zwanzig Jahren wieder herabzusteigen.

Die Adepten gaben schon kurz hinter Vernet, der letzten menschlichen Siedlung am Fuße des fürchterlichen Gebirges, auf. Den Marquis jedoch focht nichts an. In der Eiseskälte seine Kleider von sich werfend und laute Jauchzer ausstoßend, begann er den Aufstieg allein. Das letzte, was von ihm gesehen wurde, war seine Silhouette, die mit ekstatisch zum Himmel erhobenen Händen und singend im Schneesturm verschwand.

Am Heiligen Abend warteten die Jünger vergebens auf die Wiederkunft des Marquis de la Taillade-Espinasse. Er kam weder als Greis noch als Jüngling. Auch im Frühsommer des nächsten Jahres, als sich die Wagemutigsten auf die Suche machten und den noch immer verschneiten Gipfel des Pic du Canigou erklommen, fand sich nichts mehr von ihm, kein Kleidungsstück, kein Körperteil, kein Knöchelchen.

Seiner Lehre tat dies freilich keinen Abbruch. Im Gegenteil. Es ging bald die Sage, er habe sich auf der Spitze des Berges mit dem ewigen Vitalfluidum vermählt, sich in es und es in sich aufgelöst und schwebe fortan unsichtbar, aber in ewiger Jugend über den Gipfeln der Pyrenäen, und wer hinaufsteige zu ihm, der werde seiner teilhaftig und bliebe ein Jahr lang von Krankheit und vom Prozeß des Alterns verschont. Bis weit ins 19. Jahrhundert hinein wurde Taillades Fluidaltheorie an manchem medizinischen Lehrstuhl verfochten und in vielen okkulten Vereinen therapeutisch angewendet. Und noch heute gibt es zu beiden Seiten der Pyrenäen, namentlich in Perpignan und Figueras, geheime Tailladistenlogen, die sich einmal im Jahr treffen, um den Pic du Canigou zu besteigen.

Dort zünden sie ein großes Feuer an, vorgeblich aus Anlaß der Sonnenwende und zu Ehren des heiligen Johannes – in Wirklichkeit aber, um ihrem Meister Taillade-Espinasse und seinem großen Fluidum zu huldigen und um das ewige Leben zu erlangen.

Dritter Teil

35

Während Grenouille für die erste Etappe seiner Reise durch Frankreich sieben Jahre gebraucht hatte, brachte er die zweite in weniger als sieben Tagen hinter sich. Er mied die belebten Straßen und die Städte nicht mehr, er machte keine Umwege. Er hatte einen Geruch, er hatte Geld, er hatte Selbstvertrauen, und er hatte es eilig.

Schon am Abend des Tages, da er Montpellier verlassen hatte, erreichte er Le Grau-du-Roi, eine kleine Hafenstadt südwestlich von Aigues-Mortes, wo er sich auf einen Lastensegler nach Marseille einschiffte. In Marseille verließ er den Hafen gar nicht erst, sondern suchte gleich ein Schiff, das ihn weiter die Küste entlang nach Osten brachte. Zwei Tage später war er in Toulon, nach drei weiteren Tagen in Cannes. Den Rest des Weges ging er zu Fuß. Er folgte einem Pfad, der landeinwärts nach Norden führte, die Hügel hinauf.

Nach zwei Stunden stand er auf der Kuppe, und vor ihm breitete sich ein mehrere Meilen umfassendes Becken aus, eine Art riesiger landschaftlicher Schüssel, deren Umgrenzung ringsum aus sanft ansteigenden Hügeln und schroffen Bergketten bestand und deren weite Mulde mit frischbestellten Feldern, Gärten und Olivenhainen überzogen war. Es lag ein völlig eignes, sonderbar intimes Klima über dieser Schüssel. Obwohl das Meer so nah war, daß man es von den Hügelkuppen aus sehen konnte, herrschte hier nichts Maritimes, nichts Salzig-Sandiges, nichts Offenes, sondern stille Abgeschiedenheit, ganz so, als wäre man viele Tagesreisen von der Küste entfernt. Und obwohl nach Norden zu die großen Gebirge standen, auf denen noch der Schnee lag und noch lange liegen würde, war hier nichts Rauhes oder Karges zu spüren und kein kalter Wind. Der Frühling war weiter vorangeschritten als in Montpellier. Ein milder Dunst deckte die Felder wie eine gläserne Glocke. Aprikosen- und Mandelbäume blühten, und die warme Luft durchzog der Duft von Narzissen.

Am anderen Ende der großen Schüssel, vielleicht zwei Meilen entfernt, lag, oder besser gesagt, klebte an den ansteigenden Bergen eine Stadt. Sie machte aus der Entfernung gesehen keinen besonders pompösen Eindruck. Da war kein mächtiger Dom, der die Häuser überragte, bloß ein kleiner Stumpen von Kirchturm, keine dominierende Feste, kein auffallend prächtiges Gebäude. Die Mauern schienen alles andere als trutzig, da und dort quollen die Häuser über ihre Begrenzung hinaus, vor allem nach unten zur Ebene hin, und verliehen dem Weichbild ein etwas zerfleddertes Aussehen. Es war, als sei dieser Ort schon zu oft erobert und wieder entsetzt worden, als sei er es müde, künftigen Eindringlingen noch ernsthaften Widerstand entgegenzusetzen – aber nicht aus Schwäche, sondern aus Lässigkeit oder sogar aus einem Gefühl von Stärke. Er sah aus, als habe er es nicht nötig zu prunken. Er beherrschte die große duftende Schüssel zu seinen Füßen, und das schien ihm zu genügen.

Dieser zugleich unansehnliche und selbstbewußte Ort war die Stadt Grasse, seit einigen Jahrzehnten unumstrittene Produktions- und Handelsmetropole für Duftstoffe, Parfumeriewaren, Seifen und Öle. Giuseppe Baldini hatte ihren Namen immer mit schwärmerischer Verzückung ausgesprochen. Ein Rom der Düfte sei die Stadt, das gelobte Land der Parfumeure, und wer nicht seine Sporen hier verdient habe, der trage nicht zu Recht den Namen Parfumeur.

Grenouille sah mit sehr nüchternem Blick auf die Stadt Grasse. Er suchte kein gelobtes Land der Parfumerie, und ihm ging das Herz nicht auf im Angesicht des Nestes, das da drüben an den Hängen klebte. Er war gekommen, weil er wußte, daß es dort einige Techniken der Duftgewinnung besser zu lernen gab als anderswo. Und diese wollte er sich aneignen, denn er brauchte sie für seine Zwecke. Er zog den Flakon mit seinem Parfum aus der Tasche, betupfte sich sparsam und machte sich auf den Weg. Anderthalb Stunden später, gegen Mittag, war er in Grasse.

Er aß in einem Gasthof am oberen Ende der Stadt, an der Place aux Aires. Der Platz war der Länge nach von einem Bach durchschnitten, an dem die Gerber ihre Häute wuschen, um sie anschließend zum Trocknen auszubreiten. Der Geruch war so stechend, daß manchem der Gäste der Geschmack am Essen verging. Ihm, Grenouille, nicht. Ihm war der Geruch vertraut, ihm gab er ein Gefühl von Sicherheit. In allen Städten suchte er immer zuerst die Viertel der Gerber auf. Es war ihm dann, als sei er, aus der Sphäre des Gestankes kommend und von dort aus die anderen Regionen des Orts erkundend, kein Fremdling mehr.

Den ganzen Nachmittag über durchstreifte er die Stadt. Sie war unglaublich schmutzig, trotz oder vielmehr gerade wegen des vielen Wassers, das aus Dutzenden von Quellen und Brunnen sprudelte, in ungeregelten Bächen und Rinnsalen stadtabwärts gurgelte und die Gassen unterminierte oder mit Schlamm überschwemmte. Die Häuser standen in manchen Vierteln so dicht, daß für die Durchlässe und Treppchen nur noch eine Elle weit Platz blieb und sich die im Schlamm watenden Passanten aneinander vorbeipressen mußten. Und selbst auf den Plätzen und den wenigen breiteren Straßen konnten die Fuhrwerke einander kaum ausweichen.

Dennoch, bei allem Schmutz, bei aller Schmuddligkeit und Enge, barst die Stadt vor gewerblicher Betriebsamkeit. Nicht weniger als sieben Seifenkochereien machte Grenouille bei seinem Rundgang aus, ein Dutzend Parfumerie- und Handschuhmachermeister, unzählige kleinere Destillen, Pomadeateliers und Spezereien und schließlich einige sieben Händler, die Düfte en gros vertrieben.

Dies waren nun allerdings Kaufleute, die über wahre Duftstoffgroßkontore verfügten. Anzusehen war es ihren Häusern oftmals kaum. Die zur Straße hin gelegenen Fassaden sahen bürgerlich bescheiden aus. Doch was dahinter lagerte, auf Speichern und in riesenhaften Kellern, an Fässern von Öl, an Stapeln von feinster Lavendelseife, an Ballons von Blütenwässern, Weinen, Alkoholen, an Ballen von Duftleder, an

Säcken und Truhen und Kisten, vollgestopft mit Gewürzen ... – Grenouille roch es in allen Einzelheiten durch die dicksten Mauern –, das waren Reichtümer, wie sie Fürsten nicht besaßen. Und wenn er schärfer hinroch, durch die zur Straße gelegenen prosaischen Geschäfts- und Lagerräume hindurch, dann entdeckte er, daß auf der Rückseite dieser kleinkarierten Bürgerhäuser sich Gebäulichkeiten der luxuriösesten Art befanden. Um kleine, aber reizende Gärten, in denen Oleander und Palmen gediehen und zierliche von Rabatten umfaßte Springbrunnen gurgelten, dehnten sich, meist U-förmig nach Süden gebaut, die eigentlichen Flügel der Anwesen aus: sonnendurchflutete, seidentapetenbespannte Schlafgemächer in den Obergeschossen, prächtige mit exotischem Holz getäfelte Salons zu ebener Erde und Speisesäle, bisweilen terrassenhaft ins Freie vorgebaut, in denen tatsächlich, wie Baldini erzählt hatte, mit goldenem Besteck von porzellanenen Tellern gegessen wurde. Die Herren, die hinter diesen bescheidenen Kulissen wohnten, rochen nach Gold und nach Macht, nach schwerem gesichertem Reichtum, und sie rochen stärker danach als alles, was Grenouille bisher auf seiner Reise durch die Provinz in dieser Hinsicht gerochen hatte.

Vor einem der camouflierten Palazzi blieb er längere Zeit stehen. Das Haus befand sich am Anfang der Rue Droite, einer Hauptstraße, die die Stadt in ihrer ganzen Länge von Westen nach Osten durchzog. Es war nicht außergewöhnlich anzusehen, wohl etwas breiter und behäbiger an der Front als die Nachbargebäude, aber durchaus nicht imposant. Vor der Toreinfahrt stand ein Wagen mit Fässern, die über eine Pritsche entladen wurden. Ein zweites Fuhrwerk wartete. Ein Mann ging mit Papieren ins Kontor, kam mit einem anderen Mann wieder heraus, beide verschwanden in der Toreinfahrt. Grenouille stand an der gegenüberliegenden Straßenseite und sah dem Treiben zu. Was da vor sich ging, interessierte ihn nicht. Trotzdem blieb er stehen. Irgendetwas hielt ihn fest.

Er schloß die Augen und konzentrierte sich auf die Gerüche, die ihm von dem Gebäude gegenüber zuflogen. Da waren die Gerüche der Fässer, Essig und Wein, dann die hundertfältigen schweren Gerüche des Lagers, dann die Gerüche des Reichtums, die aus den Mauern transpirierten wie feiner goldener Schweiß, und schließlich die Gerüche eines Gartens, der auf der anderen Seite des Hauses liegen mußte. Es war nicht leicht, diese zarteren Düfte des Gartens aufzufangen, denn sie zogen nur in dünnen Streifen über den Giebel des Hauses hinweg herab auf die Straße. Grenouille machte Magnolien aus, Hyazinthen, Seidelbast und Rhododendron... – aber da schien noch etwas anderes zu sein, etwas mörderisch Gutes, was in diesem Garten duftete, ein Geruch so exquisit, wie er ihn in seinem Leben noch nicht – oder doch nur ein einziges Mal – in die Nase bekommen hatte... Er mußte näher an diesen Duft heran.

Er überlegte, ob er einfach durch die Toreinfahrt in das Anwesen eindringen sollte. Aber da waren unterdessen so viele Leute mit dem Abladen und dem Kontrollieren der Fässer beschäftigt, daß er sicher aufgefallen wäre. Er entschloß sich, die Straße zurückzugehen, um eine Gasse oder einen Durchlaß zu finden, der vielleicht an der Querseite des Hauses entlangführte. Nach wenigen Metern hatte er das Stadttor am Beginn der Rue Droite erreicht. Er durchschritt es, hielt sich scharf links und folgte dem Verlauf der Stadtmauer bergabwärts. Nicht weit, und er roch den Garten, erst schwach, noch mit der Luft der Felder vermischt, dann immer stärker. Schließlich wußte er, daß er ihm ganz nahe war. Der Garten grenzte an die Stadtmauer. Er war direkt neben ihm. Wenn er ein wenig zurücktrat, konnte er über die Mauer hinweg die obersten Zweige der Orangenbäume sehen.

Wieder schloß er die Augen. Die Düfte des Gartens fielen über ihn her, deutlich und klar konturiert wie die farbigen Bänder eines Regenbogens. Und der eine, der kostbare, der, auf den es ihm ankam, war darunter. Grenouille wurde es heiß vor Wonne und kalt vor Schrecken. Das Blut stieg ihm zu Kopfe wie einem ertappten Buben, und es wich zurück in die Mitte des Körpers, und es stieg wieder und wich wieder, und er konnte nichts dagegen tun. Zu plötzlich war diese Geruchsattacke gekommen. Für einen Augenblick, für einen Atemzug lang, für die Ewigkeit schien ihm, als sei die Zeit verdoppelt oder radikal verschwunden, denn er wußte nicht mehr, war jetzt jetzt und war hier hier, oder war nicht vielmehr jetzt damals und hier dort, nämlich Rue des Marais in Paris, September 1753: Der Duft, der aus dem Garten herüberwehte, war der Duft des rothaarigen Mädchens, das er damals ermordet hatte. Daß er diesen Duft in der Welt wiedergefunden hatte, trieb ihm Tränen der Glückseligkeit in die Augen – und daß es nicht wahr sein konnte, ließ ihn zu Tode erschrecken.

Ihm schwindelte, und er taumelte ein wenig und

mußte sich gegen die Mauer stützen und langsam an ihr herab in die Hocke gleiten lassen. Sich dort versammelnd und seinen Geist bezähmend, begann er, den fatalen Duft in kürzeren, weniger riskanten Atemzügen einzuziehen. Und er stellte fest, daß der Duft hinter der Mauer dem Duft des rothaarigen Mädchens zwar extrem ähnlich, aber nicht vollkommen gleich war. Freilich stammte er ebenfalls von einem rothaarigen Mädchen, daran war kein Zweifel möglich. Grenouille sah dieses Mädchen in seiner olfaktorischen Vorstellung wie auf einem Bilde vor sich: Es saß nicht still, sondern es sprang hin und her, es erhitzte sich und kühlte sich wieder ab, offenbar spielte es ein Spiel, bei dem man sich rasch bewegen und rasch wieder stillstehen mußte – mit einer zweiten Person übrigens von völlig unsignifikantem Geruch. Es hatte blendendweiße Haut. Es hatte grünliche Augen. Es hatte Sommersprossen im Gesicht, am Hals und an den Brüsten ... das heißt – Grenouille stockte für einen Moment der Atem, dann schnupperte er heftiger und versuchte, die Geruchserinnerung an das Mädchen aus der Rue des Marais zurückzudrängen – ... das heißt, dieses Mädchen hatte noch gar keine Brüste im wahren Sinne des Wortes! Es hatte kaum beginnende Ansätze von Brüsten. Es hatte unendlich zart und gering duftende, von Sommersprossen umsprenkelte, sich vielleicht erst seit wenigen Tagen, vielleicht erst seit wenigen Stunden, ... seit diesem Augenblick eigentlich erst, sich zu dehnen beginnende Häubchen von Brüstchen. Mit einem Wort: Das Mädchen war noch ein Kind. Aber was für ein Kind!

Grenouille stand der Schweiß auf der Stirn. Er

wußte, daß Kinder nicht sonderlich rochen, ebensowenig wie die grün aufschießenden Blumen vor ihrer Blüte. Diese aber, diese fast noch geschlossene Blüte hinter der Mauer, die gerade eben erst, und noch von niemandem als ihm, Grenouille, bemerkt, die ersten duftenden Spitzen hervortrieb, duftete schon jetzt so haarsträubend himmlisch, daß, wenn sie sich erst zu ganzer Pracht entfaltet haben würde, sie ein Parfum verströmen würde, wie es die Welt noch nicht gerochen hatte. Sie riecht schon jetzt besser, dachte Grenouille, als damals das Mädchen aus der Rue des Marais – nicht so kräftig, nicht so voluminös, aber feiner, facettenreicher und zugleich natürlicher. In ein bis zwei Jahren aber würde dieser Geruch gereift sein und eine Wucht bekommen, der sich kein Mensch, weder Mann noch Frau, würde entziehen können. Und die Leute würden überwältigt sein, entwaffnet, hilflos vor dem Zauber dieses Mädchens, und sie würden nicht wissen, warum. Und weil sie dumm sind und ihre Nasen nur zum Schnaufen gebrauchen können, alles und jedes aber mit ihren Augen zu erkennen glauben, würden sie sagen, es sei, weil dieses Mädchen Schönheit besitze und Grazie und Anmut. Sie würden in ihrer Beschränktheit seine ebenmäßigen Züge rühmen, die schlanke Figur, den tadellosen Busen. Und ihre Augen, würden sie sagen, seien wie Smaragde und die Zähne wie Perlen und ihre Glieder elfenbeinglatt – und was der idiotischen Vergleiche noch mehr sind. Und sie würden sie zur Jasminkönigin küren, und sie würde gemalt werden von blöden Porträtisten, ihr Bild würde begafft werden, man würde sagen, sie sei die schönste Frau Frankreichs. Und

Jünglinge werden nächtelang zu Mandolinenklängen heulend unter ihrem Fenster sitzen ... dicke reiche alte Männer auf den Knien rutschend ihren Vater um ihre Hand anbetteln ... und Frauen jeden Alters werden bei ihrem Anblick seufzen und im Schlaf davon träumen, nur einen Tag lang so verführerisch auszusehen wie sie. Und sie werden alle nicht wissen, daß es nicht ihr Aussehen ist, dem sie in Wahrheit verfallen sind, nicht ihre angeblich makellose äußere Schönheit, sondern einzig ihr unvergleichlicher, herrlicher Duft! Nur er würde es wissen, er Grenouille, er allein. Er wußte es ja jetzt schon.

Ach! Er wollte diesen Duft haben! Nicht auf so vergebliche, täppische Weise haben wie damals den Duft des Mädchens aus der Rue des Marais. Den hatte er ja nur in sich hineingesoffen und damit zerstört. Nein, den Duft des Mädchens hinter der Mauer wollte er sich wahrhaftig aneignen; ihn wie eine Haut von ihr abziehen und zu seinem eigenen Duft machen. Wie das geschehen sollte, wußte er noch nicht. Aber er hatte ja zwei Jahre Zeit, es zu lernen. Es konnte im Grunde nicht schwieriger sein, als den Duft einer seltenen Blume zu rauben.

Er stand auf. Andächtig fast, als verließe er etwas Heiliges oder eine Schläferin, entfernte er sich, geduckt, leise, daß niemand ihn sehe, niemand ihn höre, niemand auf seinen köstlichen Fund aufmerksam werde. So floh er an der Mauer entlang bis ans entgegengesetzte Ende der Stadt, wo sich das Mädchenparfum endlich verlor und er an der Porte des Fénéants wieder Einlaß fand. Im Schatten der Häuser blieb er stehen. Der stinkende Dunst der Gassen gab ihm Sicherheit und half ihm, die Leidenschaft, die ihn überfallen hatte, zu bändigen. Nach einer Viertelstunde war er wieder vollkommen ruhig geworden. Fürs erste, dachte er, würde er nicht mehr in die Nähe des Gartens hinter der Mauer gehen. Es war nicht nötig. Es erregte ihn zu sehr. Die Blume dort gedieh ohne sein Zutun, und auf welche Weise sie gedeihen würde, wußte er ohnehin. Er durfte sich nicht zur Unzeit an ihrem Duft berauschen. Er mußte sich in Arbeit stürzen. Er mußte seine Kenntnisse erweitern und seine handwerklichen Fähigkeiten vervollkommnen, um für die Zeit der Ernte gerüstet zu sein. Er hatte noch zwei Jahre Zeit.

36

Nicht weit von der Porte des Fénéants, in der Rue de la Louve, entdeckte Grenouille ein kleines Parfumeuratelier und fragte nach Arbeit.

Es erwies sich, daß der Patron, Maître Parfumeur Honoré Arnulfi, im vergangenen Winter verstorben war und daß seine Witwe, eine lebhafte schwarzhaarige Frau von vielleicht dreißig Jahren, das Geschäft allein mit Hilfe eines Gesellen führte.

Madame Arnulfi, nachdem sie lange über die schlechten Zeiten und über ihre prekäre wirtschaftliche Lage geklagt hatte, erklärte, daß sie sich zwar eigentlich keinen zweiten Gesellen leisten könne, andrerseits aber wegen der vielen anfallenden Arbeit dringend einen brauche; daß sie außerdem einen zweiten Gesellen hier bei sich im Hause gar nicht würde beherbergen können, andrerseits aber über eine kleine Kabane auf ihrem Olivengarten hinter dem Franziskanerkloster – keine zehn Minuten von hier – verfüge, in welcher ein anspruchsloser junger Mensch zur Not würde nächtigen können; daß sie ferner zwar als ehrliche Meisterin um ihre Verantwortung für das leibliche Wohl ihrer Gesellen wisse, sich aber andrerseits ganz außerstande sehe, zwei warme Mahlzeiten am Tag zu gewähren – mit einem Wort: Madame Arnulfi war – was Grenouille freilich schon längst gerochen hatte – eine Frau von gesundem Wohlstand und gesundem Geschäftssinn. Und da es ihm selber auf Geld nicht ankam und er sich mit zwei Franc Lohn pro Woche und den übrigen dürftigen Bedingungen zufrieden erklärte, wurden sie schnell einig. Der erste Geselle wurde gerufen, ein riesenhafter Mann namens Druot, von dem Grenouille sofort erriet, daß er gewohnt war, Madames Bett zu teilen, und ohne dessen Konsultation sie offenbar gewisse Entscheidungen nicht traf. Er stellte sich vor Grenouille hin, der in Gegenwart dieses Hünen geradezu lächerlich windig aussah, breitbeinig, eine Wolke von Spermiengeruch verbreitend, musterte ihn, faßte ihn scharf ins Auge, als wolle er auf diese Weise irgendwelche unlauteren Absichten oder einen möglichen Nebenbuhler erkennen, grinste schließlich herablassend und gab mit einem Nicken sein Einverständnis.

Damit war alles geregelt. Grenouille erhielt einen Händedruck, ein kaltes Abendbrot, eine Decke und den Schlüssel für die Kabane, einen fensterlosen Verschlag, der angenehm nach altem Schafmist und Heu roch und in dem er sich, so gut es ging, einrichtete.

Am nächsten Tag trat er seine Arbeit bei Madame Arnulfi an.

Es war die Zeit der Narzissen. Madame Arnulfi ließ die Blumen auf eigenen kleinen Parzellen Landes ziehen, die sie unterhalb der Stadt in der großen Schüssel besaß, oder sie kaufte sie von den Bauern, mit denen sie um jedes Lot erbittert feilschte. Die Blüten wurden schon in aller Früh geliefert, körbeweise in das Atelier geschüttet, zehntausendfach, in voluminösen, aber federleichten duftenden Haufen. Druot unterdessen verflüssigte in einem großen Kessel Schweine- und Rindertalg zu einer cremigen Suppe, in die er, während Grenouille unaufhörlich mit einem besenlangen Spatel rühren mußte, scheffelweise die frischen Blüten schüttete. Wie zu Tode erschreckte Augen lagen sie für eine Sekunde auf der Oberfläche und erbleichten in dem Moment, da der Spatel sie unterrührte und das warme Fett sie umschloß. Und fast im selben Moment waren sie auch schon erschlafft und verwelkt, und offenbar kam der Tod so rasch über sie, daß ihnen gar keine andere Wahl mehr blieb, als ihren letzten duftenden Seufzer eben jenem Medium einzuhauchen, das sie ertränkte; denn – Grenouille gewahrte es zu seinem unbeschreiblichen Entzücken – je mehr Blüten er in seinem Kessel unterrührte, desto stärker duftete das Fett. Und zwar waren es nicht etwa die toten Blüten, die im Fett weiterdufteten, nein, es war das Fett selbst, das sich den Duft der Blüten angeeignet hatte.

Mitunter wurde die Suppe zu dick, und sie mußten sie rasch durch große Siebe gießen, um sie von den ausgelaugten Leichen zu befreien und für frische Blüten bereit zu machen. Dann scheffelten und rührten und seihten sie weiter, den ganzen Tag über ohne Pause, denn das Geschäft duldete keine Verzögerung, bis gegen Abend der ganze Blütenhaufen durch den Fettkessel gewandert war. Die Abfälle wurden – damit auch nichts verloren ginge – mit kochendem Wasser überbrüht und in einer Spindelpresse bis zum letzten Tropfen ausgewrungen, was immerhin noch ein zart duftendes Öl abgab. Das Gros des Duftes aber, die Seele eines Meeres von Blüten, war im Kessel verblieben, eingeschlossen und bewahrt im unansehnlich grauweißen, nun langsam erstarrenden Fett.

Am kommenden Tag wurde die Mazeration, wie man diese Prozedur nannte, fortgesetzt, der Kessel wieder angeheizt, das Fett verflüssigt und mit neuen Blüten beschickt. So ging es mehrere Tage lang von früh bis spät. Die Arbeit war anstrengend. Grenouille hatte bleierne Arme, Schwielen an den Händen und Schmerzen im Rücken, wenn er abends in seine Kabane wankte. Druot, der wohl dreimal so kräftig wie er war, löste ihn kein einziges Mal beim Rühren ab, sondern begnügte sich, die federleichten Blüten nachzuschütten, auf das Feuer aufzupassen und gelegentlich, der Hitze wegen, einen Schluck trinken zu gehen. Aber Grenouille muckte nicht auf. Klaglos rührte er die Blüten ins Fett, von morgens bis abends, und spürte während des Rührens die Anstrengung kaum, denn er war immer aufs neue fasziniert von dem Prozeß, der sich unter seinen Augen und unter seiner Nase abspielte: dem raschen Welken der Blüten und der Absorption ihres Duftes.

Nach einiger Zeit entschied Druot, daß das Fett nun

gesättigt sei und keinen weiteren Duft mehr absorbieren könne. Sie löschten das Feuer, seihten die schwere Suppe zum letzten Mal ab und füllten sie in Tiegel aus Steingut, wo sie sich alsbald zu einer herrlich duftenden Pomade verfestigte.

Dies war die Stunde von Madame Arnulfi, die kam, um das kostbare Produkt zu prüfen, zu beschriften und die Ausbeute genauestens nach Qualität und Quantität in ihren Büchern zu verzeichnen. Nachdem sie die Tiegel höchstpersönlich verschlossen, versiegelt und in die kühlen Tiefen ihres Kellers getragen hatte, zog sie ihr schwarzes Kleid an, nahm ihren Witwenschleier und machte die Runde bei den Kaufleuten und Parfumhandelshäusern der Stadt. Mit bewegenden Worten schilderte sie den Herren ihre Situation als alleinstehende Frau, ließ sich Angebote machen, verglich die Preise, seufzte und verkaufte endlich – oder verkaufte nicht. Parfümierte Pomade, kühl gelagert, hielt sich lange. Und wenn die Preise jetzt zu wünschen übrigließen, wer weiß, vielleicht kletterten sie im Winter oder nächsten Frühjahr in die Höhe. Auch war zu überlegen, ob man nicht, statt diesen Pfeffersäcken zu verkaufen, mit andern kleinen Produzenten gemeinsam eine Ladung Pomade nach Genua verschiffen oder sich an einem Konvoi zur Herbstmesse in Beaucaire beteiligen sollte – riskante Unternehmungen, gewiß, doch im Erfolgsfall äußerst einträglich. Diese verschiedenen Möglichkeiten wog Madame Arnulfi sorgsam gegeneinander ab, und manchmal verband sie sie auch und verkaufte einen Teil ihrer Schätze, hob einen anderen auf und handelte mit einem dritten auf eigenes Risiko. Hatte sie allerdings bei ihren Erkundigungen den Eindruck gewonnen, der Pomademarkt sei übersättigt und werde sich in absehbarer Zeit nicht zu ihren Gunsten verknappen, so eilte sie wehenden Schleiers nach Hause und gab Druot den Auftrag, die ganze Produktion einer Lavage zu unterziehen und sie in Essence Absolue zu verwandeln.

Und dann wurde die Pomade wieder aus dem Keller geholt, in verschlossenen Töpfen aufs Vorsichtigste erwärmt, mit feinstem Weingeist versetzt und vermittels eines eingebauten Rührwerks, welches Grenouille bediente, gründlich durchgemischt und ausgewaschen. Zurück in den Keller verbracht, kühlte diese Mischung rasch aus, der Alkohol schied sich vom erstarrenden Fett der Pomade und konnte in eine Flasche abgelassen werden. Er stellte nun quasi ein Parfum dar, allerdings von enormer Intensität, während die zurückbleibende Pomade den größten Teil ihres Duftes verloren hatte. Abermals also war der Blütenduft auf ein anderes Medium übergegangen. Doch damit war die Operation noch nicht zuende. Nach gründlicher Filtrage durch Gazetücher, in denen auch die kleinsten Klümpchen Fett zurückgehalten wurden, füllte Druot den parfümierten Alkohol in einen kleinen Alambic und destillierte ihn über dezentestem Feuer langsam ab. Was nach der Verflüchtigung des Alkohols in der Blase zurückblieb, war eine winzige Menge blaß gefärbter Flüssigkeit, die Grenouille wohlbekannt war, die er aber in dieser Qualität und Reinheit weder bei Baldini noch etwa bei Runel gerochen hatte: Das schiere Öl der Blüten, ihr blanker Duft, hunderttausendfach konzentriert zu einer kleinen Pfütze Essence Absolue. Diese Essenz roch nicht mehr lieblich. Sie roch beinahe schmerzhaft intensiv, scharf und beizend. Und doch genügte schon ein Tropfen davon, aufgelöst in einem Liter Alkohol, um sie wiederzubeleben und ein ganzes Feld von Blumen geruchlich wiederaufersteh'n zu lassen.

Die Ausbeute war fürchterlich gering. Gerade drei kleine Flakons füllte die Flüssigkeit aus der Destillierblase. Mehr war von dem Duft von hunderttausend Blüten nicht übriggeblieben als drei kleine Flakons. Aber sie waren ein Vermögen wert, schon hier in Grasse. Und um wieviel mehr noch, wenn man sie nach Paris verschickte oder nach Lyon, nach Grenoble, nach Genua oder Marseille! Madame Arnulfi bekam einen schmelzend schönen Blick beim Anschaun dieser Fläschchen, sie liebkoste sie mit Augen, und als sie sie nahm und mit fügig geschliffenen Glaspfropfen verstöpselte, hielt sie den Atem an, um nur ja nichts vom kostbaren Inhalt zu verblasen. Und damit auch nach dem Verstöpseln nicht das kleinste Atom verdunstenderweise entweiche, versiegelte sie die Pfropfen mit flüssigem Wachs und umkapselte sie mit einer Fischblase, die sie am Flaschenhals fest verschnürte. Dann stellte sie sie in ein wattegefüttertes Kästchen und brachte sie im Keller hinter Schloß und Riegel.

37

Im April mazerierten sie Ginster und Orangenblüte, im Mai ein Meer von Rosen, deren Duft die Stadt für einen ganzen Monat in einen cremigsüßen unsichtbaren Nebel tauchte. Grenouille arbeitete wie ein Pferd. Bescheiden, mit fast sklavenhafter Bereitschaft führte er all die untergeordneten Tätigkeiten aus, die Druot ihm auftrug. Aber während er scheinbar stumpfsinnig rührte, spachtelte, Bottiche wusch, die Werkstatt putzte oder Feuerholz schleppte, entging seiner Aufmerksamkeit nichts von den wesentlichen Dingen des Geschäfts, nichts von der Metamorphose der Düfte. Genauer als Druot es je vermocht hätte, mit seiner Nase nämlich, verfolgte und überwachte Grenouille die Wanderung der Düfte von den Blättern der Blüten über das Fett und den Alkohol bis in die köstlichen kleinen Flakons. Er roch, lange ehe Druot es bemerkte, wann sich das Fett zu stark erhitzte, er roch, wann die Blüte erschöpft, wann die Suppe mit Duft gesättigt war, er roch, was im Innern der Mischgefäße geschah und zu welchem präzisen Moment der Destillationsprozeß beendet werden mußte. Und gelegentlich gab er sich zu verstehen, freilich ganz unverbindlich und ohne seine unterwürfige Attitüde abzulegen. Ihm komme so vor, sagte er, als sei das Fett jetzt womöglich zu heiß geworden; er glaube fast, man könne demnächst abseihen; er habe es irgendwie im Gefühl, als sei der Alkohol im Alambic jetzt verdunstet ... Und Druot, der zwar nicht gerade fabelhaft intelligent, aber auch nicht völlig dumpfköpfig war, bekam mit der Zeit heraus, daß er mit seinen Entscheidungen justament dann am besten fuhr, wenn er das tat oder anordnete, was Grenouille gerade »so glaubte« oder »irgendwie im Gefühl« hatte. Und da Grenouille niemals vorlaut oder besserwisserisch äußerte, was er glaubte oder im Gefühl hatte, und weil er niemals – und vor allem niemals in Gegenwart von Madame Arnulfi! – Druots Autorität und seine präponderante Stellung als des ersten Gesellen auch nur ironisch in Zweifel gezogen hätte, sah Druot keinen Anlaß, Grenouilles Ratschlägen nicht zu folgen, ja, ihm sogar nicht mit der Zeit immer mehr Entscheidungen ganz offen zu überlassen.

Immer häufiger geschah es, daß Grenouille nicht mehr nur rührte, sondern zugleich auch beschickte, heizte und siebte, während Druot auf einen Sprung in die ›Quatre Dauphins‹ verschwand, für ein Glas Wein, oder hinauf zu Madame, um dort nach dem Rechten zu sehn. Er wußte, daß er sich auf Grenouille verlassen konnte. Und Grenouille, obwohl er doppelte Arbeit verrichtete, genoß es, allein zu sein, sich in der neuen Kunst zu perfektionieren und gelegentlich kleine Experimente zu machen. Und mit diebischer Freude stellte er fest, daß die von ihm bereitete Pomade ungleich feiner, daß seine Essence Absolue um Grade reiner war als die gemeinsam mit Druot erzeugte.

Ende Juli begann die Zeit des Jasmins, im August die der Nachthyazinthe. Beide Blumen waren von so exquisitem und zugleich fragilem Parfum, daß ihre Blüten nicht nur vor Sonnenaufgang gepflückt werden mußten, sondern auch die speziellste, zarteste Verarbeitung erheischten. Wärme verminderte ihren Duft, das plötzliche Bad im heißen Mazerationsfett hätte ihn völlig zerstört. Diese edelsten aller Blüten ließen sich ihre Seele nicht einfach entreißen, man mußte sie ihnen regelrecht abschmeicheln. In einem besonderen Beduftungsraum wurden sie auf mit kühlem Fett bestrichene Platten gestreut oder locker in ölgetränkte Tücher gehüllt und mußten sich langsam zu Tode schlafen. Erst nach drei oder vier Tagen waren sie verwelkt und hatten ihren Duft an das benachbarte Fett und Öl abgeatmet. Dann zupfte man sie vorsichtig ab und streute frische Blüten aus. Der Vorgang wurde wohl zehn, zwanzig Mal wiederholt, und bis sich die Pomade sattgesogen hatte und das duftende Öl aus den Tüchern abgepreßt werden konnte, war es September geworden. Die Ausbeute war noch um ein Wesentliches geringer als bei der Mazeration. Die Qualität aber einer solchen durch kalte Enfleurage gewonnenen Jasminpaste oder eines Huile Antique de Tubéreuse übertraf die jedes anderen Produkts der parfümistischen Kunst an Feinheit und Originaltreue. Namentlich beim Jasmin schien es, als habe sich der süß-haftende, erotische Duft der Blüte auf den Fettplatten wie in einem Spiegel abgebildet und strahle nun völlig naturgetreu zurück – *cum grano salis* freilich. Denn Grenouilles Nase erkannte selbstverständlich noch den Unterschied zwischen dem Geruch der Blüte und ihrem konservierten Duft: Wie ein zarter Schleier lag da der Eigengeruch des Fetts – es mochte so rein sein, wie es wollte – über dem Duftbild des Originals, milderte es, schwächte das Eklatante sanft ab, machte vielleicht sogar seine Schönheit für gewöhnliche Menschen überhaupt erst erträglich ... In jedem Falle aber war die kalte Enfleurage das raffinierteste und wirksamste Mittel, zarte Düfte einzufangen. Ein besseres gab es nicht. Und wenn die Methode auch nicht genügte, Grenouilles Nase vollkommen zu überzeugen, so wußte er doch, daß sie zur Düpierung einer Welt von Dumpfnasen tausendmal hinreichte.

Schon nach kurzer Zeit hatte er seinen Lehrmeister Druot, ebenso wie beim Mazerieren, auch in der Kunst der kalten Beduftung überflügelt und ihm dies auf die bewährte, unterwürfig diskrete Weise klargemacht. Druot überließ es ihm gerne, hinaus zum Schlachthof zu gehen und dort die geeignetsten Fette zu kaufen, sie zu reinigen, auszulassen, zu filtrieren und ihr Mischverhältnis zu bestimmen – eine für Druot immer höchst diffizile und gefürchtete Aufgabe, denn ein unreines, ranziges oder zu sehr nach Schwein, Hammel oder Rind riechendes Fett konnte die kostbarste Pomade ruinieren. Er überließ es ihm, den Abstand der Fettplatten im Beduftungsraum, den Zeitpunkt des Blütenwechsels, den Sättigungsgrad der Pomade zu bestimmen, überließ ihm bald alle prekären Entscheidungen, die er, Druot, ähnlich wie seinerzeit Baldini, immer nur ungefähr nach angelernten Regeln treffen konnte, die Grenouille aber mit dem Wissen seiner Nase traf – was Druot freilich nicht ahnte.

»Er hat eine glückliche Hand«, sagte Druot, »er hat ein gutes Gefühl für die Dinge.« Und manchmal dachte er auch: »Er ist ganz einfach viel begabter als ich, er ist ein hundertmal besserer Parfumeur.« Und zugleich hielt er ihn für einen ausgemachten Trottel, da Grenouille, wie er glaubte, nicht das geringste Kapital aus seiner Begabung schlug, er aber, Druot, es mit seinen bescheideneren Fähigkeiten demnächst zum Meister bringen würde. Und Grenouille bestärkte ihn in dieser Meinung, gab sich mit Fleiß dümmlich, zeigte nicht den geringsten Ehrgeiz, tat, als wisse er gar nichts von seiner eigenen Genialität, sondern als handle er nur nach den Anordnungen des viel erfahreneren Druot, ohne den er ein Nichts wäre. Auf diese Weise kamen sie recht gut miteinander aus.

Dann wurde es Herbst und Winter. In der Werkstatt ging es ruhiger zu. Die Blütendüfte lagen in Tiegeln und Flakons gefangen im Keller, und wenn nicht Madame die eine oder andre Pomade auszuwaschen wünschte oder einen Sack getrockneter Gewürze destillieren ließ, war nicht mehr allzuviel zu tun. Oliven gab es noch, Woche für Woche ein paar Körbe voll. Sie preßten ihnen das Jungfernöl ab und gaben den Rest in die Ölmühle. Und Wein, von dem Grenouille einen Teil zu Alkohol destillierte und rektifizierte.

Druot ließ sich immer weniger blicken. Er tat seine Pflicht im Bett von Madame, und wenn er erschien, nach Schweiß und Samen stinkend, so nur, um alsbald in die ›Quatre Dauphins‹ zu verschwinden. Auch Madame kam selten herunter. Sie beschäftigte sich mit ihren Vermögensangelegenheiten und mit der Umarbeitung ihrer Garderobe für die Zeit nach dem Trauerjahr. Oft sah Grenouille tagelang niemanden außer der Magd, bei der er mittags Suppe bekam und abends Brot und Oliven. Er ging kaum aus. Am korporativen Leben, namentlich den regelmäßigen Gesellentreffen und Umzügen beteiligte er sich gerade so häufig, daß er weder durch seine Abwesenheit noch durch seine Gegenwart auffiel. Freundschaften oder nähere Bekanntschaften hatte er keine, achtete aber peinlich darauf, nicht womöglich als arrogant oder außenseiterisch zu gelten. Er überließ es den anderen Gesellen, seine Gesellschaft fad und unergiebig zu finden. Er war ein Meister in der Kunst, Langeweile zu verbreiten und sich als unbeholfenen Trottel zu geben – freilich nie so übertrieben, daß man sich mit Genuß über ihn lustig machen oder ihn als Opfer für irgendeinen der derben Zunftspäße gebrauchen hätte können. Es gelang ihm, als vollständig uninteressant zu gelten. Man ließ ihn in Ruhe. Und nichts anderes wollte er.

38

Er verbrachte seine Zeit im Atelier. Druot gegenüber behauptete er, er wolle ein Rezept für Kölnisches Wasser erfinden. In Wirklichkeit aber experimentierte er mit ganz anderen Düften. Sein Parfum, das er in Montpellier gemischt hatte, ging, obwohl er es sehr sparsam verwendete, allmählich zuende. Er kreierte ein neues. Aber diesmal begnügte er sich nicht mehr damit, aus hastig zusammengesetzten Materialien den Menschengrundgeruch schlecht und recht zu imitieren, sondern er setzte seinen Ehrgeiz daran, sich einen persönlichen Duft oder vielmehr eine Vielzahl persönlicher Düfte zuzulegen.

Zunächst machte er sich einen Unauffälligkeitsgeruch, ein mausgraues Duftkleid für alle Tage, bei dem der käsigsäuerliche Duft des Menschlichen zwar noch vorhanden war, sich aber gleichsam nur noch wie durch eine dicke Schicht von leinenen und wollenen

Gewändern, die über trockne Greisenhaut gelegt sind, an die Außenwelt verströmte. So riechend konnte er sich bequem unter Menschen begeben. Das Parfum war stark genug, um die Existenz einer Person olfaktorisch zu begründen, und zugleich so diskret, daß es niemanden behelligte. Grenouille war damit geruchlich eigentlich nicht vorhanden und dennoch in seiner Präsenz immer aufs Bescheidenste gerechtfertigt – ein Zwitterzustand, der ihm sowohl im Hause Arnulfi als auch bei seinen gelegentlichen Gängen durch die Stadt sehr zupaß kam.

Bei gewissen Gelegenheiten freilich erwies sich der bescheidene Duft als hinderlich. Wenn er im Auftrag von Druot Besorgungen zu machen hatte oder für sich selbst bei einem Händler etwas Zibet oder ein paar Körner Moschus kaufen wollte, konnte es geschehen, daß man ihn in seiner perfekten Unauffälligkeit entweder völlig übersah und nicht bediente oder zwar sah, aber falsch bediente oder während des Bedienens wieder vergaß. Für solche Anlässe hatte er sich ein etwas rasseres, leicht schweißiges Parfum zurechtgemixt, mit einigen olfaktorischen Ecken und Kanten, das ihm eine derbere Erscheinung verlieh und die Leute glauben machte, es sei ihm eilig und ihn trieben dringende Geschäfte. Auch mit einer Imitation von Druots aura seminalis, die er mittels Beduftung eines fettigen Leintuchs durch eine Paste von frischen Enteneiern und angegorenem Weizenmehl täuschend ähnlich herzustellen wußte, hatte er gute Erfolge, wenn es darum ging, ein gewisses Maß an Aufmerksamkeit zu erregen.

Ein anderes Parfum aus seinem Arsenal war ein mitleiderregender Duft, der sich bei Frauen mittleren und höheren Alters bewährte. Er roch nach dünner Milch und sauberem weichem Holz. Grenouille wirkte damit – auch wenn er unrasiert, finsterer Miene und bemantelt auftrat – wie ein armer blasser Bub in einem abgewetzten Jäckchen, dem geholfen werden mußte. Die Marktweiber, wenn sie seiner anrüchig wurden, steckten ihm Nüsse und trockne Birnen zu, weil er so hungrig und hilflos aussah, wie sie fanden. Und bei der Frau des Metzgers, einer an und für sich unerbittlich strengen Vettel, durfte er sich alte stinkende Fleisch- und Knochenreste aussuchen und gratis mitnehmen, denn sein Unschuldsduft rührte ihr mütterliches Herz. Aus diesen Resten wiederum bezog er durch direktes Digerieren mit Alkohol die Hauptkomponente eines Geruchs, den er sich zulegte, wenn er unbedingt allein und gemieden sein wollte. Der Geruch schuf um ihn eine Atmosphäre leisen Ekels, einen fauligen Hauch, wie er beim Erwachen aus alten ungepflegten Mündern schlägt. Er war so wirkungsvoll, daß sogar der wenig zimperliche Druot sich unwillkürlich abwenden und das Freie aufsuchen mußte, ohne sich freilich ganz deutlich bewußt zu werden, was ihn wirklich abgestoßen hatte. Und ein paar Tropfen des Repellents, auf die Schwelle der Kabane geträufelt, genügten, jeden möglichen Eindringling, Mensch oder Tier, fernzuhalten.

Im Schutz dieser verschiedenen Gerüche, die er je nach den äußeren Erfordernissen wie die Kleider wechselte und die ihm alle dazu dienten, in der Welt der Menschen unbehelligt zu sein und in seinem Wesen unerkannt zu bleiben, widmete sich Grenouille nun seiner wirklichen Leidenschaft: der subtilen Jagd nach Düften. Und weil er ein großes Ziel vor der Nase hatte und noch über ein Jahr lang Zeit, ging er nicht nur mit brennendem Eifer, sondern auch ungemein planvoll und systematisch vor beim Schärfen seiner Waffen, beim Ausfeilen seiner Techniken, bei der allmählichen Perfektionierung seiner Methoden. Er fing dort an, wo er bei Baldini aufgehört hatte, bei der Gewinnung der Düfte lebloser Dinge: Stein, Metall, Glas, Holz, Salz, Wasser, Luft...

Was damals mit Hilfe des groben Verfahrens der Destillation kläglich mißlungen war, gelang nun dank der starken absorbierenden Kraft der Fette. Einen messingnen Türknauf, dessen kühl-schimmliger, belegter Duft ihm gefiel, umkleidete Grenouille für ein paar Tage mit Rindertalg. Und siehe, als er den Talg herunterschabte und prüfte, so roch er, in zwar sehr geringem Maße, aber doch eindeutig nach eben jenem Knauf. Und selbst nach einer Lavage in Alkohol war der Geruch noch da, unendlich zart, entfernt, vom Dunst des Weingeists überschattet und auf der Welt wohl nur von Grenouilles feiner Nase wahrnehmbar – aber eben doch da, und das hieß: zumindest im Prinzip verfügbar. Hätte er zehntausend Knäufe und würde er sie tausend Tage lang mit Talg umkleiden, er könnte einen winzigen Tropfen Essence Absolue von Messingknaufduft erzeugen, so stark, daß jedermann die Illusion des Originals ganz unabweisbar vor der Nase hätte.

Das gleiche gelang ihm mit dem porösen Kalkduft eines Steins, den er auf dem Olivenfeld vor seiner Kabane gefunden hatte. Er mazerierte ihn und gewann ein kleines Bätzchen Steinpomade, deren infinitesimaler Geruch ihn unbeschreiblich ergötzte. Er kombinierte ihn mit anderen, von allen möglichen Gegenständen aus dem Umkreis seiner Hütte abgezogenen Gerüchen und produzierte nach und nach ein olfaktorisches Miniaturmodell jenes Olivenhains hinter dem Franziskanerkloster, das er in einem winzigen Flakon verschlossen mit sich führen und wann es ihm gefiel geruchlich auferstehen lassen konnte.

Es waren virtuose Duftkunststücke, die er vollbrachte, wunderschöne kleine Spielereien, die freilich niemand außer ihm selbst würdigen oder überhaupt nur zur Kenntnis nehmen konnte. Er selbst aber war entzückt von den sinnlosen Perfektionen, und es gab in seinem Leben weder früher noch später Momente eines tatsächlich unschuldigen Glücks wie zu jener Zeit, da er mit spielerischem Eifer duftende Landschaften, Stilleben und Bilder einzelner Gegenstände erschuf. Denn bald ging er zu lebenden Objekten über.

Er machte Jagd auf Winterfliegen, Larven, Ratten, kleinere Katzen und ertränkte sie in warmem Fett. Nachts schlich er sich in Ställe, um Kühe, Ziegen und Ferkel für ein paar Stunden mit fettbeschmierten Tüchern zu umhüllen oder in ölige Bandagen einzuwickeln. Oder er stahl sich in ein Schafgehege, um heimlich ein Lamm zu scheren, dessen duftende Wolle er in Weingeist wusch. Die Ergebnisse waren zunächst noch nicht recht befriedigend. Denn anders als die geduldigen Dinge Knauf und Stein ließen sich die Tiere ihren Duft nur widerwillig abnehmen. Die Schweine schabten die Bandagen an den Pfosten ihrer Koben ab.

Die Schafe schrien, wenn er sich nachts mit dem Messer näherte. Die Kühe schüttelten stur die fetten Tücher von den Eutern. Einige Käfer, die er fing, produzierten, während er sie verarbeiten wollte, eklig stinkende Sekrete, und Ratten, wohl aus Angst, schissen ihm in seine olfaktorisch hochempfindlichen Pomaden. Jene Tiere, die er mazerieren wollte, gaben, anders als die Blüten, ihren Duft nicht klaglos oder nur mit einem stummen Seufzer ab, sondern wehrten sich verzweifelt gegen das Sterben, wollten sich partout nicht unterrühren lassen, strampelten und kämpften und erzeugten dadurch unverhältnismäßig hohe Mengen Angst- und Todesschweiß, die das warme Fett durch Übersäuerung verdarben. So konnte man natürlich nicht vernünftig arbeiten. Die Objekte mußten ruhiggestellt werden, und zwar so plötzlich, daß sie gar nicht mehr dazu kamen, Angst zu haben oder sich zu widersetzen. Er mußte sie töten.

Als erstes probierte er es mit einem kleinen Hund. Drüben vor dem Schlachthaus lockte er ihn mit einem Stück Fleisch von seiner Mutter weg bis in die Werkstatt, und während das Tier mit freudig erregtem Hecheln nach dem Fleisch in Grenouilles Linker schnappte, schlug er ihm mit einem Holzscheit, den er in der Rechten hielt, kurz und derb auf den Hinterkopf. Der Tod kam so plötzlich über den kleinen Hund, daß der Ausdruck des Glücks noch um seine Lefzen und in seinen Augen war, als Grenouille ihn längst im Beduftungsraum auf einen Rost zwischen die Fettplatten gebettet hatte, wo er nun seinen reinen, von Angstschweiß ungetrübten Hundeduft verströmte. Freilich galt es aufzupassen! Leichen, ebenso wie abgepflückte Blüten, waren rasch verderblich. Und so hielt Grenouille bei seinem Opfer Wache, etwa zwölf Stunden lang, bis er bemerkte, daß die ersten Schlieren des zwar angenehmen, doch verfälschend riechenden Leichendufts aus dem Körper des Hundes quollen. Sofort unterbrach er die Enfleurage, schaffte die Leiche weg und barg das wenige beduftete Fett in einem Kessel, wo er es sorgfältig auswusch. Er destillierte den Alkohol bis auf die Menge eines Fingerhutes ab und füllte diesen Rest in ein winziges Glasröhrchen. Das Parfum roch deutlich nach dem feuchten, frischtalgigen und ein wenig scharfen Duft des Hundefells, es roch sogar erstaunlich stark danach. Und als Grenouille die alte Hündin vom Schlachthaus daran schnuppern ließ, da brach sie in Freudengeheul aus und winselte und wollte ihre Nüstern nicht mehr von dem Röhrchen nehmen. Grenouille aber verschloß es dicht und steckte es zu sich und trug es noch lange bei sich als Erinnerung an jenen Tag des Triumphs, an dem es ihm zum ersten Mal gelungen war, einem lebenden Wesen die duftende Seele zu rauben.

Dann, sehr allmählich und mit äußerster Vorsicht, machte er sich an die Menschen heran. Er pirschte zunächst aus sicherer Distanz mit weitmaschigem Netz, denn es kam ihm weniger darauf an, große Beute zu machen, als vielmehr, das Prinzip seiner Jagdmethode zu erproben.

Mit seinem leichten Duft der Unauffälligkeit getarnt, mischte er sich im Wirtshaus zu den ›Quatre Dauphins‹ abends unter die Gäste und heftete winzige Fetzen öl- und fettgetränkten Stoffs unter Bänke und Tische und in verborgene Nischen. Ein paar Tage später sammelte er sie wieder ein und prüfte. Tatsächlich atmeten sie neben allen möglichen Küchendünsten, Tabaksqualm- und Weingerüchen auch ein wenig Menschenduft ab. Er blieb aber sehr vage und verschleiert, war mehr die Ahnung eines allgemeinen Brodems als ein persönlicher Geruch. Eine ähnliche Massenaura, doch reiner und ins Erhaben-Schwitzige gesteigert, war in der Kathedrale zu gewinnen, wo Grenouille seine Probefähnchen am 24. Dezember unter den Bänken aushängte und sie am 26. wieder einholte, nachdem nicht weniger als sieben Messen über ihnen abgesessen worden waren: Ein schauerliches Duftkonglomerat aus Afterschweiß, Menstruationsblut, feuchten Kniekehlen und verkrampften Händen, durchmischt mit ausgestoßner Atemluft aus tausend chorsingenden und avemarianuschelnden Kehlen und dem beklemmenden Dampf des Weihrauchs und der Myrrhe hatte sich auf den imprägnierten Fetzchen abgebildet: schauerlich in seiner nebulösen, unkonturierten, übelkeiterregenden Ballung und doch schon unverkennbar menschlich.

Den ersten Individualgeruch ergatterte Grenouille im Hospiz der Charité. Es gelang ihm, das eigentlich zur Verbrennung bestimmte Bettlaken eines frisch an Schwindsucht verstorbenen Säcklergesellen zu entwenden, in welchem dieser zwei Monate umhüllt gelegen war. Das Tuch war so stark vom Eigentalg des Säcklers durchsogen, daß es dessen Ausdünstungen wie eine Enfleuragepaste absorbiert hatte und direkt der Lavage unterzogen werden konnte. Das Resultat war gespenstisch: Unter Grenouilles Nase erstand der Säckler aus der Weingeistsolution olfaktorisch von den Toten auf, schwebte, wenngleich durch die eigentümliche Reproduktionsmethode und die zahlreichen Miasmen seiner Krankheit schemenhaft entstellt, doch leidlich erkenntlich als individuelles Duftbild im Raum: ein kleiner Mann von dreißig Jahren, blond, mit plumper Nase, kurzen Gliedern, platten käsigen Füßen, geschwollenem Geschlecht, galligem Temperament und fadem Mundgeruch – kein schöner Mensch, geruchlich, dieser Säckler, nicht wert, wie jener kleine Hund, länger aufbewahrt zu werden. Und dennoch ließ ihn Grenouille eine ganze Nacht lang als Duftgeist durch seine Kabane flattern und schnupperte ihn immer wieder an, beglückt und tiefbefriedigt vom Gefühl der Macht, die er über die Aura eines andern Menschen gewonnen hatte. Am nächsten Tag schüttete er ihn weg.

Noch einen Test unternahm er in diesen Wintertagen. Einer stummen Bettlerin, die durch die Stadt zog, bezahlte er einen Franc dafür, daß sie einen Tag lang mit verschiedenen Fett- und Ölmischungen präparierte Läppchen auf der nackten Haut trug. Es fand sich, daß eine Kombination von Lammnierenfett und mehrfach geläutertem Schweins- und Kuhtalg im Verhältnis zwei zu fünf zu drei unter Hinzuführung geringer Mengen von Jungfernöl für die Aufnahme des menschlichen Geruchs am besten geeignet war.

Damit ließ es Grenouille bewenden. Er verzichtete darauf, sich irgendeines lebenden Menschen im ganzen zu bemächtigen und ihn parfümistisch zu verarbeiten. So etwas wäre immer mit Risiken verbunden gewesen und hätte keine neuen Erkenntnisse gebracht. Er wußte, daß er nun die Techniken beherrschte, eines

Menschen Duft zu rauben, und es war nicht nötig, daß er es sich erneut bewies.

Des Menschen Duft an und für sich war ihm auch gleichgültig. Des Menschen Duft konnte er hinreichend gut mit Surrogaten imitieren. Was er begehrte, war der Duft *gewisser* Menschen: jener äußerst seltenen Menschen nämlich, die Liebe inspirieren. Diese waren seine Opfer.

39

Im Januar ehelichte die Witwe Arnulfi ihren ersten Gesellen Dominique Druot, der damit zum Maître Gantier et Parfumeur avancierte. Es gab ein großes Essen für die Gildenmeister, ein bescheideneres für die Gesellen, Madame kaufte eine neue Matratze für ihr Bett, das sie nun offiziell mit Druot teilte, und holte ihre bunte Garderobe aus dem Schrank. Sonst blieb alles beim alten. Sie behielt den guten alten Namen Arnulfi bei, behielt das ungeteilte Vermögen, die finanzielle Leitung des Geschäfts und die Schlüssel zum Keller; Druot erfüllte täglich seine sexuellen Pflichten und erfrischte sich danach beim Wein; und Grenouille, obwohl nun erster und einziger Geselle, verrichtete das Gros der anfallenden Arbeit für unverändert kleinen Lohn, bescheidene Verpflegung und karge Unterkunft.

Das Jahr begann mit der gelben Flut von Kassien, mit Hyazinthen, Veilchenblüte und narkotischen Narzissen. An einem Sonntag im März – es mochte etwa ein Jahr seit seiner Ankunft in Grasse vergangen sein – machte sich Grenouille auf, nach dem Stand der Dinge im Garten hinter der Mauer am anderen Ende der Stadt zu sehen. Er war diesmal auf den Duft vorbereitet, wußte ziemlich genau, was ihn erwartete... und doch, als er sie dann erwitterte, an der Porte Neuve schon, auf halbem Wege erst zu jener Stelle an der Mauer, da klopfte sein Herz lauter, und er spürte, wie das Blut in seinen Adern prickelte vor Glück: Sie war noch da, die unvergleichlich schöne Pflanze, sie hatte den Winter unbeschadet überdauert, stand im Saft, wuchs, dehnte sich, trieb prächtigste Blütenstände! Ihr Duft war, wie er es erwartet hatte, kräftiger geworden, ohne an Feinheit einzubüßen. Was noch vor einem Jahr sich zart versprenkelt und vertröpfelt hatte, war nun gleichsam legiert zu einem leicht pastosen Duftfluß, der in tausend Farben schillerte und trotzdem jede Farbe band und nicht mehr abriß. Und dieser Fluß, so stellte Grenouille selig fest, speiste sich aus stärker werdender Quelle. Ein Jahr noch, nur noch ein Jahr, nur noch zwölf Monate, dann würde diese Quelle überborden, und er könnte kommen, sie zu fassen und den wilden Ausstoß ihres Duftes einzufangen.

Er lief an der Mauer entlang bis zur bewußten Stelle, hinter der sich der Garten befand. Obwohl das Mädchen offenbar nicht im Garten, sondern im Haus war, in einer Kammer hinter geschlossenen Fenstern, wehte ihr Duft wie eine stete sanfte Brise herab. Grenouille stand ganz still. Er war nicht berauscht oder benommen wie das erste Mal, als er sie gerochen hatte. Er war vom Glücksgefühl des Liebhabers erfüllt, der seine Angebetete von fern belauscht oder beobachtet und weiß, er wird sie heimholen übers Jahr. Wahrhaftig, Grenouille, der solitäre Zeck, das Scheusal, der Unmensch Grenouille, der Liebe nie empfunden hatte und Liebe niemals inspirieren konnte, stand an jenem Märztag an der Stadtmauer von Grasse und liebte und war zutiefst beglückt von seiner Liebe.

Freilich liebte er nicht einen Menschen, nicht etwa das Mädchen im Haus dort hinter der Mauer. Er liebte den Duft. Ihn allein und nichts anderes, und ihn nur als den künftigen eigenen. Er würde ihn heimholen übers Jahr, das schwor er sich bei seinem Leben. Und nach diesem absonderlichen Gelöbnis, oder Verlöbnis, diesem sich selbst und seinem künftigen Duft gegebenen Treueversprechen, verließ er den Ort frohgemut und kehrte durch die Porte du Cours in die Stadt zurück.

Als er nachts in der Kabane lag, holte er den Duft noch einmal aus der Erinnerung herauf – er konnte der Versuchung nicht widerstehen – und tauchte in ihm unter, liebkoste ihn und ließ sich selbst von ihm liebkosen, so eng, so traumhaft nah, als besäße er ihn schon wirklich, seinen Duft, seinen eigenen Duft, und er liebte ihn an sich und sich durch ihn eine berauschte köstliche Weile lang. Er wollte dieses selbstverliebte Gefühl mit in den Schlaf hinübernehmen. Aber gerade in dem Moment, als er die Augen schloß und nur noch einen Atemzug lang Zeit gebraucht hätte, um einzuschlummern, da verließ es ihn, war plötzlich weg, und anstatt seiner stand der kalte scharfe Ziegenstallgeruch im Raum.

Grenouille schrak auf. »Was ist«, so dachte er, »wenn dieser Duft, den ich besitzen werde... was ist, wenn er zuende geht? Es ist nicht wie in der Erinnerung, wo alle Düfte unvergänglich sind. Der wirkliche verbraucht sich an die Welt. Er ist flüchtig. Und wenn er aufgebraucht sein wird, dann wird es die Quelle, aus der ich ihn genommen habe, nicht mehr geben. Und ich werde nackt sein wie zuvor und mir mit meinen Surrogaten weiterhelfen müssen. Nein, schlimmer wird es sein als zuvor! Denn ich werde ja inzwischen ihn gekannt und besessen haben, meinen eigenen herrlichen Duft, und ich werde ihn nicht vergessen können, denn ich vergesse nie einen Duft. Und also werde ich zeitlebens von meiner Erinnerung an ihn zehren, wie ich schon jetzt, für einen Moment, aus meiner Vorerinnerung an ihn, den ich besitzen werde, gezehrt habe ... Wozu also brauche ich ihn überhaupt?«

Dieser Gedanke war Grenouille äußerst unangenehm. Es erschreckte ihn maßlos, daß er den Duft, den er noch nicht besaß, wenn er ihn besäße, unweigerlich wieder verlieren mußte. Wie lange würde er vorhalten? Einige Tage? Ein paar Wochen? Vielleicht einen Monat lang, wenn er sich ganz sparsam damit parfümierte? Und dann? Er sah sich schon den letzten Tropfen aus der Flasche schütteln, den Flakon mit Weingeist spülen, damit auch nicht der kleinste Rest verlorenginge, und sah dann, roch es, wie sich sein geliebter Duft für immer und unwiederbringlich verflüchtigte. Es würde sein wie ein langsames Sterben, eine Art umgekehrten Erstickens, ein qualvolles allmähliches Hinausverdunsten seiner selbst in die gräßliche Welt.

Er fröstelte. Es überkam ihn das Verlangen, seine

Pläne aufzugeben, hinaus in die Nacht zu gehen und davonzuziehen. Über die verschneiten Berge wollte er wandern, ohne Rast, hundert Meilen weit in die Auvergne, und dort in seine alte Höhle kriechen und sich zutode schlafen. Aber er tat es nicht. Er blieb sitzen und gab dem Verlangen nicht nach, obwohl es stark war. Er gab ihm nicht nach, weil es ein altes Verlangen von ihm war, davonzuziehen und sich in einer Höhle zu verkriechen. Er kannte das schon. Was er allerdings noch nicht kannte, war der Besitz eines menschlichen Duftes, so herrlich wie der Duft des Mädchens hinter der Mauer. Und wenn er auch wußte, daß er den Besitz dieses Duftes mit seinem anschließenden Verlust würde entsetzlich teuer bezahlen müssen, so schienen ihm doch Besitz *und* Verlust begehrenswerter als der lapidare Verzicht auf beides. Denn verzichtet hatte er Zeit seines Lebens. Besessen und verloren aber noch nie.

Allmählich wichen die Zweifel und mit ihnen das Frösteln. Er spürte, wie das warme Blut ihn wieder belebte und wie der Wille, das zu tun, was er sich vorgenommen hatte, wieder Besitz von ihm ergriff. Und zwar mächtiger als zuvor, da dieser Wille nun nicht mehr einer reinen Begierde entsprang, sondern dazu noch einem erwogenen Entschluß. Der Zeck Grenouille, vor die Wahl gestellt, in sich selbst zu vertrocknen oder sich fallenzulassen, entschied sich für das zweite, wohl wissend, daß dieser Fall sein letzter sein würde. Er legte sich aufs Lager zurück, wohlig ins Stroh, wohlig unter die Decke, und kam sich sehr heroisch vor.

Grenouille wäre aber nicht Grenouille gewesen,

wenn ihn ein fatalistisch-heroisches Gefühl lange befriedigt hätte. Dazu besaß er einen zu zähen Selbstbehauptungswillen, ein zu durchtriebenes Wesen und einen zu raffinierten Geist. Gut – er hatte sich entschlossen, jenen Duft des Mädchens hinter der Mauer zu besitzen. Und wenn er ihn nach wenigen Wochen wieder verlöre und an dem Verlust stürbe, so sollte auch das gut sein. Besser aber wäre es, nicht zu sterben und den Duft trotzdem zu besitzen, oder zumindest seinen Verlust so lange als irgend möglich hinauszuzögern. Man müßte ihn haltbarer machen. Man müßte seine Flüchtigkeit bannen, ohne ihm seinen Charakter zu rauben – ein parfümistisches Problem.

Es gibt Düfte, die haften jahrzehntelang. Ein mit Moschus eingeriebener Schrank, ein mit Zimtöl getränktes Stück Leder, eine Amberknolle, ein Kästchen aus Zedernholz besitzen geruchlich fast das ewige Leben. Und andere – Limettenöl, Bergamotte, Narzissen- und Tuberosenextrakte und viele Blütendüfte – verhauchen sich schon nach wenigen Stunden, wenn man sie rein und ungebunden der Luft aussetzt. Der Parfumeur begegnet diesem fatalen Umstand, indem er die allzu flüchtigen Düfte durch haftende bindet, ihnen also gleichsam Fesseln anlegt, die ihren Freiheitsdrang zügeln, wobei die Kunst darin besteht, die Fesseln so locker zu lassen, daß der gebundene Geruch seine Freiheit scheinbar behält, und sie doch so eng zu schnüren, daß er nicht fliehen kann. Grenouille war dieses Kunststück einmal in perfekter Weise beim Tuberosenöl gelungen, dessen ephemeren Duft er mit winzigen Mengen von Zibet, Vanille, Labdanum und Zypresse gefesselt und damit erst recht eigentlich zur

Geltung gebracht hatte. Warum sollte etwas Ähnliches nicht auch mit dem Duft des Mädchens möglich sein? Weshalb sollte er diesen kostbarsten und fragilsten aller Düfte pur verwenden und verschwenden? Wie plump! Wie außerordentlich unraffiniert! Ließ man Diamanten ungeschliffen? Trug man Gold in Brocken um den Hals? War er, Grenouille, etwa ein primitiver Duftstoffräuber wie Druot und wie die anderen Mazeratoren, Destillierer und Blütenquetscher? Oder war er nicht vielmehr der größte Parfumeur der Welt?

Er schlug sich vor den Kopf vor Entsetzen, daß er nicht schon früher darauf gekommen war: Natürlich durfte dieser einzigartige Duft nicht roh verwendet werden. Er mußte ihn fassen wie den kostbarsten Edelstein. Ein Duftdiadem mußte er schmieden, an dessen erhabenster Stelle, zugleich eingebunden in andere Düfte und sie beherrschend, *sein* Duft strahlte. Ein Parfum würde er machen nach allen Regeln der Kunst, und der Duft des Mädchens hinter der Mauer sollte die Herznote sein.

Als Adjuvantien freilich, als Basis-, Mittel- und Kopfnote, als Spitzengeruch und als Fixateur waren nicht Moschus und Zibet, nicht Rosenöl oder Neroli geeignet, das stand fest. Für ein solches Parfum, für ein Menschenparfum, bedurfte es anderer Ingredienzen.

40

Im Mai desselben Jahres fand man in einem Rosenfeld, halben Wegs zwischen Grasse und dem östlich gelegenen Flecken Opio, die nackte Leiche eines fünfzehnjährigen Mädchens. Es war mit einem Knüppelhieb auf den Hinterkopf erschlagen worden. Der Bauer, der es entdeckt hatte, war von dem grausigen Fund so verwirrt, daß er sich fast selbst in Verdacht brachte, indem er dem Polizeilieutenant mit zitternder Stimme meldete, er habe so etwas Schönes noch nie gesehen – wo er doch eigentlich hatte sagen wollen, er habe so etwas Entsetzliches noch nie gesehen.

Tatsächlich war das Mädchen von exquisiter Schönheit. Es gehörte jenem schwerblütigen Typ von Frauen an, die wie aus dunklem Honig sind, glatt und süß und ungeheuer klebrig; die mit einer zähflüssigen Geste, einem Haarwurf, einem einzigen langsamen Peitschenschwung ihres Blickes den Raum beherrschen und dabei ruhig wie im Zentrum eines Wirbelsturmes stehen, der eigenen Gravitationskraft scheinbar unbewußt, mit der sie Sehnsüchte und Seelen von Männern wie von Frauen unwiderstehlich an sich reißen. Und sie war jung, blutjung, der Reiz des Typus war noch nicht ins Sämige verflossen. Noch waren ihre schweren Glieder glatt und fest, die Brüste wie aus dem Ei gepellt, und ihr flächiges Gesicht, vom schwarzen starken Haar umflogen, besaß noch zarteste Konturen und geheimste Stellen. Das Haar selbst freilich war weg. Der Mörder hatte es ihr abgeschnitten und mitgenommen, ebenso wie die Kleider.

Man verdächtigte die Zigeuner. Den Zigeunern war alles zuzutrauen. Zigeuner woben bekanntlich Teppiche aus alten Kleidern und stopften Menschenhaar in ihre Kissen und fertigten aus Haut und Zähnen von Gehenkten kleine Puppen. Für ein so perverses Verbrechen kamen nur Zigeuner in Frage. Es waren aber zu der Zeit keine Zigeuner da, weit und breit nicht, das letzte Mal hatten Zigeuner die Gegend im Dezember durchzogen.

In Ermangelung von Zigeunern verdächtigte man daraufhin italienische Wanderarbeiter. Italiener waren aber auch keine da, für sie war es zu früh im Jahr, sie würden erst im Juni zur Jasminernte ins Land kommen, sie konnten's also nicht gewesen sein. Schließlich gerieten die Perückenmacher in Verdacht, bei denen man nach dem Haar des ermordeten Mädchens fahndete. Vergeblich. Dann sollten es die Juden gewesen sein, dann die angeblich geilen Mönche des Benediktinerklosters – die freilich alle schon weit über siebzig waren –, dann die Zisterzienser, dann die Freimaurer, dann die Geisteskranken aus der Charité, dann die Köhler, dann die Bettler und zu guter Letzt der sittenlose Adel, insbesondere der Marquis von Cabris, denn der war schon zum dritten Mal verheiratet, veranstaltete, wie es hieß, in seinen Kellern orgiastische Messen und trank dabei Jungfrauenblut, um seine Potenz zu steigern. Konkretes ließ sich freilich nicht beweisen. Niemand hatte den Mord beobachtet, Kleider und Haare der Toten wurden nicht gefunden. Nach einigen Wochen stellte der Polizeilieutenant seine Nachforschungen ein.

Mitte Juni kamen die Italiener, viele mit ihren Familien, um sich als Pflücker zu verdingen. Die Bauern beschäftigten sie zwar, verboten aber, eingedenk des Mordes, ihren Frauen und Töchtern den Umgang mit ihnen. Sicher war sicher. Denn obwohl die Wanderarbeiter für den geschehenen Mord tatsächlich nicht verantwortlich waren, so hätten sie doch prinzipiell dafür verantwortlich sein können, und deshalb war es besser, vor ihnen auf der Hut zu sein.

Nicht lange nach Beginn der Jasminernte geschahen zwei weitere Morde. Wieder waren die Opfer bildschöne Mädchen, wieder gehörten sie jenem schwerblütigen schwarzhaarigen Typus an, wieder fand man sie nackt und geschoren und mit einer stumpfen Wunde am Hinterkopf in den Blumenfeldern liegen. Wieder fehlte vom Täter jede Spur. Die Nachricht verbreitete sich wie ein Lauffeuer, und es drohten schon Feindseligkeiten gegen das zugezogene Volk auszubrechen, als bekannt wurde, daß beide Opfer Italienerinnen waren, Töchter eines Genueser Taglöhners.

Nun legte sich die Furcht über das Land. Die Leute wußten nicht mehr, auf wen sie ihre ohnmächtige Wut richten sollten. Wohl gab es noch welche, die die Irren oder den obskuren Marquis verdächtigten, aber so recht wollte niemand daran glauben, denn jene standen Tag und Nacht unter Aufsicht, und dieser war schon vor langer Zeit nach Paris abgereist. Also rückte man näher zusammen. Die Bauern öffneten den Zugewanderten, die bis dahin auf freiem Feld gelagert hatten, ihre Scheunen. Die Städter richteten in jedem Viertel einen nächtlichen Patrouillendienst ein. Der Polizeileutnant verstärkte die Wachen an den Toren. Doch alle Vorkehrungen nützten nichts. Wenige Tage nach dem Doppelmord fand man wieder eine Mädchenleiche, ebenso zugerichtet wie die vorigen. Diesmal handelte es sich um eine sardische Wäscherin aus dem bischöflichen Palais, die nahe dem großen Wasserbecken an der Fontaine de la Foux, also direkt vor den Toren der Stadt, erschlagen worden war. Und obwohl die Konsuln, von der erregten Bürgerschaft gedrängt, weitere Maßnahmen ergriffen – schärfste Kontrollen an den Toren, Verstärkung der Nachtwachen, Ausgangsverbot für alle weiblichen Personen nach Einbruch der Dunkelheit –, verging in diesem Sommer keine Woche mehr, in der nicht die Leiche eines jungen Mädchens gefunden wurde. Und immer waren es solche, die gerade erst begonnen hatten, Frauen zu sein, und immer waren es die schönsten und meist jener dunkle, haftende Typus. – Obwohl der Mörder bald auch nicht mehr den in der einheimischen Bevölkerung vorherrschenden weichen, weißhäutigen und etwas beleibteren Mädchenschlag verschmähte. Sogar brünette, sogar dunkelblonde – sofern sie nicht zu mager waren – fielen ihm neuerdings zum Opfer. Er spürte sie überall auf, nicht mehr nur im Umland von Grasse, sondern mitten in der Stadt, ja sogar in den Häusern. Die Tochter eines Tischlers wurde in ihrer Kammer im fünften Stock erschlagen aufgefunden, und niemand im Haus hatte das geringste Geräusch gehört, und keiner der Hunde, die sonst jeden Fremden witterten und verbellten, hatte angeschlagen. Der Mörder schien unfaßbar, körperlos, wie ein Geist zu sein.

Die Menschen empörten sich und beschimpften die Obrigkeit. Das kleinste Gerücht führte zu Zusammenrottungen. Ein fahrender Händler, der Liebespulver und andere Quacksalbereien verkaufte, wurde fast massakriert, denn es hieß, seine Mittelchen enthielten gemahlenes Mädchenhaar. Auf das Hôtel de Cabris und auf das Hospiz der Charité wurden Brandanschläge verübt. Der Tuchhändler Alexandre Misnard erschoß seinen eigenen Hausdiener bei dessen nächtlicher Heimkehr, weil er ihn für den berüchtigten Mädchenmörder hielt. Wer es sich leisten konnte, schickte seine heranwachsenden Töchter zu entfernten Verwandten oder in Pensionate nach Nizza, Aix oder Marseille. Der Polizeilieutenant wurde auf Drängen des Stadtrats seines Postens enthoben. Sein Nachfolger ließ die Leichen der geschorenen Schönheiten von einem Ärztekollegium auf ihren virginalen Zustand untersuchen. Es fand sich, daß sie alle unberührt geblieben waren.

Sonderbarerweise vermehrte diese Erkenntnis das Entsetzen, anstatt es zu mindern, denn insgeheim hatte jedermann angenommen, daß die Mädchen mißbraucht worden seien. Man hätte dann wenigstens ein Motiv des Mörders gekannt. Nun wußte man nichts mehr, nun war man völlig ratlos. Und wer an Gott glaubte, rettete sich ins Gebet, es möge doch wenigstens das eigene Haus von der teuflischen Heimsuchung verschont bleiben.

Der Stadtrat, ein Gremium der dreißig reichsten und angesehensten Großbürger und Adligen von Grasse, in ihrer Mehrzahl aufgeklärte und antiklerikale Herren, die den Bischof bisher einen guten Mann hatten sein lassen und aus den Klöstern und Abteien am liebsten Warenlager oder Fabriken gemacht hätten – die stolzen, mächtigen Herren des Stadtrats ließen sich in ihrer Not herbei, Monseigneur den Bischof in einer unterwürfig abgefaßten Petition zu bitten, er möge das mädchenmordende Monster, dessen die weltliche Macht nicht habhaft werden könne, verfluchen und mit Bann belegen, ebenso, wie es sein erlauchter Vorgänger im Jahre 1708 mit den entsetzlichen Heuschrecken gemacht habe, die damals das Land bedrohten. Und in der Tat wurde Ende September der Grasser Mädchenmörder, der bis dahin nicht weniger als vierundzwanzig der schönsten Jungfrauen aus allen Schichten des Volkes hinweggerafft hatte, per schriftlichem Anschlag sowie mündlich von sämtlichen Kanzeln der Stadt, darunter der Kanzel von Notre-Dame-du-Puy, durch den Bischof persönlich in feierlichen Bann und Fluch getan.

Der Erfolg war durchschlagend. Die Morde hörten auf, von einem Tag zum anderen. Oktober und November vergingen ohne Leiche. Anfang Dezember kamen Berichte aus Grenoble, daß dort neuerdings ein Mädchenmörder umgehe, der seine Opfer erdroßle und ihnen die Kleider in Fetzen vom Leibe und die Haare in Büscheln vom Kopfe reiße. Und obwohl diese grobschlächtigen Verbrechen keineswegs in Einklang mit den sauber ausgeführten Grasser Morden standen, war doch alle Welt davon überzeugt, es handle sich um ein und denselben Täter. Die Grasser schlugen drei Kreuze vor Erleichterung, daß die Bestie nicht mehr bei ihnen, sondern im sieben Tagereisen entfernten Grenoble wütete. Sie organisierten einen Fackelzug zu Ehren des Bischofs und hielten am 24. Dezember einen großen Dankgottesdienst ab. Zum 1. Januar 1766 wurden die verstärkten Sicherheitsvorkehrungen gelockert und die nächtliche Ausgangssperre für Frauen aufgehoben. Mit unglaublicher Schnelligkeit kehrte die Normalität ins öffentliche und private Leben zurück. Die Angst war wie weggeblasen, niemand redete mehr von dem Grauen, das noch vor wenigen Monaten Stadt und Umland beherrscht hatte. Nicht einmal in den betroffenen Familien sprach man noch davon. Es war, als habe der bischöfliche Fluch nicht nur den Mörder, sondern auch jede Erinnerung an ihn verbannt. Und den Menschen war es recht so.

Nur wer eine Tochter hatte, die gerade in das wundersame Alter kam, der ließ sie immer noch nicht gerne ohne Aufsicht, dem wurde bange, wenn es dämmerte, und morgens, wenn er sie gesund und munter vorfand, war er glücklich – freilich ohne sich den Grund dafür recht eingestehen zu wollen.

41

Einen Mann aber gab es in Grasse, der traute dem Frieden nicht. Er hieß Antoine Richis, bekleidete das Amt des Zweiten Konsuls und wohnte in einem stattlichen Anwesen am Beginn der Rue Droite.

Richis war Witwer und hatte eine Tochter namens Laure. Obwohl keine vierzig Jahre alt und von ungebrochner Vitalität, gedachte er eine neuerliche Verehelichung noch einige Zeit hinauszuschieben. Erst wollte er seine Tochter an den Mann bringen. Und zwar nicht an den ersten besten, sondern an einen von Stande. Es gab da einen Baron von Bouyon, Besitzer eines Sohnes und eines Lehens bei Vence, von guter Reputation und lausiger Finanzlage, mit dem Richis schon Abmachungen über eine künftige Heirat der Kinder getroffen hatte. Wenn Laure dann unter der

Haube wäre, wollte er selbst seine freierlichen Fühler in Richtung der hochangesehenen Häuser Drée, Maubert oder Fontmichel ausstrecken – nicht weil er eitel war und auf Teufel komm raus ein adeliges Bettgemahl besitzen mußte, sondern weil er eine Dynastie gründen und seine Nachkommenschaft auf ein Geleise setzen wollte, welches zu höchstem gesellschaftlichem Ansehen und politischem Einfluß führte. Dazu brauchte er noch mindestens zwei Söhne, deren einer sein Geschäft übernahm, während der andere via juristische Laufbahn und das Parlament in Aix selbst in den Adel aufrückte. Solche Ambitionen konnte er jedoch als Mann seines Standes nur dann mit Aussicht auf Erfolg hegen, wenn er seine Person und seine Familie aufs engste mit der provenzalischen Nobilität verband.

Was ihn überhaupt zu derartig hochfliegenden Plänen berechtigte, war sein sagenhafter Reichtum. Antoine Richis war der mit Abstand vermögendste Bürger weit und breit. Er besaß Latifundien nicht nur im Grasser Raum, wo er Orangen, Öl, Weizen und Hanf anbauen ließ, sondern auch bei Vence und gegen Antibes zu, wo er verpachtet hatte. Er besaß Häuser in Aix, Häuser auf dem Lande, Anteile an Schiffen, die nach Indien fuhren, ein ständiges Kontor in Genua und das größte Handelslager für Duftstoffe, Spezereien, Öle und Leder Frankreichs.

Das Kostbarste jedoch, was Richis besaß, war seine Tochter. Sie war sein einziges Kind, gerade sechzehn Jahre alt, mit dunkelroten Haaren und grünen Augen. Sie hatte ein so entzückendes Gesicht, daß Besucher jeden Alters und Geschlechts augenblicks erstarrten und den Blick nicht mehr von ihr nehmen konnten, ihr

Gesicht geradezu leckten mit den Augen, als leckten sie Eis mit der Zunge, und dabei den für solch leckende Beschäftigung typischen Ausdruck von dümmlicher Hingegebenheit annahmen. Selbst Richis, wenn er die eigne Tochter ansah, ertappte sich dabei, daß er für unbestimmte Zeit, für eine Viertelstunde, für eine halbe Stunde vielleicht, die Welt und damit seine Geschäfte vergaß – was ihm sonst nicht einmal im Schlaf passierte –, sich vollkommen auflöste in des herrlichen Mädchens Betrachtung und hinterher nicht mehr zu sagen wußte, was er eigentlich getan hatte. Und neuerdings – er nahm es mit Unbehagen wahr –, abends beim Zubettbringen oder manchmal morgens, wenn er ging, um sie zu wecken, und sie lag noch schlafend, wie von Gotteshänden hingelegt, und durch den Schleier ihres Nachtgewands drückten sich die Formen ihrer Hüften und ihrer Brüste ab, und aus dem Geviert von Busen, Achselschwung, Ellenbogen und glattem Unterarm, in das sie ihr Gesicht gelegt hatte, stieg ihr ausgestoßner Atem ruhig und heiß ... – da ballte es sich ihm elend im Magen, und die Kehle wurde ihm eng, und er schluckte, und, weiß Gott! er verfluchte sich, daß er der Vater dieser Frau war und nicht ein Fremder, nicht irgendein Mann, vor dem sie so läge wie jetzt vor ihm, und der sich ohne Bedenken an sie, auf sie, in sie legen könnte mit all seiner Begehrlichkeit. Und der Schweiß brach ihm aus, und seine Glieder zitterten, indes er diese grauenvolle Lust in sich erwürgte und sich hinabbeugte zu ihr, um sie mit keuschem väterlichem Kuß zu wecken.

Im vergangenen Jahr, zur Zeit der Morde, waren solch fatale Anfechtungen noch nicht über ihn gekommen. Der Zauber, den seine Tochter damals auf ihn ausgeübt hatte, war – so wollte ihm wenigstens scheinen – noch ein kindlicher Zauber gewesen. Und deshalb hatte er auch nie ernstlich befürchtet, daß Laure Opfer jenes Mörders werden könnte, der, wie man wußte, weder Kinder noch Frauen, sondern ausschließlich erwachsene jungfräuliche Mädchen anfiel. Zwar hatte er die Bewachung seines Hauses verstärkt, die Fenster des Obergeschosses mit neuen Gittern versehen lassen und die Zofe angewiesen, ihre Schlafkammer mit Laure zu teilen. Aber es widerstrebte ihm, sie wegzuschicken, wie es seine Standesgenossen mit ihren Töchtern, ja sogar mit ihren ganzen Familien taten. Er fand dieses Verhalten verächtlich und unwürdig eines Mitglieds des Rates und Zweiten Konsuln, der, wie er meinte, seinen Mitbürgern ein Vorbild an Gelassenheit, Mut und Unbeugsamkeit sein sollte. Außerdem war er ein Mann, der sich seine Entschlüsse nicht von anderen vorschreiben ließ, nicht von einer in Panik geratenen Menge und schon gar nicht von einem einzelnen anonymen Lump von Verbrecher. Und so war er während der ganzen schrecklichen Zeit einer der wenigen in der Stadt gewesen, die gegen das Fieber der Angst gefeit waren und einen kühlen Kopf behielten. Doch dies, sonderbarerweise, änderte sich nun. Während nämlich die Menschen draußen, als hätten sie den Mörder schon gehenkt, das Ende seines Treibens feierten und die unselige Zeit bald ganz vergaßen, kehrte in das Herz Antoine Richis' die Angst ein wie ein häßliches Gift. Lange Zeit wollte er sich's nicht zugeben, daß es die Angst war, die ihn bewog, längst fällige Reisen hinauszuzögern, ungern das Haus zu verlassen, Besuche und Sitzungen abzukürzen, damit er nur rasch wieder heimkehren könne. Er entschuldigte sich vor sich selbst mit Unpäßlichkeit und Überarbeitung, gestand sich wohl auch zu, daß er ein wenig besorgt sei, wie eben jeder Vater besorgt ist, der eine Tochter in mannbarem Alter besitzt, eine durchaus normale Sorge ... War denn nicht schon der Ruhm ihrer Schönheit nach draußen gedrungen? Reckten sich nicht schon die Hälse, wenn man mit ihr sonntags in die Kirche ging? Machten nicht schon gewisse Herren im Rat Avancen, im eigenen Namen oder in dem ihrer Söhne ...?

42

Aber dann, eines Tages im März, saß Richis im Salon und sah, wie Laure hinaus in den Garten ging. Sie trug ein blaues Kleid, über das ihr rotes Haar fiel, es loderte im Sonnenlicht, er hatte sie noch nie so schön gesehen. Hinter einer Hecke verschwand sie. Und dann dauerte es vielleicht nur zwei Herzschläge länger, als er erwartet hatte, bevor sie wieder auftauchte – und er war zutode erschrocken, denn er hatte zwei Herzschläge lang gedacht, er habe sie für immer verloren.

In der gleichen Nacht wachte er aus einem entsetzlichen Traum auf, an dessen Inhalt er sich nicht mehr erinnern konnte, der aber mit Laure zu tun hatte, und er stürzte in ihr Zimmer, überzeugt, sie sei tot, läge gemordet, geschändet und geschoren im Bett – und fand sie unversehrt.

Er ging zurück in sein Gemach, schweißnaß und be-

bend vor Aufregung, nein, nicht vor Aufregung, sondern vor Angst, jetzt endlich gestand er es sich ein, daß die schiere Angst ihn gepackt hatte, und indem er es sich eingestand, wurde er ruhiger und klarer im Kopf. Wenn er ehrlich war, so hatte er von Anfang an nicht an die Wirkung des bischöflichen Bannfluchs geglaubt; auch nicht daran, daß der Mörder jetzt in Grenoble umgehe; auch nicht daran, daß er die Stadt überhaupt verlassen hatte. Nein, er lebte noch hier, mitten unter den Grassern, und irgendwann würde er wieder zuschlagen. Im August und September hatte Richis einige der ermordeten Mädchen gesehen. Der Anblick hatte ihn entsetzt und zugleich, wie er zugeben mußte, fasziniert, denn sie waren alle, und jede auf sehr spezielle Weise, von ausgesuchter Schönheit gewesen. Niemals hätte er gedacht, daß es in Grasse soviel unerkannte Schönheit gab. Der Mörder hatte ihm die Augen geöffnet. Der Mörder besaß einen exquisiten Geschmack. Und er besaß ein System. Nicht nur, daß die Morde alle auf die gleiche ordentliche Weise ausgeführt waren, auch die Wahl der Opfer verriet eine beinahe ökonomisch planende Absicht. Zwar wußte Richis nicht, *was* der Mörder eigentlich von seinem Opfer begehrte, denn ihr Bestes: die Schönheit und den Reiz ihrer Jugend konnte er ihnen ja nicht geraubt haben ... oder doch? Auf jeden Fall aber schien ihm der Mörder, so absurd das klingen mochte, kein destruktiver Geist zu sein, sondern ein sorgfältig sammelnder. Wenn man sich nämlich – so dachte Richis – all die Opfer nicht mehr als einzelne Individuen, sondern als Teile eines höheren Prinzips vorstellte und sich in idealistischer Weise ihre jeweiligen Eigenschaften als zu einem einheitlichen Ganzen verschmolzen dächte, dann müßte das aus solchen Mosaiksteinen zusammengesetzte Bild das Bild der Schönheit schlechthin sein, und der Zauber, der von ihm ausginge, wäre nicht mehr von menschlicher, sondern von göttlicher Art. (Wie wir sehen, war Richis ein aufgeklärt denkender Mensch, der auch vor blasphemischen Schlußfolgerungen nicht zurückschreckte, und wenn er nicht in geruchlichen, sondern in optischen Kategorien dachte, so kam er doch der Wahrheit sehr nahe.)

Gesetzt nun den Fall – so dachte Richis weiter –, der Mörder war solch ein Sammler von Schönheit und arbeitete am Bildnis der Vollkommenheit, und sei es auch nur in der Phantasie seines kranken Hirns; gesetzt ferner, er war ein Mann von höchstem Geschmack und perfekter Methode, wie er es in der Tat zu sein schien, dann konnte man nicht annehmen, daß er auf den kostbarsten Baustein zu jenem Bildnis verzichtete, den es auf Erden zu finden gab: auf die Schönheit von Laure. Sein ganzes bisheriges Mordwerk wäre nichts wert ohne sie. Sie war der Schlußstein seines Gebäudes.

Richis, während er diese entsetzliche Folgerung zog, saß im Nachtgewand auf seinem Bett und wunderte sich darüber, wie ruhig er geworden war. Er fröstelte und zitterte nicht mehr. Die unbestimmte Angst, die ihn seit Wochen geplagt hatte, war verschwunden und dem Bewußtsein einer konkreten Gefahr gewichen: Des Mörders Sinn und Trachten war ganz offenbar auf Laure gerichtet, von Anfang an. Und alle andern Morde waren Beiwerk für diesen letzten krönenden Mord. Zwar blieb unklar, welchen materiellen Zweck die Morde haben sollten und ob sie einen solchen überhaupt besaßen. Aber das Wesentliche, nämlich des Mörders systematische Methode und sein ideelles Motiv, hatte Richis durchschaut. Und je länger er darüber nachdachte, desto besser gefielen ihm beide und desto größer wurde seine Hochachtung vor dem Mörder – eine Hochachtung freilich, die sogleich wie aus einem blanken Spiegel auf ihn selbst zurückstrahlte, denn immerhin war er, Richis, es ja gewesen, der mit seinem feinen analytischen Verstand dem Gegner auf die Schliche gekommen war.

Wenn er, Richis, selbst ein Mörder wäre und von des Mörders selben leidenschaftlichen Ideen besessen, hätte er auch nicht anders vorgehen können, als jener bisher vorgegangen war, und würde wie dieser alles daransetzen, sein Wahnsinnswerk durch einen Mord an Laure, der herrlichen, der einzigartigen, zu krönen.

Dieser letzte Gedanke gefiel ihm ganz besonders gut. Daß er in der Lage war, sich gedanklich in die Lage des künftigen Mörders seiner Tochter zu versetzen, machte ihn dem Mörder nämlich haushoch überlegen. Denn der Mörder, das stand fest, war bei all seiner Intelligenz gewiß nicht in der Lage, sich in Richis' Lage zu versetzen – und sei's nur, weil er gewiß nicht ahnen konnte, daß Richis sich längst in seine, des Mörders Lage versetzt hatte. Im Grunde war das nicht anders als im Geschäftsleben auch – mutatis mutandis, versteht sich. Einem Konkurrenten, dessen Absichten man durchschaut hatte, war man überlegen; von ihm ließ man sich nicht mehr aufs Kreuz legen; nicht, wenn man Antoine Richis hieß, mit allen Wassern gewaschen war und eine Kämpfernatur besaß. Schließlich waren ihm der größte Duftstoffhandel Frankreichs, sein Reichtum und das Amt des Zweiten Konsuls nicht gnadenhalber in den Schoß gefallen, sondern er hatte sie sich erkämpft, ertrotzt, erschlichen, indem er Gefahren beizeiten erkannt, die Pläne der Konkurrenten schlau erraten und Widersacher ausgestochen hatte. Und seine künftigen Ziele, die Macht und Nobilität seiner Nachkommenschaft, würde er ebenso erreichen. Und nicht anders würde er die Pläne jenes Mörders durchkreuzen, seines Konkurrenten um den Besitz an Laure – und wäre es nur deshalb, weil Laure auch den Schlußstein im Gebäude seiner, Richis', eigenen Pläne bildete. Er liebte sie, gewiß; aber er brauchte sie auch. Und was er brauchte zur Verwirklichung seiner höchsten Ambitionen, das ließ er sich von niemandem entwinden, das hielt er fest mit Zähnen und mit Klauen.

Nun war ihm wohler. Nachdem es ihm gelungen war, seine nächtlichen Überlegungen betreffs Kampf mit dem Dämon auf die Ebene einer geschäftlichen Auseinandersetzung herabzudrücken, spürte er, wie frischer Mut, ja Übermut ihn erfaßte. Verflogen war der letzte Rest von Angst, verschwunden das Gefühl von Verzagtheit und grämlicher Sorge, das ihn wie einen senilen Tattergreis gequält hatte, weggeblasen der Nebel von düsteren Ahnungen, in dem er seit Wochen herumtappte. Er befand sich auf vertrautem Terrain und fühlte sich jeder Herausforderung gewachsen.

43

Erleichtert, vergnügt fast, sprang er aus dem Bett, zog am Klingelband und befahl seinem schlaftrunken hereintaumelnden Diener, Kleider und Proviant zu packen, da er gedächte, bei Tagesanbruch in Begleitung seiner Tochter nach Grenoble zu reisen. Dann zog er sich an und scheuchte das übrige Personal aus den Betten.

Mitten in der Nacht erwachte das Haus in der Rue Droite zu emsigem Leben. In der Küche flammten die Feuer auf, durch die Gänge huschten die aufgeregten Mägde, treppauf treppab eilte der Diener, in den Kellergewölben klapperten die Schlüssel des Lagerverwalters, im Hof leuchteten Fackeln, Knechte liefen um Pferde, andere zerrten die Maultiere aus den Ställen, es wurde gezäumt, gesattelt, gerannt und geladen – man hätte glauben können, die austrosardischen Horden seien plündernd und sengend im Anmarsch wie anno 1746 und der Hausherr rüste in panischer Eile zur Flucht. Doch keineswegs! Der Hausherr saß souverän wie ein Marschall von Frankreich am Schreibtisch seines Kontors, trank Milchkaffee und erließ seine Anweisungen an die ständig hereinstürzenden Domestiken. Nebenher schrieb er Briefe an den Bürgermeister und Ersten Konsul, an seinen Notar, an seinen Anwalt, an seinen Bankier in Marseille, an den Baron de Bouyon und an diverse Geschäftspartner.

Gegen sechs Uhr früh hatte er die Korrespondenz erledigt und alle zu seinen Plänen notwendigen Verfügungen getroffen. Er steckte zwei kleine Reisepistolen zu sich, schnallte sich seinen Geldgürtel um und sperrte den Schreibtisch zu. Dann ging er seine Tochter wecken.

Um acht setzte sich die kleine Karawane in Bewegung. Richis ritt voran, er war prächtig anzusehen in einem weinroten, goldbetreßten Rock, schwarzer Redingote und schwarzem Hut mit kessem Federbusch. Ihm folgte seine Tochter, bescheidener gekleidet, aber so strahlend schön, daß das Volk auf der Straße und an den Fenstern nur Augen für sie hatte, daß andächtige Ahs und Ohs durch die Menge gingen und die Männer ihren Hut zogen – scheinbar vor dem zweiten Konsul, in Wahrheit aber vor ihr, der königlichen Frau. Dann kam, fast unbeachtet, die Zofe, dann Richis' Diener mit zwei Packpferden – die Verwendung eines Wagens verbot sich wegen des berüchtigt schlechten Zustands der Grenobler Route –, und den Abschluß des Zuges bildeten ein Dutzend mit allen möglichen Waren beladene Maultiere unter Aufsicht zweier Knechte. An der Porte du Cours präsentierten die Wachen das Gewehr und ließen es erst wieder sinken, als das letzte Maultier vorübergetippelt war. Kinder liefen hinterher, noch eine ganze Weile lang, winkten dem Troß nach, der sich langsam auf dem steilen, gewundenen Weg bergwärts entfernte.

Auf die Menschen machte der Auszug des Antoine Richis mit seiner Tochter einen seltsam tiefen Eindruck. Ihnen war, als hätten sie einem archaischen Opfergang beigewohnt. Es hatte sich herumgesprochen, daß Richis nach Grenoble reiste, in jene Stadt also, wo neuerdings das mädchenmordende Monster hauste. Die Leute wußten nicht, was sie davon halten sollten. War es sträflicher Leichtsinn, was Richis tat, oder bewundernswerter Mut? War es eine Herausforderung oder eine Besänftigung der Götter? Sie ahnten nur sehr undeutlich, daß sie das schöne Mädchen mit den roten Haaren soeben zum letzten Mal gesehen hatten. Sie ahnten, daß Laure Richis verloren war.

Diese Ahnung sollte sich als richtig erweisen, obwohl sie auf völlig falschen Voraussetzungen beruhte. Richis zog nämlich keineswegs nach Grenoble. Der pompöse Auszug war nichts als eine Finte gewesen. Anderthalb Meilen nordwestlich von Grasse, in der Nähe des Dorfes Saint-Vallier, ließ er anhalten. Er händigte seinem Diener Vollmachten und Begleitschreiben aus und befahl ihm, den Maultiertreck allein mit den Knechten nach Grenoble zu bringen.

Er selbst wandte sich mit Laure und der Zofe in Richtung Cabris, wo er eine Mittagspause einlegte, und ritt dann quer durch das Gebirge des Tanneron nach Süden. Der Weg war äußerst beschwerlich, aber er gestattete es, Grasse und das Grasser Becken in einem weiten westlichen Bogen zu umgehen und bis zum Abend unerkannt die Küste zu erreichen ... Am folgenden Tag – so Richis' Plan – wollte er sich mit Laure nach den Lerinischen Inseln übersetzen lassen, auf deren kleinerer sich das wohlbefestigte Kloster Saint-Honorat befand. Es wurde von einem Häuflein greiser, aber noch durchaus wehrfähiger Mönche bewirtschaftet, mit denen Richis gut bekannt war, denn er kaufte und vertrieb schon seit Jahren die gesamte klösterliche Produktion an Eukalyptuslikör, Pinienkernen und Zypressenöl. Und eben dort, im Kloster Saint-Honorat, dem neben dem Zuchthaus von Château d'If und dem Staatsgefängnis der Ile Sainte-Marguerite wohl sichersten Ort der Provence, gedachte er seine Tochter fürs erste unterzubringen. Er selbst würde unverzüglich wieder aufs Festland zurückkehren, Grasse diesmal via Antibes und Cagnes östlich umgehen, um noch am Abend desselben Tages in Vence einzutreffen. Dorthin hatte er bereits seinen Notar bestellt zwecks einer zu treffenden Vereinbarung mit dem Baron de Bouyon über die Verehelichung ihrer Kinder Laure und Alphonse. Er wollte Bouyon ein Angebot machen, das dieser nicht würde ablehnen können: Übernahme von Schulden in Höhe von 40 000 Livre, Mitgift bestehend aus einer Summe in gleicher Höhe sowie diversen Ländereien und einer Ölmühle bei Maganosc, eine jährliche Rente von 3000 Livre für das junge Paar. Einzige Bedingung Richis' war, daß die Ehe innerhalb von zehn Tagen eingegangen und am Hochzeitstag vollzogen würde, und daß das Paar anschließend Wohnung in Vence nahm.

Richis wußte, daß er durch ein so eiliges Vorgehen den Preis für die Verbindung seines Hauses mit dem Haus derer von Bouyon ganz unverhältnismäßig in die Höhe trieb. Bei längerem Zuwarten hätte er sie billiger bekommen. Gebettelt hätte der Baron darum, die Tochter des bürgerlichen Großhändlers durch seinen Sohn standesmäßig erhöhen zu dürfen, denn der Ruhm von Laures Schönheit würde ja noch wachsen, ebenso wie Richis' Reichtum und wie Bouyons finanzielle Misere. Aber sei's drum! Nicht der Baron war bei diesem Handel der Gegner, sondern der unbekannte Mörder war es. Ihm galt es das Geschäft zu versalzen. Eine verheiratete Frau, defloriert und womöglich schon geschwängert, paßte nicht mehr in seine exklusive Galerie. Der letzte Mosaikstein wäre blind geworden, Laure hätte für den Mörder jeden Wert verloren, sein Werk wäre gescheitert. Und diese Niederlage sollte er zu spüren bekommen! Richis wollte die Hochzeit in Grasse abhalten, mit großem Pomp und in aller Öffentlichkeit. Und wenn er seinen Gegner auch nicht kannte und niemals kennen würde, so sollte es ihm doch ein Genuß sein, zu wissen, daß dieser dem Ereignis beiwohnte und mit eignen Augen zusehen mußte, wie ihm das Begehrteste vor der Nase weggeschnappt wurde.

Der Plan war fein ausgedacht. Und wieder müssen wir Richis' Gespür bewundern, mit dem er der Wahrheit nahekam. Denn in der Tat hätte die Heimführung der Laure Richis durch den Sohn des Baron de Bouyon für den Grasser Mädchenmörder eine vernichtende Niederlage bedeutet. Aber noch war der Plan nicht verwirklicht. Noch hatte Richis seine Tochter nicht unter die rettende Haube gebracht. Noch hatte er sie nicht in das sichere Kloster von Saint-Honorat übergesetzt. Noch schlugen sich die drei Reiter durch das unwirtliche Gebirge des Tanneron. Manchmal waren die Wege so schlecht, daß man von den Pferden absitzen mußte. Es ging alles sehr langsam. Gegen Abend hofften sie das Meer bei Napoule zu erreichen, einem kleinen Ort westlich von Cannes.

44

Zu dem Zeitpunkt, da Laure Richis mit ihrem Vater Grasse verließ, befand sich Grenouille am andern Ende der Stadt im Arnulfischen Atelier und mazerierte Jonquillen. Er war allein, und er war guter Dinge. Seine Zeit in Grasse neigte sich dem Ende zu. Der Tag des Triumphes stand bevor. Draußen in der Kabane lagen in einem wattegepolsterten Kästchen vierundzwanzig winzige Flakons mit der zu Tropfen geronnenen Aura von vierundzwanzig Jungfrauen – kostbarste Essenzen, die Grenouille im vergangenen Jahr durch kalte Fettenfleurage der Körper, Digerieren von Haaren und Kleidern, Lavage und Destillation gewonnen hatte. Und die fünfundzwanzigste, die köstlichste und wichtigste, wollte er sich heute holen. Er hatte schon ein Tiegelchen mit mehrfach gereinigtem Fett, ein Tuch von feinstem Leinen und einen Ballon hochrektifizierten Alkohols für diesen letzten Fischzug vorbereitet. Das Terrain war aufs genaueste sondiert. Es herrschte Neumond.

Er wußte, daß ein Einbruchsversuch in das gut gesicherte Anwesen an der Rue Droite sinnlos war. Deshalb wollte er sich schon bei Anbruch der Dämmerung, ehe noch die Tore geschlossen wurden, einschleichen und im Schutz der eigenen Geruchlosigkeit, die ihn wie eine Tarnkappe der Wahrnehmung von Mensch und Tier entzog, in irgendeinem Winkel des Hauses verbergen. Später dann, wenn alles schlief, würde er, vom Kompaß seiner Nase durch die Dunkelheit geführt, zur Kammer seines Schatzes hinaufsteigen. Er würde ihn an Ort und Stelle im fettgetränkten Tuch verarbeiten. Nur Haar und Kleider würde er wie gewöhnlich mitnehmen, da diese Teile direkt in Weingeist ausgewaschen werden konnten, was sich bequemer in der Werkstatt machen ließ. Für die Endverarbeitung der Pomade und das Abdestillieren zu Konzentrat veranschlagte er eine weitere Nacht. Und wenn alles gutging – und er hatte keinen Grund, daran zu zweifeln, daß alles gutgehen würde –, dann war er übermorgen im Besitz sämtlicher Essenzen für das beste Parfum der Welt, und er würde Grasse verlassen als der bestriechende Mensch auf Erden.

Gegen Mittag war er mit seinen Jonquillen fertig. Er löschte das Feuer, deckte den Fettkessel zu und ging vor die Werkstatt, um sich abzukühlen. Der Wind kam von Westen.

Schon mit dem ersten Atemzug merkte er, daß etwas nicht stimmte. Die Atmosphäre war nicht in Ordnung. Im Duftkleid der Stadt, diesem vieltausendfädig gewebten Schleier, fehlte der goldene Faden. Während der letzten Wochen war dieser duftende Faden so kräftig geworden, daß Grenouille ihn sogar noch jenseits der Stadt bei seiner Kabane deutlich wahrgenommen hatte. Jetzt war er weg, verschwunden, durch intensivstes Schnuppern nicht mehr aufzuspüren. Grenouille war wie gelähmt vor Schreck.

Sie ist tot, dachte er. Dann, noch entsetzlicher: Es ist mir ein anderer zuvorgekommen. Ein anderer hat meine Blume abgerupft und ihren Duft an sich gebracht! Einen Schrei brachte er nicht heraus, dazu war seine Erschütterung zu groß, aber zu Tränen reichte es, die in seinen Augenwinkeln schwollen und plötzlich beiderseits der Nase herabstürzten.

Da kam Druot aus den ›Quatre Dauphins‹ zum Mittagessen nach Hause und erzählte en passant, heute früh sei der Zweite Konsul mit zwölf Maultieren und seiner Tochter nach Grenoble gezogen. Grenouille schluckte die Tränen hinunter und rannte davon, quer durch die Stadt zur Porte du Cours. Auf dem Platz vor dem Tor hielt er an und schnupperte. Und im reinen, von den Stadtgerüchen unberührten Westwind fand er tatsächlich seinen goldenen Faden wieder, dünn und schwach zwar, aber dennoch unverkennbar. Allerdings wehte der geliebte Duft nicht von Nordwesten her, wohin die Straße nach Grenoble führte, sondern eher aus Richtung Cabris – wo nicht gar aus Südwesten.

Grenouille fragte die Wache, welche Straße der Zweite Konsul genommen habe. Der Posten wies nach Norden. Nicht die Straße nach Cabris? Oder die andere, die südlich nach Auribeau und La Napoule führte? – Bestimmt nicht, sagte der Posten, er habe es mit eigenen Augen gesehen.

Grenouille rannte zurück durch die Stadt zu seiner Kabane, packte Leintuch, Pomadentopf, Spatel, Schere und eine kleine glatte Keule aus Olivenholz in seinen Reisesack und machte sich unverzüglich auf den Weg – nicht auf den Weg nach Grenoble, sondern auf den Weg, den ihm seine Nase wies: nach Süden.

Dieser Weg, der direkte Weg nach Napoule, führte an den Ausläufern des Tanneron entlang durch die Flußsenken von Frayère und Siagne. Er war bequem zu gehen. Grenouille kam rasch voran. Als zu seiner

Rechten Auribeau auftauchte, oben an den Bergkuppen hängend, roch er, daß er die Flüchtenden fast eingeholt hatte. Wenig später war er auf gleicher Höhe mit ihnen. Er roch sie jetzt einzeln, er roch sogar den Dunst ihrer Pferde. Sie konnten höchstens eine halbe Meile westlich sein, irgendwo in den Wäldern des Tanneron. Sie hielten nach Süden, aufs Meer zu. Genau wie er.

Gegen fünf Uhr nachmittag erreichte Grenouille La Napoule. Er ging in das Gasthaus, aß und bat um ein billiges Lager. Er sei ein Gerbergeselle aus Nizza, sagte er, auf dem Weg nach Marseille. Er könne im Stall nächtigen, hieß es. Dort legte er sich in eine Ecke und ruhte aus. Er roch, daß die drei Reiter sich näherten. Er brauchte nur noch zu warten.

Zwei Stunden später – es dämmerte schon stark – kamen sie an. Um ihr Inkognito zu wahren, hatten sie die Kleider gewechselt. Die beiden Frauen trugen nun dunkle Gewänder und Schleier, Richis einen schwarzen Rock. Er gab sich als Edelmann aus, kommend von Castellane; morgen wolle er auf die Lerinischen Inseln übersetzen, der Wirt solle für ein Boot sorgen, das bei Sonnenaufgang bereitstünde. Ob außer ihm und seinen Leuten noch andere Gäste im Haus seien? Nein, sagte der Wirt, nur ein Gerbergeselle aus Nizza, der nächtige im Stall.

Richis schickte die Frauen auf die Zimmer. Er selbst ging in den Stall, um noch etwas aus den Satteltaschen zu holen, wie er sagte. Zunächst konnte er den Gerbergesellen nicht finden, er mußte sich vom Roßknecht eine Laterne geben lassen. Dann sah er ihn, in einem Winkel auf Stroh und einer alten Decke liegend, den Kopf gegen seinen Reisesack gelehnt, tief schlafend. Er sah so vollkommen unscheinbar aus, daß Richis für einen Moment den Eindruck hatte, er sei gar nicht vorhanden, sondern nur eine von den schwankenden Schatten der Laternenkerze hingeworfene Schimäre. Jedenfalls stand für Richis augenblicklich fest, daß von diesem geradezu rührend harmlosen Wesen nicht die geringste Gefahr zu befürchten war, und er entfernte sich leise, um seinen Schlaf nicht zu stören, und kehrte ins Haus zurück.

Das Abendessen nahm er gemeinsam mit seiner Tochter auf dem Zimmer ein. Er hatte sie über Zweck und Ziel der seltsamen Reise nicht aufgeklärt, und er tat es auch jetzt nicht, obwohl sie ihn darum bat. Morgen werde er sie einweihen, sagte er, und sie könne sich darauf verlassen, daß alles, was er plane und tue, zu ihrem Besten und zukünftigen Glück ausschlagen werde.

Nach dem Essen spielten sie einige Partien L'hombre, die er alle verlor, weil er statt in seine Karten immerfort in ihr Gesicht schaute, um sich an ihrer Schönheit zu ergötzen. Gegen neun Uhr brachte er sie in ihr Zimmer, das dem seinen gegenüberlag, küßte sie zur Nacht und versperrte die Türe von außen. Dann ging er selbst zu Bett.

Er war mit einem Mal sehr müde von den Anstrengungen des Tages und der vergangenen Nacht und zugleich sehr zufrieden mit sich und dem Gang der Dinge. Ohne den geringsten Gedanken der Sorge, ohne düstere Ahnungen, wie sie ihn noch bis gestern jedesmal nach dem Löschen der Lampe gequält und wachgehalten hatten, schlief er sofort ein, und schlief ohne Traum, ohne Gestöhn, ohne krampfhaftes Zucken oder nervöses Um- und Umwälzen des Körpers. Zum ersten Mal seit langer Zeit fand Richis einen tiefen, ruhigen, erquickenden Schlaf.

Um die gleiche Zeit erhob sich Grenouille von seinem Lager im Stall. Auch er war zufrieden mit sich und dem Gang der Dinge und fühlte sich äußerst erfrischt, obwohl er keine Sekunde lang geschlafen hatte. Als Richis in den Stall gekommen war, um ihn aufzusuchen, hatte er sich nur schlafend gestellt, um den Eindruck von Harmlosigkeit, den er an und für sich schon wegen seines Unauffälligkeitsgeruchs ausstrahlte, noch augenscheinlicher zu machen. Anders als Richis ihn, hatte übrigens er Richis äußerst präzise wahrgenommen, olfaktorisch nämlich, und Richis' Erleichterung angesichts seiner war ihm keineswegs entgangen.

Und so hatten sich beide bei ihrer kurzen Begegnung gegenseitig von ihrer Arglosigkeit überzeugt, zu Unrecht und zu Recht, und das war gut so, wie Grenouille fand, denn seine scheinbare und Richis' wirkliche Arglosigkeit erleichterten ihm, Grenouille, das Geschäft – eine Anschauung übrigens, die Richis im umgekehrten Fall durchaus geteilt hätte.

45

Mit professioneller Bedächtigkeit ging Grenouille ans Werk. Er öffnete den Reisesack, entnahm ihm Leintuch, Pomade und Spatel, breitete das Tuch über die Decke, auf der er gelegen hatte, und begann es mit der

Fettpaste zu bestreichen. Das war eine Arbeit, die ihre Zeit brauchte, denn es kam darauf an, das Fett hier in dickerer, dort in dünnerer Schicht aufzutragen, je nachdem, an welche Stelle des Körpers die jeweilige Partie des Tuches zu liegen käme. Mund und Achsel, Brust, Geschlecht und Füße gaben größere Duftmengen ab als etwa Schienbeine, Rücken und Ellbogen; Handflächen größere als Handrücken; Brauen größere als Lider etc. – und mußten dementsprechend kräftiger mit Fett versehen werden. Grenouille modellierte also gleichsam ein Duftdiagramm des zu behandelnden Körpers auf das Leintuch, und dieser Teil der Arbeit war ihm eigentlich der befriedigendste, denn es handelte sich um eine künstlerische Technik, die Sinne, Phantasie und Hände gleichermaßen beschäftigte und obendrein den Genuß des zu erwartenden Endergebnisses auf ideelle Weise vorwegnahm.

Als er das ganze Töpfchen Pomade aufgebraucht hatte, tupfte er noch da und dort, nahm an einer Stelle des Tuches Fett ab, fügte an einer anderen zu, retuschierte, überprüfte noch einmal die modellierte Fettlandschaft – mit der Nase übrigens, nicht mit den Augen, denn das ganze Geschäft spielte sich in vollkommener Finsternis ab, was vielleicht ein weiterer Grund für Grenouilles ausgeglichen freudige Stimmung war. In dieser Neumondnacht lenkte ihn nichts ab. Die Welt war nichts als nur Geruch und ein wenig Brandungsgeräusch vom Meer her. Er war in seinem Element. Dann schlug er das Tuch zusammen wie eine Tapete, so daß die befetteten Flächen aufeinanderlagen. Es war ihm dies eine schmerzliche Handlung, denn er wußte wohl, daß sich selbst bei aller Vorsicht

Teile der ausgeformten Konturen dadurch abplatteten und verschoben. Aber es gab keine andere Möglichkeit, das Tuch zu transportieren. Nachdem er es soweit gefaltet hatte, daß er es ohne allzugroße Behinderung über den Unterarm gelegt tragen konnte, steckte er Spatel, Schere und die kleine Olivenholzkeule zu sich und schlich hinaus ins Freie.

Der Himmel war bedeckt. Im Haus brannte kein Licht mehr. Der einzige Funken in dieser stockfinsteren Nacht zuckte im Osten auf dem Leuchtturm des Forts auf der Ile Sainte-Marguerite, über eine Meile entfernt, ein winziger heller Nadelstich in rabenschwarzem Tuch. Aus der Bucht kam ein leichter fischiger Wind. Die Hunde schliefen.

Grenouille ging zur äußeren Tennenluke, an die eine Leiter gelehnt stand. Er hob die Leiter ab und balancierte sie aufrecht, drei Sprossen unter den freien rechten Arm geklemmt, den Überstand gegen die rechte Schulter gepreßt, über den Hof bis unter ihr Fenster. Das Fenster stand halb offen. Als er die Leiter hinaufstieg, bequem wie auf einer Treppe, beglückwünschte er sich zu dem Umstand, den Duft des Mädchens hier in Napoule ernten zu dürfen. In Grasse, bei vergitterten Fenstern und streng bewachtem Haus, wäre alles sehr viel schwieriger gewesen. Hier schlief sie sogar allein. Er brauchte nicht einmal die Zofe auszuschalten.

Er drückte den Fensterflügel auf, schlüpfte in die Kammer und legte das Laken ab. Dann wandte er sich dem Bett zu. Der Duft ihres Haares dominierte, denn sie lag auf dem Bauch, und sie hatte das Gesicht, vom Armwinkel umrahmt, ins Kissen gedrückt, so daß sich ihr Hinterkopf in geradezu idealer Weise dem Keulenschlag präsentierte.

Das Geräusch des Schlages war dumpf und knirschend. Er haßte es. Er haßte es allein deshalb, weil es ein Geräusch war, ein Geräusch in seinem ansonsten lautlosen Geschäft. Nur mit zusammengebissenen Zähnen konnte er dieses ekelhafte Geräusch ertragen, und nachdem es vorüber war, stand er noch eine Weile lang steif und verbissen da, die Hand um die Keule gekrampft, als fürchte er, das Geräusch könne zurückkehren als widerhallendes Echo von irgendwoher. Es kehrte aber nicht zurück, sondern die Stille kehrte zurück in die Kammer, eine vermehrte Stille sogar, da nun nicht einmal mehr der schlürfende Atem des Mädchens ging. Und alsbald löste sich Grenouilles verspannte Haltung (die man vielleicht auch als eine Ehrfurchtshaltung oder eine Art verkrampfter Schweigeminute hätte deuten können), und sein Körper sank geschmeidig in sich zusammen.

Er steckte die Keule weg und war nun nur noch von emsiger Betriebsamkeit erfüllt. Als erstes faltete er das Beduftungstuch auseinander, breitete es locker mit der Rückseite über Tisch und Stühle und achtete darauf, daß die Fettseite unberührt blieb. Dann schlug er die Bettdecke zurück. Der herrliche Duft des Mädchens, der plötzlich warm und massiv aufquoll, berührte ihn nicht. Er kannte ihn ja, und genießen, genießen bis zum Rausch, würde er ihn später, wenn er ihn erst wirklich besaß. Jetzt ging es darum, möglichst viel davon einzufangen, möglichst wenig verströmen zu lassen, jetzt waren Konzentration und Eile geboten.

Mit raschen Scherenschnitten schlitzte er das

Nachtgewand auf, zog es ihr aus, ergriff das befettete Laken und warf es über ihren nackten Körper. Dann hob er sie hoch, strich ihr das überhängende Tuch unter, rollte sie ein wie ein Bäcker den Strudel, falzte die Enden, umhüllte sie von den Zehen bis an die Stirn. Nur ihr Haar schaute noch aus dem Mumienverband hervor. Er schnitt es dicht über der Kopfhaut ab, packte es in ihr Nachthemd, das er zu einem Bündel verknotete. Zuletzt klappte er ein freigelassenes Stück Tuch über den geschorenen Schädel, strich das überlappende Ende glatt, tupfte es mit zartem Fingerdruck fest. Er überprüfte das ganze Paket. Kein Schlitz, kein Löchlein, kein aufgekniffenes Fältlein klaffte mehr, an dem der Duft des Mädchens hätte entweichen können. Sie war perfekt verpackt. Es blieb nichts mehr zu tun, als zu warten, sechs Stunden lang, bis der Morgen graute.

Er nahm den kleinen Sessel, auf dem ihre Kleider lagen, trug ihn ans Bett und setzte sich. In dem weiten schwarzen Gewand hing noch der zarte Hauch ihres Duftes, vermischt mit dem Geruch von Anisplätzchen, die sie als Reiseproviant in die Tasche gesteckt hatte. Er legte seine Füße auf den Bettrand, in die Nähe ihrer Füße, deckte sich mit ihrem Kleid zu und aß die Anisplätzchen. Er war müde. Aber er wollte nicht schlafen, denn es gehörte sich nicht, daß man während der Arbeit schlief, auch wenn die Arbeit nur aus Warten bestand. Er erinnerte sich an die Nächte, die er in der Werkstatt Baldinis beim Destillieren verbracht hatte: an den rußgeschwärzten Alambic, an das flackernde Feuer, an das leise spuckende Geräusch, mit dem das Destillat aus dem Kühlrohr in die Florentinerflasche tröpfelte. Von Zeit zu Zeit hatte man nach dem Feuer sehen müssen, hatte Destillierwasser nachfüllen, die Florentinerflasche wechseln, das erschöpfte Destilliergut ersetzen müssen. Und dennoch war ihm immer gewesen, als wache man nicht, um diese gelegentlich anfallenden Tätigkeiten zu verrichten, sondern als habe die Wache ihren eigenen Sinn. Selbst hier in dieser Kammer, wo sich der Prozeß der Enfleurage ganz von allein vollzog, ja, wo sogar ein unzeitiges Prüfen, Wenden und Betun des duftenden Pakets nur störend hätte wirken können – selbst hier, so schien Grenouille, war seine wachende Gegenwart wichtig. Der Schlaf hätte den Geist des Gelingens gefährdet.

Es fiel ihm im übrigen nicht schwer, wachzubleiben und zu warten, trotz seiner Müdigkeit. *Dieses* Warten liebte er. Auch bei den vierundzwanzig anderen Mädchen hatte er es geliebt, denn es war ja kein dumpfes Dahinwarten und auch kein sehnsüchtiges Herbeiwarten, sondern ein begleitendes, sinnvolles, gewissermaßen ein tätiges Warten. Es tat sich etwas während dieses Wartens. Das Wesentliche tat sich. Und wenn er es auch nicht selbst tat, so tat es sich doch durch ihn. Er hatte sein Bestes gegeben. Er hatte all seine Kunstfertigkeit aufgebracht. Kein Fehler war ihm unterlaufen. Das Werk war einzigartig. Es würde von Erfolg gekrönt sein... Nur noch ein paar Stunden warten mußte er. Es befriedigte ihn zutiefst, dieses Warten. Er hatte sich in seinem Leben nie so wohl gefühlt, so ruhig, so ausgeglichen, so eins und einig mit sich selbst – auch damals nicht in seinem Berg – wie in diesen Stunden der handwerklichen Pause, da er in tiefster Nacht bei seinen Opfern saß und wachend wartete. Es waren die einzigen Momente, da sich in seinem düsteren Hirn fast heitere Gedanken bildeten.

Sonderbarerweise gingen diese Gedanken nicht in die Zukunft. Er dachte nicht an den Duft, den er in ein paar Stunden ernten würde, nicht an das Parfum aus fünfundzwanzig Mädchenauren, nicht an künftige Pläne, Glück und Erfolg. Nein, er gedachte seiner Vergangenheit. Er erinnerte sich an die Stationen seines Lebens vom Hause der Madame Gaillard und dem feuchtwarmen Holzstoß davor bis zu seiner heutigen Reise in das kleine fischig riechende Dorf Napoule. Er gedachte des Gerbers Grimal, Giuseppe Baldinis, des Marquis de la Taillade-Espinasse. Er gedachte der Stadt Paris, ihres großen tausendfach schillernden üblen Brodems, er gedachte des rothaarigen Mädchens in der Rue des Marais, des freien Landes, des dünnen Winds, der Wälder. Er gedachte auch des Bergs in der Auvergne – er umging diese Erinnerung keineswegs –, seiner Höhle, der menschenleeren Luft. Er gedachte auch seiner Träume. Und er gedachte all dieser Dinge mit großem Wohlgefallen. Ja, es schien ihm, wenn er so zurückdachte, daß er ein vom Glück besonders begünstigter Mensch sei und daß sein Schicksal ihn auf zwar verschlungenen, doch letzten Endes richtigen Wegen geführt habe – wie wäre es sonst möglich gewesen, daß er hierhergefunden hätte, in diese dunkle Kammer, ans Ziel seiner Wünsche? Er war, wenn er sich's recht überlegte, ein wirklich begnadetes Individuum!

Rührung stieg in ihm auf, Demut und Dankbarkeit. »Ich danke dir«, sagte er leise, »ich danke dir, Jean-

Baptiste Grenouille, daß du so bist, wie du bist!« So ergriffen war er von sich selbst.

Dann schloß er die Lider – nicht, um zu schlafen, sondern um sich ganz dem Frieden dieser Heiligen Nacht hinzugeben. Der Friede erfüllte sein Herz. Aber es schien ihm, als herrsche er auch ringsum. Er roch den friedlichen Schlaf der Zofe im Nebenzimmer, den tiefbefriedigten Schlaf des Antoine Richis jenseits des Ganges, er roch den friedlichen Schlummer des Wirts und der Knechte, der Hunde, der Tiere im Stall, des ganzen Orts und des Meeres. Der Wind hatte sich gelegt. Alles war still. Nichts störte den Frieden.

Einmal bog er seinen Fuß zur Seite und berührte ganz sacht den Fuß von Laure. Nicht ihren Fuß eigentlich, sondern gerade eben das Tuch, das ihn umhüllte, mit der dünnen Schicht Fett darunter, die sich mit ihrem Duft tränkte, mit ihrem herrlichen Duft, mit seinem.

46

Als die Vögel zu schreien begannen – also noch geraume Zeit vor Anbruch der Morgendämmerung –, erhob er sich und vollendete seine Arbeit. Er schlug das Tuch auseinander und zog es wie ein Pflaster von der Toten ab. Das Fett schälte sich gut von der Haut. Nur an den verwinkelten Stellen blieben einige Reste hängen, die er mit dem Spatel abstreichen mußte. Die übrigen Pomadeschlieren wischte er mit Laures eigenem Unterhemd auf, mit dem er zuletzt auch noch den Körper von Kopf bis Fuß abrubbelte, so gründlich, daß sich selbst noch das Porenfett in Krümeln von der Haut rieb, und mit ihm die letzten Fusselchen und Fitzelchen ihres Duftes. Jetzt erst war sie für ihn wirklich tot, abgewelkt, blaß und schlaff wie Blütenabfall.

Er warf das Unterhemd ins große enfleurierte Tuch, in dem allein sie weiterlebte, legte das Nachtgewand mit ihren Haaren dazu und rollte alles zu einem kleinen festen Paket zusammen, das er sich unter den Arm klemmte. Er nahm sich nicht die Mühe, die Leiche auf dem Bett zuzudecken. Und obwohl die Nachtschwärze sich schon ins Blaugraue der Morgendämmerung verwandelt hatte und die Dinge im Zimmer Kontur anzunehmen begannen, warf er keinen Blick mehr auf ihr Bett, um sie wenigstens ein einziges Mal in seinem Leben mit Augen zu sehen. Ihre Gestalt interessierte ihn nicht. Sie war für ihn als Körper gar nicht mehr vorhanden, nur noch als körperloser Duft. Und diesen trug er unterm Arm und nahm ihn mit sich.

Leise schwang er sich auf die Brüstung des Fensters und stieg die Leiter hinab. Draußen war wieder Wind aufgekommen, und der Himmel klarte auf und goß ein kaltes dunkelblaues Licht über das Land.

Eine halbe Stunde später schlug die Magd in der Küche Feuer. Als sie vor das Haus trat, um Holz zu holen, sah sie die angelehnte Leiter, war aber noch zu verschlafen, sich irgendeinen Reim darauf zu machen. Kurz nach sechs ging die Sonne auf. Riesig und goldrot hob sie sich zwischen den beiden Lerinischen Inseln aus dem Meer. Keine Wolke war am Himmel. Ein strahlender Frühlingstag begann.

Richis, dessen Zimmer nach Westen lag, erwachte

um sieben. Er hatte zum ersten Mal seit Monaten wirklich prächtig geschlafen und blieb entgegen seiner Gewohnheit noch eine Viertelstunde lang liegen, räkelte sich und seufzte vor Vergnügen und lauschte dem angenehmen Rumoren, das aus der Küche heraufdrang. Als er dann aufstand und das Fenster weit öffnete und draußen das schöne Wetter gewahrte und die frische würzige Morgenluft einsog und die Brandung des Meeres hörte, da kannte seine gute Laune keine Grenzen mehr, und er spitzte die Lippen und pfiff eine muntere Melodie.

Während er sich ankleidete, pfiff er weiter und pfiff immer noch, als er sein Zimmer verließ und mit beschwingtem Schritt über den Gang an die Kammertüre seiner Tochter trat. Er pochte. Und pochte wieder, ganz leise, um sie nicht aufzuschrecken. Es kam keine Antwort. Er lächelte. Er verstand gut, daß sie noch schlief.

Vorsichtig schob er den Schlüssel ins Loch und drehte den Riegel, leise, ganz leise, bedacht, sie nicht zu wecken, begierig fast, sie noch im Schlaf vorzufinden, aus dem er sie wachküssen wollte, noch einmal, zum letzten Mal, ehe er sie einem andern Mann geben mußte.

Die Türe sprang auf, er trat ein, und das Sonnenlicht fiel ihm voll ins Gesicht. Die Kammer war wie von gleißendem Silber gefüllt, alles strahlte, und er mußte vor Schmerz für einen Moment die Augen schließen.

Als er sie wieder öffnete, sah er Laure auf dem Bett liegen, nackt und tot und kahlrasiert und blendend weiß. Es war wie in dem Alptraum, den er vorvergangene Nacht in Grasse gehabt und wieder vergessen hatte, und dessen Inhalt ihm jetzt wie ein Blitzschlag ins Gedächtnis fuhr. Alles war mit einem Mal haargenau wie in jenem Traum, nur sehr viel heller.

47

Die Nachricht vom Mord an Laure Richis verbreitete sich so schnell im Grasser Land, als hätte es geheißen »Der König ist tot!« oder »Es gibt Krieg!« oder »Die Piraten sind an der Küste gelandet!«, und ähnlichen, schlimmeren Schrecken löste sie aus. Mit einem Mal war die sorgfältig vergessene Angst wieder da, virulent wie im vergangenen Herbst, mit all ihren Begleiterscheinungen: der Panik, der Empörung, der Wut, den hysterischen Verdächtigungen, der Verzweiflung. Die Menschen blieben nachts in den Häusern, sperrten ihre Töchter ein, verbarrikadierten sich, mißtrauten einander und schliefen nicht mehr. Jedermann dachte, es werde nun weitergehen wie damals, jede Woche ein Mord. Die Zeit schien um ein halbes Jahr zurückgesetzt.

Lähmender noch als vor einem halben Jahr war die Angst, denn die plötzliche Rückkunft der längst überwunden geglaubten Gefahr verbreitete ein Gefühl von Hilflosigkeit unter den Menschen. Wenn selbst des Bischofs Fluch versagte! Wenn Antoine Richis, der große Richis, der reichste Bürger der Stadt, der Zweite Konsul, ein mächtiger, besonnener Mann, dem alle Hilfsmittel zu Gebote standen, sein eignes Kind nicht schützen konnte! Wenn des Mörders Hand nicht einmal vor der heiligen Schönheit Laures zurückschreckte – denn in der Tat wie eine Heilige erschien sie allen, die sie gekannt hatten, vor allem jetzt, hinterher, als sie tot war. Was gab es da noch für Hoffnung, dem Mörder zu entgehen? Er war grausamer als die Pest, denn vor der Pest konnte man fliehen, vor diesem Mörder aber nicht, wie das Beispiel Richis' bewies. Er besaß offenbar überirdische Fähigkeiten. Er stand ganz gewiß mit dem Teufel im Bund, wenn er nicht selbst der Teufel war. Und so wußten sich viele, vor allem die einfältigeren Gemüter, keinen anderen Rat, als in die Kirche zu gehen und zu beten, ein jeder Berufsstand zu seinem Patron, die Schlosser zum Heiligen Aloysius, die Weber zum Heiligen Krispinius, die Gärtner zum Heiligen Antonius, die Parfumeure zum Heiligen Josephus. Und sie nahmen ihre Frauen und Töchter mit, beteten gemeinsam, aßen und schliefen in der Kirche, verließen sie selbst am Tage nicht mehr, überzeugt, im Schutz der verzweifelten Gemeinschaft und im Angesicht der Madonna die einzig mögliche Sicherheit vor dem Ungeheuer zu finden, sofern es überhaupt noch Sicherheit gab.

Andere, gewitztere Köpfe, schlossen sich, da die Kirche bereits schon einmal versagt hatte, zu okkulten Gruppen zusammen, engagierten für viel Geld eine approbierte Hexe aus Gourdon, verkrochen sich in eine der vielen Kalksteingrotten des Grasser Untergrunds und veranstalteten Satansmessen, um sich den Leibhaftigen geneigt zu machen. Wieder andere, vornehmlich Mitglieder des gehobenen Bürgertums und des gebildeten Adels, setzten auf modernste wissenschaftliche Methoden, magnetisierten ihre Häuser, hypnotisierten ihre Töchter, bildeten fluidale Schweigekreise in ihren Salons und versuchten, mit gemeinschaftlich produzierten Gedankenemissionen den Geist des Mörders telepathisch zu bannen. Die Korporationen organisierten eine Bußprozession von Grasse nach Napoule und zurück. Die Mönche aus den fünf Klöstern der Stadt richteten einen permanenten Bittgottesdienst ein, mit Dauergesängen, so daß bald an dieser, bald an jener Ecke der Stadt ein ununterbrochenes Lamento zu hören war, bei Tag und bei Nacht. Gearbeitet wurde kaum noch.

So harrte das Volk von Grasse in fieberhafter Untätigkeit, beinahe mit Ungeduld, des nächsten Mordanschlags. Daß er bevorstand, bezweifelte niemand. Und insgeheim sehnte jeder die Schreckensnachricht herbei, in der einzigen Hoffnung, daß sie nicht ihn selbst, sondern einen anderen beträfe.

Die Obrigkeit allerdings in Stadt, Land und Provinz ließ sich diesmal nicht von der hysterischen Stimmung des Volkes anstecken. Zum ersten Mal, seitdem der Mädchenmörder aufgetreten war, kam es zu planvoller und ersprießlicher Zusammenarbeit zwischen den Vogteien von Grasse, Draguignan und Toulon, zwischen Magistraten, Polizei, Intendant, Parlament und Marine.

Der Grund für dieses solidarische Vorgehen der Mächtigen war einerseits die Befürchtung eines allgemeinen Volksaufstandes, andrerseits die Tatsache, daß man seit dem Mord an Laure Richis Anhaltspunkte hatte, die eine systematische Verfolgung des Mörders überhaupt erst ermöglichten. Der Mörder war gesehen worden. Offensichtlich handelte es sich um jenen ominösen Gerbergesellen, der sich in der Mordnacht im

Stall des Gasthofs von Napoule aufgehalten hatte und am nächsten Morgen spurlos verschwunden war. Nach übereinstimmenden Angaben des Wirts, des Stallknechts und Richis' war er ein unscheinbarer, kleingewachsener Mann mit bräunlichem Rock und grobleinenem Reisesack. Obwohl ansonsten die Erinnerung der drei Zeugen seltsam vage blieb, sie etwa Gesicht, Haarfarbe oder Sprache des Mannes nicht hätten beschreiben können, wußte der Wirt doch noch zu sagen, daß ihm, wenn er sich nicht täusche, an Haltung und Gang des Fremden etwas Linkisches, Hinkendes aufgefallen sei, wie von einer Beinverletzung oder einem verkrüppelten Fuß.

Mit diesen Indizien versehen nahmen schon gegen Mittag des Mordtags zwei Reiterabteilungen der Maréchaussée die Verfolgung des Mörders in Richtung Marseille auf – eine an der Küste entlang, die andere über den Weg im Landesinnern. Die nähere Umgebung von Napoule ließ man von Freiwilligen durchkämmen. Zwei Kommissionäre des Grasser Landgerichts reisten nach Nizza, um dort Nachforschungen über den Gerbergesellen anzustellen. In den Häfen von Fréjus, Cannes und Antibes wurden alle auslaufenden Schiffe kontrolliert, an der Grenze nach Savoyen jeder Weg gesperrt, Reisende hatten sich auszuweisen. Eine steckbriefliche Beschreibung des Täters erschien für die, die lesen konnten, an allen Stadttoren von Grasse, Vence, Gourdon und an den Kirchtüren der Dörfer. Dreimal täglich wurde sie ausgeschrien. Die Sache mit dem vermuteten Klumpfuß bestärkte freilich die Ansicht, es handle sich bei dem Täter um den Teufel selbst, und schürte deshalb eher die Panik in der Bevölkerung, als daß man verwertbare Hinweise erhielt.

Erst nachdem der Grasser Gerichtspräsident im Auftrag Richis' eine Belohnung von nicht weniger als zweihundert Livres für Hinweise zur Ergreifung des Täters ausgeschrieben hatte, führten Denunziationen zur Festnahme einiger Gerbergesellen in Grasse, Opio und Gourdon, von denen einer tatsächlich das Unglück hatte, zu hinken. Diesen gedachte man schon trotz seinem durch mehrere Zeugen gefestigten Alibi der Folter zu unterziehen, als sich, am zehnten Tag nach geschehenem Mord, ein Mann der Stadtwache bei der Magistratur meldete und den Richtern folgende Aussage machte: Am Mittag jenes Tages sei er, Gabriel Tagliasco, Hauptmann der Wache, an der Porte du Cours wie gewöhnlich Dienst tuend, von einem Individuum, auf welches, wie er jetzt wisse, die steckbriefliche Beschreibung ziemlich passe, angesprochen und wiederholt und in dringlicher Weise nach dem Weg gefragt worden, auf welchem der Zweite Konsul mit seiner Karawane am Morgen die Stadt verlassen habe. Dem Vorfall selbst habe er weder damals noch später irgendeine Bedeutung beigemessen, und auch an das Individuum hätte er sich aus eigener Kraft mit Bestimmtheit nicht mehr erinnern können – es sei so durchaus unbemerkenswert gewesen –, wenn er es nicht gestern zufällig wiedergesehen hätte, und zwar hier in Grasse, in der Rue de la Louve, vor dem Atelier des Maître Druot und der Madame Arnulfi, bei welcher Gelegenheit ihm auch aufgefallen sei, daß der Mensch, in die Werkstatt zurückkehrend, deutlich gehinkt habe.

Eine Stunde später wurde Grenouille verhaftet. Der Wirt und sein Stallknecht aus Napoule, die sich wegen der Identifizierung der anderen Verdächtigen in Grasse aufhielten, erkannten ihn sofort als den Gerbergesellen wieder, der bei ihnen übernachtet hatte: Dieser sei's und kein anderer, dieser müsse der gesuchte Mörder sein.

Man untersuchte die Werkstatt, man untersuchte die Kabane im Olivengarten hinter dem Franziskanerkloster. In einer Ecke, kaum versteckt, lagen das zerschnittene Nachtgewand, das Unterhemd und die roten Haare der Laure Richis. Und als man den Boden aufgrub, kamen nach und nach die Kleider und Haare der anderen vierundzwanzig Mädchen zum Vorschein. Die Holzkeule fand sich, mit der die Opfer erschlagen worden waren, und der leinene Reisesack. Die Indizien waren überwältigend. Man ließ die Kirchenglocken läuten. Der Gerichtspräsident gab durch Ausruf und Anschlag bekannt, daß der berüchtigte Mädchenmörder, nach dem man fast ein Jahr lang gefahndet habe, endlich gefaßt und in festem Gewahrsam sei.

48

Zunächst glaubten die Leute nicht an die Verlautbarung. Sie hielten sie für eine Finte, mit der die Behörden ihre eigene Unfähigkeit kaschieren und die gefährlich gereizte Stimmung des Volkes beruhigen wollten. Zu gut erinnerte man sich noch der Zeit, da es geheißen hatte, der Mörder sei nach Grenoble abgezogen. Zu fest hatte sich diesmal die Angst in die Seelen der Menschen gefressen.

Erst als am folgenden Tag auf dem Kirchplatz vor der Prévôté die Beweisstücke öffentlich ausgestellt wurden – es war ein schauerliches Bild, die fünfundzwanzig Gewänder mit den fünfundzwanzig Haarbüscheln, wie Vogelscheuchen an Stangen aufgezogen, an der Stirnseite des Platzes, der Kathedrale gegenüber, aufgereiht zu sehen – da wandelte sich die öffentliche Meinung.

Zu vielen Hunderten defilierten die Menschen an der makabren Galerie vorüber. Angehörige der Opfer, die die Kleider wiedererkannten, brachen schreiend zusammen. Die übrige Menge, teils aus Sensationslust, teils um völlig überzeugt zu sein, begehrte den Mörder zu sehen. Die Rufe nach ihm wurden bald so laut, die Unruhe auf dem kleinen, menschenwogenden Platz so bedrohlich, daß der Präsident sich entschloß, Grenouille aus seiner Zelle heraufbringen zu lassen und ihn an einem Fenster des ersten Stocks der Prévôté zu präsentieren.

Als Grenouille ans Fenster trat, verstummte das Gebrüll. Es war mit einem Mal so vollständig still wie an einem heißen Sommertag zur Mittagsstunde, wenn alles draußen auf den Feldern ist oder sich in den Schatten der Häuser verkriecht. Kein Tritt, kein Räuspern, kein Atmen war mehr zu hören. Die Menge war nur noch Auge und offener Mund, minutenlang. Kein Mensch konnte es fassen, daß der windige, kleine, geduckte Mann dort oben am Fenster, dieses Würstchen, dieses armselige Häuflein, dieses Nichts, über zwei Dutzend Morde begangen haben sollte. Er sah einem

Mörder einfach nicht gleich. Niemand hätte zwar sagen können, *wie* er sich den Mörder, diesen Teufel, eigentlich vorgestellt hatte, aber alle waren sich einig: so nicht! Und dennoch – obwohl der Mörder den Vorstellungen der Leute so gar nicht entsprach und seine Präsentation daher, wie man würde meinen können, wenig überzeugend hätte wirken sollen, ging paradoxerweise allein von der Leibhaftigkeit dieses Menschen am Fenster und von der Tatsache, daß eben nur er und kein anderer als Mörder präsentiert wurde, eine überzeugende Wirkung aus. Sie dachten alle: Das kann doch nicht wahr sein! – und wußten im selben Moment, daß es wahr sein müsse.

Freilich, erst als die Wachen das Männlein wieder zurück ins Dunkel des Zimmers gezogen hatten, erst als es also nicht mehr gegenwärtig und sichtbar, sondern nur noch, wenn auch für kürzeste Zeit, als Erinnerung, fast möchte man sagen als Begriff in den Hirnen der Menschen existierte, als Begriff eines abscheulichen Mörders – da erst wich die Verblüffung der Menge und schaffte Raum für eine angemessene Reaktion: Die Münder klappten zu, die tausend Augen belebten sich wieder. Und dann erscholl es in einem einzigen donnernden Wut- und Racheschrei: »Wir wollen ihn haben!« Und sie schickten sich an, die Prévôté zu stürmen, um ihn mit eigenen Händen zu erwürgen, zu zerreißen und zu zerstückeln. Die Wachen hatten alle Mühe, das Tor zu verrammeln und den Mob zurückzudrängen. Grenouille wurde schleunigst in sein Verlies gebracht. Der Präsident trat ans Fenster und versprach ein schnelles und exemplarisch strenges Verfahren. Trotzdem dauerte es noch Stunden, ehe sich die Menge verlaufen, noch Tage, eh sich die Stadt leidlich beruhigt hatte.

In der Tat ging der Prozeß gegen Grenouille äußerst zügig vonstatten, da nicht nur die Beweismittel erdrückend waren, sondern der Angeklagte selbst bei den Vernehmungen ohne Umschweife die ihm zur Last gelegten Morde gestand.

Allein nach seinen Motiven befragt, wußte er keine befriedigende Antwort zu geben. Er wiederholte immer nur, er habe die Mädchen gebraucht und sie deshalb erschlagen. Wozu er sie gebraucht habe und was das überhaupt bedeuten sollte, »er habe sie gebraucht« – dazu schwieg er. Man überantwortete ihn daraufhin der Folter, hängte ihn stundenlang an den Füßen auf, pumpte ihm sieben Pinten Wasser ein, setzte Fußzwingen – ohne den geringsten Erfolg. Der Mensch schien gegen körperliche Schmerzen unempfindlich, gab keinen Laut von sich und sagte, wenn er abermals befragt wurde, nichts als: »Ich habe sie gebraucht.« Die Richter hielten ihn für geisteskrank. Sie setzten die Folter ab und beschlossen, das Verfahren ohne weitere Vernehmungen zuende zu bringen.

Die einzige Verzögerung, die sich noch ergab, war ein juristisches Geplänkel mit dem Magistrat von Draguignan, in dessen Vogtei La Napoule gelegen war, und dem Parlament in Aix, welche beide den Prozeß an sich bringen wollten. Aber die Grasser Richter ließen sich die Sache nicht mehr entwinden. Sie waren es gewesen, die den Täter gefaßt hatten, in ihrem Zuständigkeitsbereich war die überwiegende Anzahl der Morde begangen worden, und ihnen drohte der geballte Volkszorn, wenn sie den Mörder einem anderen Gericht überließen. Sein Blut mußte in Grasse fließen.

Am 15. April 1766 wurde das Urteil gefällt und dem Angeklagten in seiner Zelle verlesen: »Der Parfumeurgeselle Jean-Baptiste Grenouille«, so hieß es da, »soll binnen achtundvierzig Stunden auf den Cours vor die Tore der Stadt geführt, dort, das Gesicht zum Himmel, auf ein Holzkreuz gebunden werden, bei lebendigem Leib zwölf Schläge mit einer eisernen Stange erhalten, die ihm die Gelenke der Arme, Beine, Hüften und Schultern zerschmettern, und danach auf dem Kreuze angeflochten aufgestellt werden bis zu seinem Tode.« Die übliche Gnadenpraxis, den Delinquenten nach dem Zerschmettern mittels eines Fadens zu erwürgen, wurde dem Scharfrichter ausdrücklich untersagt, auch wenn der Todeskampf sich über Tage hinziehen sollte. Die Leiche sei nächtens auf dem Schindanger zu vergraben, der Ort nicht zu kennzeichnen.

Grenouille nahm den Spruch ohne Regung entgegen. Der Gerichtsdiener fragte ihn nach seinem letzten Wunsch. »Nichts«, sagte Grenouille; er habe alles, was er brauche.

Ein Priester ging in die Zelle, um ihm die Beichte abzunehmen, kam aber schon nach einer Viertelstunde unverrichteter Dinge wieder heraus. Der Verurteilte habe ihn bei der Erwähnung des Namens Gottes so absolut verständnislos angeschaut, als höre er diesen Namen soeben zum ersten Mal, sich dann auf seiner Pritsche ausgestreckt, um sofort in tiefsten Schlaf zu versinken. Jedes weitere Wort sei sinnlos gewesen.

In den folgenden zwei Tagen kamen viele Menschen, um den berühmten Mörder aus der Nähe zu sehen. Die Wärter ließen sie durch die Klappe an der Zellentüre einen Blick tun und verlangten sechs Sol pro Blick. Ein Kupferstecher, der eine Skizze anfertigen wollte, mußte zwei Franc bezahlen. Das Motiv war aber eher enttäuschend. Der Gefangene, an Fuß- und Handgelenken angekettet, lag die ganze Zeit auf der Pritsche und schlief. Das Gesicht hatte er zur Wand gekehrt, und er reagierte weder auf Klopfzeichen noch auf Zurufe. Der Zutritt zur Zelle war Besuchern strikt verwehrt, und die Wärter wagten es trotz verlockender Angebote nicht, sich über dies Verbot hinwegzusetzen. Man fürchtete, der Gefangene könne von einem Angehörigen seiner Opfer zur Unzeit ermordet werden. Aus dem gleichen Grund durfte ihm auch kein Essen zugeschoben werden. Es hätte vergiftet sein können. Während der ganzen Gefangenschaft erhielt Grenouille sein Essen aus der Gesindeküche des bischöflichen Palastes, welches der Gefängnisoberaufseher vorzukosten hatte. Die letzten beiden Tage aß er freilich gar nichts. Er lag und schlief. Gelegentlich klirrten seine Ketten, und wenn der Wärter an die Türklappe eilte, konnte er ihn einen Schluck aus der Wasserflasche nehmen, sich wieder aufs Lager werfen und weiterschlafen sehen. Es schien, als sei dieser Mensch seines Lebens derart müde, daß er nicht einmal mehr die letzten Stunden davon in wachem Zustand miterleben wollte.

Unterdessen wurde der Cours für die Hinrichtung vorbereitet. Zimmerleute bauten ein Schafott, drei mal drei Meter groß und zwei Meter hoch, mit Geländer und einer soliden Treppe – ein so prächtiges hatte man in Grasse noch nie gehabt. Dazu eine Holztribüne für die Honoratioren und einen Zaun gegen das gemeine Volk, das in gewisser Distanz gehalten werden sollte. Die Fensterplätze in den Häusern links und rechts der Porte du Cours und im Gebäude der Wache waren längst zu exorbitanten Preisen vermietet. Sogar in der etwas seitwärts gelegenen Charité hatte der Gehilfe des Scharfrichters den Kranken ihre Zimmer abgehandelt und mit hohem Gewinn an Schaulustige weitervermietet. Die Limonadenverkäufer mischten kannenweise Lakritzenwasser auf Vorrat, der Kupferstecher druckte seine im Gefängnis genommene und aus der Phantasie noch ein wenig rasanter gestaltete Skizze des Mörders in vielen hundert Exemplaren, fliegende Händler strömten zu Dutzenden in die Stadt, die Bäcker buken Gedenkplätzchen.

Der Scharfrichter, Monsieur Papon, der schon seit Jahren keinen Delinquenten mehr zu zerbrechen gehabt hatte, ließ sich eine schwere vierkantige Eisenstange schmieden und ging damit in den Schlachthof, um an Tierkadavern seine Hiebe zu üben. Zwölf Schläge durfte er nur führen, und mit diesen mußten die zwölf Gelenke sicher zerbrochen werden, ohne daß wertvolle Teile des Körpers, wie etwa Brust oder Kopf, beschädigt würden – ein diffiziles Geschäft, das größtes Fingerspitzengefühl erforderte.

Die Bürger bereiteten sich auf das Ereignis wie auf einen hohen Festtag vor. Daß nicht gearbeitet werden würde, verstand sich von selbst. Die Frauen bügelten ihr Feiertagshabit, die Männer staubten ihre Röcke aus und ließen sich die Stiefel glänzend putzen. Wer eine Militärcharge oder ein Amt besaß, wer Gildenmeister war, Advokat, Notar, Direktor einer Bruderschaft oder sonst etwas Bedeutendes, der legte Uniform und offizielle Tracht an, mit Orden, Schärpen, Ketten und mit kreideweiß gepuderter Perücke. Die Gläubigen gedachten sich post festum zum Gottesdienst zu versammeln, die Satansjünger zu einer deftigen luziferischen Dankmesse, die gebildete Noblesse zur magnetischen Seance in den Hôtels der Cabris', Villeneuves und Fontmichels. In den Küchen wurde schon gebacken und gebraten, aus den Kellern Wein geholt und vom Markt der Blumenschmuck, in der Kathedrale probten Organist und Kirchenchor.

Im Hause Richis an der Rue Droite blieb es still. Richis hatte sich jede Zurüstung für den »Tag der Befreiung«, als welchen das Volk den Hinrichtungstag des Mörders bezeichnete, verbeten. Ihm war alles ein Ekel. Die plötzlich wiederaufbrechende Furcht der Menschen war ihm ein Ekel gewesen, ihre fiebrige Vorfreude war ihm ein Ekel. Sie selbst, die Menschen, alle miteinander, waren ihm ein Ekel. Er hatte sich nicht an der Präsentation des Täters und seiner Opfer auf dem Platz vor der Kathedrale beteiligt, nicht am Prozeß, nicht am widerwärtigen Defilee der Sensationslüsternen vor der Zelle des Verurteilten. Zur Identifikation der Haare und Kleider seiner Tochter hatte er das Gericht zu sich nach Hause bestellt, kurz und gefaßt seine Aussage gemacht und gebeten, man möge ihm die Dinge als Reliquien überlassen, was auch geschah. Er trug sie in Laures Kammer, legte das zerschnittene Nachthemd und das Leibchen auf ihr Bett, breitete die roten Haare übers Kissen und setzte sich davor und verließ die Kammer Tag und Nacht nicht mehr, als wolle er durch diese sinnlose Wache gutmachen, was er in der Nacht von La Napoule versäumt hatte. Er war so erfüllt von Ekel, Ekel vor der Welt und vor sich selbst, daß er nicht weinen konnte.

Auch vor dem Mörder empfand er Ekel. Er wollte ihn nicht mehr als Menschen sehen, nur noch als Opfer, das geschlachtet würde. Erst bei der Hinrichtung wollte er ihn sehen, wenn er auf dem Kreuz lag und die zwölf Schläge auf ihn niederkrachten, dann wollte er ihn sehen, ganz nah wollte er ihn dann sehen, er hatte sich einen Platz in vorderster Reihe reservieren lassen. Und wenn sich das Volk verlaufen hätte, nach ein paar Stunden, dann wollte er hinaufsteigen zu ihm aufs Blutgerüst und sich neben ihn setzen und Wache halten, nächtelang, tagelang, wenn es sein mußte, und ihm dabei in die Augen schauen, dem Mörder seiner Tochter, und ihm den ganzen Ekel in die Augen träufeln, der in ihm war, den ganzen Ekel in seinen Todeskampf hineinschütten wie eine brennende Säure, so lange, bis das Ding verreckt war ...

Danach? Was er danach tun würde? Er wußte es nicht. Vielleicht wieder sein gewohntes Leben aufnehmen, vielleicht heiraten, vielleicht einen Sohn zeugen, vielleicht nichts tun, vielleicht sterben. Es war ihm völlig gleichgültig. Darüber nachzudenken erschien ihm so sinnlos, als dächte er darüber nach, was er nach seinem eigenen Tode tun sollte: nichts natürlich. Nichts, was er jetzt schon wissen könnte.

49

Die Hinrichtung war auf fünf Uhr nachmittags angesetzt. Schon am Morgen kamen die ersten Schaulustigen und sicherten sich Plätze. Sie brachten Stühle und Trittbänkchen mit, Sitzkissen, Verpflegung, Wein und ihre Kinder. Als gegen Mittag die Landbevölkerung aus allen Himmelsrichtungen in Massen herbeiströmte, war der Cours schon so dicht besetzt, daß die Neuankömmlinge auf den terrassenförmig ansteigenden Gärten und Feldern jenseits des Platzes und auf der Straße nach Grenoble lagern mußten. Die Händler machten bereits gute Geschäfte, man aß, man trank, es summte und brodelte wie bei einem Jahrmarkt. Bald waren wohl an die zehntausend Menschen zusammengekommen, mehr als zum Fest der Jasminkönigin, mehr als zur größten Prozession, mehr als jemals zuvor in Grasse. Bis weit die Hänge hinauf standen sie. Sie hingen in den Bäumen, sie hockten auf den Mauern und Dächern, sie drängten sich zu zehnt, zu zwölft in den Fensteröffnungen. Nur im Zentrum des Cours, geschützt vom Barrikadenzaun, wie herausgestochen aus dem Teig der Menschenmenge, blieb noch ein freier Platz für die Tribüne und für das Schafott, das sich plötzlich ganz klein ausmachte, wie ein Spielzeug oder wie die Bühne eines Puppentheaters. Und eine Gasse wurde freigehalten, vom Richtplatz zur Porte du Cours und in die Rue Droite hinein.

Kurz nach drei erschienen Monsieur Papon und seine Gehilfen. Beifall rauschte auf. Sie trugen das aus Holzbalken gefügte Andreaskreuz zum Schafott und brachten es auf die geeignete Arbeitshöhe, indem sie es mit vier schweren Tischlerböcken unterstützten. Ein Tischlergeselle nagelte es fest. Jeder Handgriff der Henkersknechte und des Tischlers wurde von der Menge mit Applaus bedacht. Als dann Papon mit der Eisenstange herbeitrat, das Kreuz umging, seine Schritte ausmaß, bald von dieser, bald von jener Seite einen imaginierten Schlag führte, brach regelrechter Jubel aus.

Um vier begann sich die Tribüne zu füllen. Es gab viel feine Leute zu bestaunen, reiche Herren mit Lakaien und guten Manieren, schöne Damen, große Hüte, glitzernde Kleider. Der gesamte Adel aus Stadt und Land war zugegen. Die Herren des Rats erschienen in geschlossenem Zug, angeführt von den beiden Konsuln. Richis trug schwarze Kleider, schwarze Strümpfe, schwarzen Hut. Hinter dem Rat marschierte der Magistrat ein, unter Leitung des Gerichtspräsidenten. Als letzter kam der Bischof im offenen Tragstuhl, in leuchtend violettem Ornat und grünem Hütchen. Wer noch bedeckt war, nahm spätestens jetzt die Mütze ab. Es wurde feierlich.

Dann geschah etwa zehn Minuten lang nichts. Die Herrschaften hatten Platz genommen, das Volk harrte reglos, niemand aß mehr, alles wartete. Papon und seine Knechte standen auf der Bühne des Schafotts wie angeschraubt. Die Sonne hing groß und gelb über dem Esterel. Aus dem Grasser Becken kam ein lauer Wind und trug den Duft der Orangenblüten herauf. Es war sehr warm und geradezu unwahrscheinlich still.

Endlich, als man schon meinte, die Spannung könne nicht länger andauern, ohne in einen tausendfachen Schrei, einen Tumult, eine Raserei oder ein sonstiges

Massenereignis zu zerplatzen, hörte man in der Stille Pferdegetrappel und das Knirschen von Rädern.

Die Rue Droite herunter kam ein geschlossener zweispänniger Wagen gefahren, der Wagen des Polizeilieutenants. Er passierte das Stadttor und erschien, nun für jedermann sichtbar, in der schmalen Gasse, die zum Richtplatz führte. Der Polizeilieutenant hatte auf diese Art der Vorführung bestanden, da er anders die Sicherheit des Delinquenten nicht garantieren zu können glaubte. Üblich war sie durchaus nicht. Das Gefängnis lag kaum fünf Minuten vom Richtplatz entfernt, und wenn ein Verurteilter diese kurze Strecke, aus welchem Grunde immer, zu Fuß nicht mehr bewältigte, so hätte es ein offner Eselskarren auch getan. Daß einer zur eigenen Hinrichtung in der Karosse vorfuhr, mit Kutscher, livrierten Dienern und Reiterbegleitung, das hatte man noch nicht erlebt.

Trotzdem kam in der Menge nicht Unruhe oder Unmut auf, im Gegenteil. Man war zufrieden, daß überhaupt etwas geschah, hielt die Sache mit der Kutsche für einen gelungenen Einfall, ähnlich wie im Theater, wo man es schätzt, wenn ein bekanntes Stück auf überraschend neue Weise präsentiert wird. Viele fanden sogar, der Auftritt sei angemessen. Einem so außergewöhnlich abscheulichen Verbrecher gebührte eine außerordentliche Behandlung. Man konnte ihn nicht wie einen ordinären Straßenräuber in Ketten auf den Platz zerren und erschlagen. Daran wäre nichts Sensationelles gewesen. Ihn vom Equipagenpolster weg auf das Andreaskreuz zu führen – das war von ungleich einfallsreicherer Grausamkeit.

Die Kutsche hielt zwischen Schafott und Tribüne.

Die Lakaien sprangen ab, öffneten den Schlag und klappten das Treppchen herunter. Der Polizeilieutenant stieg aus, nach ihm ein Offizier der Wache und endlich Grenouille. Er trug einen blauen Rock, ein weißes Hemd, weiße Seidenstrümpfe und schwarze Schnallenschuhe. Er war nicht gefesselt. Niemand führte ihn am Arm. Er entstieg der Kutsche wie ein freier Mann.

Und dann geschah ein Wunder. Oder so etwas Ähnliches wie ein Wunder, nämlich etwas dermaßen Unbegreifliches, Unerhörtes und Unglaubliches, daß alle Zeugen es im nachhinein als Wunder bezeichnet haben würden, wenn sie überhaupt noch jemals darauf zu sprechen gekommen wären, was nicht der Fall war, da sie sich später allesamt schämten, überhaupt daran beteiligt gewesen zu sein.

Es war nämlich so, daß die zehntausend Menschen auf dem Cours und auf den umliegenden Hängen sich von einem Moment zum anderen von dem unerschütterlichen Glauben durchtränkt fühlten, der kleine Mann im blauen Rock, der soeben aus der Kutsche gestiegen war, könne *unmöglich ein Mörder* sein. Nicht daß sie an seiner Identität zweifelten! Da stand derselbe Mensch, den sie vor wenigen Tagen auf dem Kirchplatz am Fenster der Prévôté gesehen hatten und den sie, wären sie damals seiner habhaft geworden, in wütendem Haß gelyncht hätten. Derselbe, der zwei Tage zuvor aufgrund erdrückender Beweise und eigenen Geständnisses rechtskräftig verurteilt worden war. Derselbe, dessen Erschlagung durch den Scharfrichter sie noch vor einer Minute gierig ersehnt hatten. Er war's, unzweifelhaft!

Und doch – er war es auch nicht, er konnte es nicht sein, er konnte kein Mörder sein. Der Mann, der auf dem Richtplatz stand, war die Unschuld in Person. Das wußten in diesem Moment alle vom Bischof bis zum Limonadenverkäufer, von der Marquise bis zur kleinen Wäscherin, vom Präsidenten des Gerichts bis zum Gassenjungen.

Auch Papon wußte es. Und seine Fäuste, die den Eisenstab umklammert hielten, zitterten. Ihm war mit einem Mal so schwach in seinen starken Armen, so weich in den Knien, so bang im Herzen wie einem Kind. Er würde diesen Stab nicht heben können, niemals im Leben würde er die Kraft aufbringen, ihn gegen den kleinen unschuldigen Mann zu erheben, ach, er fürchtete den Moment, da er heraufgeführt würde, er schlotterte, er mußte sich auf seinen mörderischen Stab stützen, um nicht vor Schwäche in die Knie zu sinken, der große, starke Papon!

Nicht anders erging es den zehntausend Männern und Frauen und Kindern und Greisen, die versammelt waren: Sie wurden schwach wie kleine Mädchen, die dem Charme ihres Liebhabers erliegen. Es überkam sie ein mächtiges Gefühl von Zuneigung, von Zärtlichkeit, von toller kindischer Verliebtheit, ja, weiß Gott, von Liebe zu dem kleinen Mördermann, und sie konnten, sie wollten nichts dagegen tun. Es war wie ein Weinen, gegen das man sich nicht wehren kann, wie ein lange zurückgehaltenes Weinen, das aus dem Bauch aufsteigt und alles Widerständliche wunderbar zersetzt, alles verflüssigt und ausschwemmt. Nur noch liquide waren die Menschen, innerlich in Geist und Seele aufgelöst, nur noch von amorpher Flüssigkeit, und einzig ihr Herz spürten sie als haltlosen Klumpen in ihrem Innern schwanken und legten es, eine jede, ein jeder, in die Hand des kleinen Mannes im blauen Rock, auf Gedeih und Verderb: Sie liebten ihn.

Grenouille stand nun wohl schon mehrere Minuten lang am geöffneten Schlag der Kutsche und rührte sich nicht. Der Lakai neben ihm war in die Knie gesunken und sank noch immer weiter bis hin zu jener völlig prostrativen Haltung, wie sie im Orient vor dem Sultan und vor Allah üblich ist. Und selbst in dieser Haltung zitterte und schwankte er noch und wollte weitersinken, sich flach auf die Erde legen, in sie hinein, unter sie. Bis ans andre Ende der Welt wollte er sinken vor lauter Ergebenheit. Der Offizier der Wache und der Polizeileutnant, beides trutzige Männer, deren Aufgabe es gewesen wäre, den Verurteilten jetzt aufs Blutgerüst zu führen und seinem Henker auszuliefern, konnten keine koordinierten Handlungen mehr zustande bringen. Sie weinten und nahmen ihre Hüte ab, setzten sie wieder auf, warfen sie zu Boden, fielen sich gegenseitig in die Arme, lösten sich, fuchtelten unsinnig mit den Armen in der Luft herum, rangen die Hände, zuckten und grimassierten wie vom Veitstanz Befallene.

Die weiter entfernt befindlichen Honoratioren gaben sich ihrer Ergriffenheit auf kaum diskretere Weise hin. Ein jeder ließ dem Drang seines Herzens freien Lauf. Da waren Damen, die sich beim Anblick Grenouilles die Fäuste in den Schoß stemmten und seufzten vor Wonne; und andere, die vor sehnsüchtigem Verlangen nach dem herrlichen Jüngling – denn so erschien er ihnen – sang- und klanglos in Ohnmacht versanken. Da waren Herren, die in einem fort von ihren Sitzen aufspritzten und sich wieder niederließen und wieder aufsprangen, mächtig schnaufend und die Fäuste um die Degengriffe ballend, als wollten sie ziehen, und, indem sie schon zogen, den Stahl wieder zurückstießen, daß es in den Scheiden nur so klapperte und knackte; und andere, die die Augen stumm zum Himmel richteten und ihre Hände zum Gebet verkrampften; und Monseigneur, der Bischof, der, als sei ihm übel, mit dem Oberkörper vornüberklappte und die Stirn auf seine Knie schlug, bis ihm das grüne Hütchen vom Kopfe kollerte; und dabei war ihm gar nicht übel, sondern er schwelgte nur zum ersten Mal in seinem Leben in religiösem Entzücken, denn ein Wunder war geschehen vor aller Augen, der Herrgott höchstpersönlich war dem Henker in den Arm gefallen, indem er den als Engel offenbarte, der vor der Welt ein Mörder schien – o daß dergleichen noch geschah im 18. Jahrhundert. Wie groß war der Herr! Und wie klein und windig war man selbst, der man einen Bannfluch gesprochen hatte, ohne daran zu glauben, bloß zur Beruhigung des Volkes! O welche Anmaßung, o welche Kleingläubigkeit! Und nun tat der Herr ein Wunder! O welch herrliche Demütigung, welch süße Erniedrigung, welche Gnade, als Bischof von Gott so gezüchtigt zu werden.

Das Volk jenseits der Barrikade gab sich unterdessen immer schamloser dem unheimlichen Gefühlsrausch hin, den Grenouilles Erscheinen ausgelöst hatte. Wer zu Beginn bei seinem Anblick nur Mitgefühl und Rührung verspürt hatte, der war nun von nackter Begehrlichkeit erfüllt, wer zunächst bewundert und begehrt hatte, den trieb es zur Ekstase. Alle hielten den Mann im blauen Rock für das schönste, attraktivste und vollkommenste Wesen, das sie sich denken konnten: Den Nonnen erschien er als der Heiland in Person, den Satansgläubigen als strahlender Herr der Finsternis, den Aufgeklärten als das Höchste Wesen, den jungen Mädchen als ein Märchenprinz, den Männern als ein ideales Abbild ihrer selbst. Und alle fühlten sie sich von ihm an ihrer empfindlichsten Stelle erkannt und gepackt, er hatte sie im erotischen Zentrum getroffen. Es war, als besitze der Mann zehntausend unsichtbare Hände und als habe er jedem der zehntausend Menschen, die ihn umgaben, die Hand aufs Geschlecht gelegt und liebkose es auf just jene Weise, die jeder einzelne, ob Mann oder Frau, in seinen geheimsten Phantasien am stärksten begehrte.

Die Folge war, daß die geplante Hinrichtung eines der verabscheuungswürdigsten Verbrecher seiner Zeit zum größten Bacchanal ausartete, das die Welt seit dem zweiten vorchristlichen Jahrhundert gesehen hatte: Sittsame Frauen rissen sich die Blusen auf, entblößten unter hysterischen Schreien ihre Brüste, warfen sich mit hochgezogenen Röcken auf die Erde. Männer stolperten mit irren Blicken durch das Feld von geilem aufgespreiztem Fleisch, zerrten mit zitternden Fingern ihre wie von unsichtbaren Frösten steifgefrorenen Glieder aus der Hose, fielen ächzend irgendwohin, kopulierten in unmöglichster Stellung und Paarung, Greis mit Jungfrau, Taglöhner mit Advokatengattin, Lehrbub mit Nonne, Jesuit mit Freimaurerin, alles durcheinander, wie's gerade kam. Die Luft war schwer vom süßen Schweißgeruch der Lust und laut vom Geschrei, Gegrunze und Gestöhn der zehntausend Menschentiere. Es war infernalisch.

Grenouille stand und lächelte. Vielmehr erschien es den Menschen, die ihn sahen, als lächle er mit dem unschuldigsten, liebevollsten, bezauberndsten und zugleich verführerischsten Lächeln der Welt. Aber es war in Wirklichkeit kein Lächeln, sondern ein häßliches, zynisches Grinsen, das auf seinen Lippen lag und das seinen ganzen Triumph und seine ganze Verachtung widerspiegelte. Er, Jean-Baptiste Grenouille, geboren ohne Geruch am stinkendsten Ort der Welt, stammend aus Abfall, Kot und Verwesung, aufgewachsen ohne Liebe, lebend ohne warme menschliche Seele einzig aus Widerborstigkeit und der Kraft des Ekels, klein, gebuckelt, hinkend, häßlich, gemieden, ein Scheusal innen wie außen – er hatte es erreicht, sich vor der Welt beliebt zu machen. Was heißt beliebt! Geliebt! Verehrt! Vergöttert! Er hatte die prometheische Tat vollbracht. Den göttlichen Funken, den andre Menschen mir nichts, dir nichts in die Wiege gelegt bekommen und der ihm als einzigem vorenthalten worden war, hatte er sich durch unendliches Raffinement ertrotzt. Mehr noch! Er hatte ihn sich recht eigentlich selbst in seinem Innern geschlagen. Er war noch größer als Prometheus. Er hatte sich eine Aura erschaffen, strahlender und wirkungsvoller, als sie je ein Mensch vor ihm besaß. Und er verdankte sie niemandem – keinem Vater, keiner Mutter und am allerwenigsten einem gnädigen Gott – als einzig *sich selbst*. Er war in der Tat sein eigener Gott, und ein herrlicherer Gott als jener weihrauchstinkende Gott, der in den Kirchen hauste. Vor ihm lag ein leibhaftiger

Bischof auf den Knien und winselte vor Vergnügen. Die Reichen und Mächtigen, die stolzen Herren und Damen erstarben in Bewunderung, indes das Volk im weiten Rund, darunter Väter, Mütter, Brüder, Schwestern seiner Opfer, ihm zu Ehren und in seinem Namen Orgien feierten. Ein Wink von ihm, und alle würden ihrem Gott abschwören und ihn, den Großen Grenouille anbeten.

Ja, er *war* der Große Grenouille! Jetzt trat's zutage. Er war's, wie einst in seinen selbstverliebten Phantasien, so jetzt in Wirklichkeit. Er erlebte in diesem Augenblick den größten Triumph seines Lebens. Und er wurde ihm fürchterlich.

Er wurde ihm fürchterlich, denn er konnte keine Sekunde davon genießen. In dem Moment, da er aus der Kutsche auf den sonnenhellen Platz getreten war, angetan mit dem Parfum, das vor den Menschen beliebt macht, mit dem Parfum, an dem er zwei Jahre lang gearbeitet hatte, dem Parfum, das zu besitzen er sein Leben lang gedürstet hatte ... in diesem Moment, da er sah und roch, wie unwiderstehlich es wirkte und wie mit Windeseile sich verbreitend es die Menschen um ihn her gefangennahm, – in diesem Moment stieg der ganze Ekel vor den Menschen wieder in ihm auf und vergällte ihm seinen Triumph so gründlich, daß er nicht nur keine Freude, sondern nicht einmal das geringste Gefühl von Genugtuung verspürte. Was er sich immer ersehnt hatte, daß nämlich die andern Menschen ihn liebten, wurde ihm im Augenblick seines Erfolges unerträglich, denn er selbst liebte sie nicht, er haßte sie. Und plötzlich wußte er, daß er nie in der Liebe, sondern immer nur im Haß Befriedigung fände, im Hassen und Gehaßtwerden.

Aber der Haß, den er für die Menschen empfand, blieb von den Menschen ohne Echo. Je mehr er sie in diesem Augenblick haßte, desto mehr vergötterten sie ihn, denn sie nahmen von ihm nichts wahr als seine angemaßte Aura, seine Duftmaske, sein geraubtes Parfum, und dies in der Tat war zum Vergöttern gut.

Er hätte sie jetzt am liebsten alle vom Erdboden vertilgt, die stupiden, stinkenden, erotisierten Menschen, genauso wie er damals im Land seiner rabenschwarzen Seele die fremden Gerüche vertilgt hatte. Und er wünschte sich, daß sie merkten, wie sehr er sie haßte, und daß sie ihn darum, um dieses seines einzigen jemals wahrhaft empfundenen Gefühls willen widerhaßten und ihn ihrerseits vertilgten, wie sie es ja ursprünglich vorgehabt hatten. Er wollte sich *ein* Mal im Leben entäußern. Er wollte ein Mal im Leben sein wie andre Menschen auch und sich seines Innern entäußern: wie sie ihrer Liebe und ihrer dummen Verehrung, so er seines Hasses. Er wollte ein Mal, nur ein einziges Mal, in seiner wahren Existenz zur Kenntnis genommen werden und von einem anderen Menschen eine Antwort erhalten auf sein einziges wahres Gefühl, den Haß.

Aber daraus wurde nichts. Daraus konnte nichts werden. Und heute schon gar nicht. Denn er war ja maskiert mit dem besten Parfum der Welt, und er trug unter dieser Maske kein Gesicht, sondern nichts als seine totale Geruchlosigkeit. Da wurde ihm plötzlich übel, denn er fühlte, daß die Nebel wieder stiegen.

Wie damals in der Höhle im Traum im Schlaf im Herzen in seiner Phantasie stiegen mit einem Mal die

Nebel, die entsetzlichen Nebel seines eigenen Geruchs, den er nicht riechen konnte, weil er geruchlos war. Und wie damals wurde ihm unendlich bang und angst, und er glaubte, ersticken zu müssen. Anders als damals aber war dies kein Traum und kein Schlaf, sondern die blanke Wirklichkeit. Und anders als damals lag er nicht allein in einer Höhle, sondern stand auf einem Platz im Angesicht von zehntausend Menschen. Und anders als damals half hier kein Schrei, der ihn erwachen ließe und befreite, und half keine Flucht zurück in die gute, warme, rettende Welt. Denn dies, hier und jetzt, *war* die Welt, und dies, hier und jetzt, war sein verwirklichter Traum. Und er selbst hatte es so gewollt.

Die fürchterlichen stickigen Nebel stiegen weiter aus dem Morast seiner Seele, indes um ihn das Volk in orgiastischen und orgastischen Verzückungen ächzte. Ein Mann kam auf ihn zugelaufen. Von der vordersten Reihe der Honoratiorentribüne war er aufgesprungen, so heftig, daß ihm sein schwarzer Hut vom Kopf gefallen war, und flatterte nun mit wehendem schwarzem Rock über den Richtplatz wie ein Rabe oder wie ein rächender Engel. Es war Richis.

Er wird mich töten, dachte Grenouille. Er ist der einzige, der sich nicht von meiner Maske täuschen läßt. Er kann sich nicht täuschen lassen. Der Duft seiner Tochter klebt an mir, so verräterisch deutlich wie Blut. Er muß mich erkennen und töten. Er muß es tun.

Und er breitete seine Arme aus, um den heranstürzenden Engel zu empfangen. Schon glaubte er, den Dolch- oder Degenstoß als herrlich prickelnden Schlag gegen die Brust zu spüren und die Klinge, die durch alle Duftpanzer und stickigen Nebel hindurchging, mitten in sein kaltes Herz hinein – endlich, endlich etwas in seinem Herzen, etwas anderes als er selbst! Er fühlte sich fast schon erlöst.

Doch dann lag mit einem Mal Richis an seiner Brust, kein rächender Engel, sondern ein erschütterter, kläglich schluchzender Richis, und umfing ihn mit den Armen, krallte sich regelrecht fest an ihm, als fände er sonst keinen Halt in einem Meer von Glückseligkeit. Kein befreiender Dolchstoß, kein Stich ins Herz, nicht einmal ein Fluch oder nur ein Schrei des Hasses. Statt dessen Richis' tränennasse Wange an der seinen klebend und ein zitternder Mund, der ihm zuwinselte: »Vergib mir, mein Sohn, mein lieber Sohn, vergib mir!«

Da wurde es ihm von innen her weiß vor Augen, und die äußere Welt wurde rabenschwarz. Die gefangenen Nebel gerannen zu einer tobenden Flüssigkeit wie kochende, schäumende Milch. Sie überfluteten ihn, preßten mit unerträglichem Druck gegen die innere Schalenwand seines Körpers, ohne Auslaß zu finden. Er wollte fliehen, um Himmels willen fliehen, aber wohin... Er wollte zerplatzen, explodieren wollte er, um nicht an sich selbst zu ersticken. Endlich sank er nieder und verlor das Bewußtsein.

50

Als er wieder zu sich kam, lag er im Bett der Laure Richis. Ihre Reliquien, Kleider und ihr Haar, waren weggeräumt worden. Eine Kerze brannte auf dem Nachttisch. Durch das angelehnte Fenster hörte er von

Ferne den Jubel der feiernden Stadt. Antoine Richis saß auf einem Schemel neben dem Bett und wachte. Er hatte Grenouilles Hand in die seine gelegt und streichelte sie.

Noch bevor er die Augen aufschlug, prüfte Grenouille die Atmosphäre. Im Innern war sie still. Nichts brodelte und preßte mehr. Es herrschte wieder die gewohnte kalte Nacht in seiner Seele, die er brauchte, um sein Bewußtsein frostig und klar zu machen und nach außen zu lenken: Dort roch er sein Parfum. Es hatte sich verändert. Die Spitzen waren etwas schwächer geworden, so daß nun die Herznote von Laures Geruch noch herrlicher hervortrat, ein mildes, dunkles, funkelndes Feuer. Er fühlte sich sicher. Er wußte, daß er noch für Stunden unangreifbar war, und öffnete die Augen.

Richis' Blick ruhte auf ihm. Unendliches Wohlwollen lag in diesem Blick, Zärtlichkeit, Rührung und die hohle, dümmliche Tiefe des Liebenden.

Er lächelte und drückte Grenouilles Hand fester und sagte: »Es wird jetzt alles gut werden. Der Magistrat hat dein Urteil kassiert. Alle Zeugen haben abgeschworen. Du bist frei. Du kannst tun, was du willst. Aber ich will, daß du bei mir bleibst. Ich habe eine Tochter verloren, ich will dich als meinen Sohn gewinnen. Du bist ihr ähnlich. Du bist schön wie sie, deine Haare, dein Mund, deine Hand... Ich habe die ganze Zeit deine Hand gehalten, deine Hand ist wie die ihre. Und wenn ich in deine Augen sehe, so ist mir, als schaue sie mich an. Du bist ihr Bruder, und ich will, daß du mein Sohn wirst, meine Freude, mein Stolz, mein Erbe. Leben deine Eltern noch?«

Grenouille schüttelte den Kopf, und Richis' Gesicht wurde puterrot vor Glück. »Dann wirst du mein Sohn werden?« stammelte er und fuhr von seinem Schemel hoch, um sich auf den Rand des Bettes zu setzen und auch Grenouilles zweite Hand zu pressen. »Wirst du? Wirst du? Willst du mich zu deinem Vater haben? – Sage nichts! Sprich nicht! Du bist noch zu schwach, um zu sprechen. Nicke nur!«

Grenouille nickte. Da brach Richis das Glück wie roter Schweiß aus allen Poren, und er beugte sich zu Grenouille herab und küßte ihn auf den Mund.

»Schlaf jetzt, mein lieber Sohn!« sagte er, als er sich wieder aufgerichtet hatte. »Ich werde bei dir wachen, solange bis du eingeschlafen bist.« Und nachdem er ihn eine lange Zeit in stummer Seligkeit betrachtet hatte: »Du machst mich sehr, sehr glücklich.«

Grenouille zog die Mundwinkel leicht auseinander, wie er es den Menschen abgeschaut hatte, die lächeln. Dann schloß er die Augen. Er wartete eine Weile, ehe er seinen Atem ruhiger und tiefer gehen ließ, wie es die Schläfer tun. Er spürte Richis' liebenden Blick auf seinem Gesicht. Einmal spürte er, wie Richis sich abermals vorbeugte, um ihn zu küssen, es dann aber unterließ, aus Scheu, ihn zu wecken. Endlich wurde die Kerze ausgeblasen, und Richis schlich sich auf Zehenspitzen aus der Kammer.

Grenouille blieb liegen, bis er in Haus und Stadt kein Geräusch mehr hörte. Als er dann aufstand, dämmerte es schon. Er kleidete sich an und machte sich davon, leise über den Flur, leise die Stiege hinab und durch den Salon hinaus auf die Terrasse.

Von hier aus konnte man über die Stadtmauer

sehen, über die Schüssel des Grasser Landes, bei klarem Wetter wohl auch bis zum Meer. Jetzt hing ein dünner Nebel, ein Dunst eher, über den Feldern, und die Düfte, die von dorther kamen, Gras, Ginster und Rose, waren wie gewaschen, rein, simpel, tröstlich einfach. Grenouille durchquerte den Garten und stieg über die Mauer.

Oben am Cours mußte er sich noch einmal durch Menschendünste kämpfen, ehe er das freie Land gewann. Der ganze Platz und die Hänge glichen einem riesigen verlotterten Heerlager. Zu Tausenden lagen die betrunkenen, von den Ausschweifungen des nächtlichen Festes erschöpften Gestalten herum, manche nackt, manche halb entblößt und halb bedeckt von Kleidern, unter die sie sich wie unter ein Stück Decke verkrochen hatten. Es stank nach saurem Wein, nach Schnaps, nach Schweiß und Pisse, nach Kinderscheiße und nach verkohltem Fleisch. Da und dort qualmten noch die Feuerstellen, an denen sie gebraten, gesoffen und getanzt hatten. Hie und da gluckste noch aus dem tausendfachen Geschnarche ein Lallen oder ein Gelächter auf. Es mag auch sein, daß manch einer noch wachte und sich die letzten Fetzen von Bewußtsein aus dem Gehirn zechte. Aber niemand sah Grenouille, der über die verstreuten Leiber stieg, vorsichtig und rasch zugleich, wie durch Morast. Und wer ihn sah, der erkannte ihn nicht. Er duftete nicht mehr. Das Wunder war vorbei.

Am Ende des Cours angelangt, nahm er nicht die Straße nach Grenoble, nicht die nach Cabris, sondern er ging querfeldein in westliche Richtung davon, ohne sich noch ein einziges Mal umzuschauen. Als die

Sonne aufstieg, fett und gelb und stechendheiß, war er längst verschwunden.

Die Grasser erwachten mit einem entsetzlichen Kater. Selbst denen, die nicht getrunken hatten, war bleischwer im Kopf und speiübel in Magen und Gemüt. Auf dem Cours, in hellstem Sonnenlicht, suchten biedere Bauern nach den Kleidern, die sie im Exzeß der Orgie von sich geschleudert hatten, suchten sittsame Frauen nach ihren Männern und Kindern, schälten sich wildfremde Menschen entsetzt aus intimster Umarmung, standen sich Bekannte, Nachbarn, Gatten plötzlich in peinlichster öffentlicher Nacktheit gegenüber.

Vielen erschien dieses Erlebnis so grauenvoll, so vollständig unerklärlich und unvereinbar mit ihren eigentlichen moralischen Vorstellungen, daß sie es buchstäblich im Augenblick seines Stattfindens aus ihrem Gedächtnis löschten und sich infolgedessen auch später wahrhaftig nicht mehr daran zurückerinnern konnten. Andere, die ihren Wahrnehmungsapparat nicht so souverän beherrschten, versuchten, wegzuschauen und wegzuhören und wegzudenken – was nicht ganz einfach war, denn die Schande war zu offensichtlich und zu allgemein. Wer seine Habseligkeiten und seine Angehörigen gefunden hatte, machte sich so rasch und so unauffällig wie möglich davon. Gegen Mittag war der Platz wie leergefegt.

Die Leute in der Stadt kamen, wenn überhaupt, erst gegen Abend aus den Häusern, um die dringendsten Besorgungen zu erledigen. Man grüßte sich nur flüchtig beim Begegnen, sprach nur über das Belangloseste. Über die Ereignisse des Vortags und der vergangenen Nacht fiel kein Wort. So hemmungslos und frisch heraus man sich gestern noch gegeben hatte, so schamhaft war man jetzt. Und alle waren so, denn alle waren schuldig. Nie schien das Einvernehmen unter den Grasser Bürgern besser als in jener Zeit. Man lebte wie in Watte.

Manche freilich mußten sich allein kraft ihres Amtes direkter mit dem befassen, was geschehen war. Die Kontinuität des öffentlichen Lebens, die Unverbrüchlichkeit von Recht und Ordnung erforderten rasche Maßnahmen. Schon am Nachmittag tagte der Stadtrat. Die Herren, darunter auch der Zweite Konsul, umarmten sich stumm, als gelte es, das Gremium durch diese verschwörerische Geste neu zu konstituieren. Dann beschloß man una anima und ohne daß der Vorkommnisse oder gar des Namens Grenouille auch nur Erwähnung getan worden wäre, »die Tribüne und das Schafott auf dem Cours unverzüglich abreißen zu lassen und den Platz und die umliegenden zertrampelten Felder wieder in ihren vormaligen ordentlichen Zustand versetzen zu lassen«. Hierfür wurden hundertsechzig Livre bewilligt.

Gleichzeitig tagte das Gericht in der Prévôté. Der Magistrat kam ohne Aussprache überein, den »Fall G.« als erledigt zu betrachten, die Akten zu schließen und ohne Registratur zu archivieren und ein neues Verfahren gegen einen bislang unbekannten Mörder von fünfundzwanzig Jungfrauen im Grasser Raum zu eröffnen. An den Polizeilieutenant erging der Befehl, die Untersuchungen unverzüglich aufzunehmen.

Schon am nächsten Tag wurde er fündig. Aufgrund eindeutiger Verdachtsmomente verhaftete man Dominique Druot, Maître Parfumeur in der Rue de la

Louve, in dessen Kabane ja schließlich die Kleider und Haare sämtlicher Opfer gefunden worden waren. Von seinem anfänglichen Leugnen ließen sich die Richter nicht täuschen. Nach vierzehnstündiger Folter gestand er alles und bat sogar um eine möglichst baldige Hinrichtung, die ihm schon für den folgenden Tag gewährt wurde. Man knüpfte ihn im Morgengrauen auf, ohne großes Tamtam, ohne Schafott und Tribünen, im Beisein lediglich des Henkers, einiger Mitglieder des Magistrats, eines Arztes und eines Priesters. Die Leiche ließ man, nachdem der Tod eingetreten, festgestellt und protokollarisch niedergelegt war, unverzüglich beisetzen. Damit war der Fall erledigt.

Die Stadt hatte ihn ohnehin schon vergessen, und zwar so vollständig, daß Reisende, die in den folgenden Tagen eintrafen und sich beiläufig nach dem berüchtigten Grasser Mädchenmörder erkundigten, nicht einen einzigen vernünftigen Menschen fanden, der ihnen Auskunft hätte erteilen können. Nur ein paar Narren aus der Charité, notorische Geisteskranke, plapperten noch irgend etwas daher von einem großen Fest auf der Place du Cours, dessentwegen sie hätten ihre Zimmer räumen müssen.

Und bald hatte sich das Leben gänzlich normalisiert. Die Leute arbeiteten fleißig und schliefen gut und gingen ihren Geschäften nach und hielten sich rechtschaffen. Das Wasser sprudelte wie eh und je aus den vielen Quellen und Brunnen und schwemmte den Schlamm durch die Gassen. Die Stadt stand wieder schäbig und stolz an den Hängen über dem fruchtbaren Becken. Die Sonne schien warm. Bald war es Mai. Man erntete Rosen.

Vierter Teil

51

Grenouille ging nachts. Wie zu Beginn seiner Reise wich er den Städten aus, mied die Straßen, legte sich bei Tagesanbruch schlafen, stand abends auf und ging weiter. Er fraß, was er am Wege fand: Gräser, Pilze, Blüten, tote Vögel, Würmer. Er durchzog die Provence, überquerte in einem gestohlenen Kahn die Rhone südlich von Orange, folgte dem Lauf der Ardèche bis tief in die Cevennen hinein und dann dem Allier nach Norden.

In der Auvergne kam er dem Plomb du Cantal nahe. Er sah ihn westlich liegen, groß und silbergrau im Mondlicht, und er roch den kühlen Wind, der von ihm kam. Aber es verlangte ihn nicht hinzugehen. Er hatte keine Sehnsucht mehr nach dem Höhlenleben. Diese Erfahrung war ja schon gemacht und hatte sich als unlebbar erwiesen. Ebenso wie die andere Erfahrung, die des Lebens unter den Menschen. Man erstickte da und dort. Er wollte überhaupt nicht mehr leben. Er wollte nach Paris gehen und sterben. Das wollte er.

Von Zeit zu Zeit griff er in seine Tasche und schloß die Hand um den kleinen gläsernen Flakon mit seinem Parfum. Das Fläschchen war noch fast voll. Für den Auftritt in Grasse hatte er bloß einen Tropfen verbraucht. Der Rest würde genügen, um die ganze Welt zu bezaubern. Wenn er wollte, könnte er sich in Paris nicht nur von Zehn-, sondern von Hunderttausenden umjubeln lassen; oder nach Versailles spazieren, um sich vom König die Füße küssen zu lassen; dem Papst einen parfümierten Brief schreiben und sich als der neue Messias offenbaren; in Notre-Dame vor Königen und Kaisern sich selbst zum Oberkaiser salben, ja sogar zum Gott auf Erden – falls man sich als Gott überhaupt noch salbte...

All das könnte er tun, wenn er nur wollte. Er besaß die Macht dazu. Er hielt sie in der Hand. Eine Macht, die stärker war als die Macht des Geldes oder die Macht des Terrors oder die Macht des Todes: die unüberwindliche Macht, den Menschen Liebe einzuflößen. Nur eines konnte diese Macht nicht: sie konnte ihn nicht vor sich selber riechen machen. Und mochte er auch vor der Welt durch sein Parfum erscheinen als ein Gott – wenn er sich selbst nicht riechen konnte und deshalb niemals wüßte, wer er sei, so pfiff er drauf, auf die Welt, auf sich selbst, auf sein Parfum.

Die Hand, die den Flakon umschlossen hatte, duftete ganz zart, und wenn er sie an seine Nase führte und schnupperte, dann wurde ihm wehmütig, und für ein paar Sekunden vergaß er zu laufen und blieb stehen und roch. Niemand weiß, wie gut dies Parfum wirklich ist, dachte er. Niemand weiß, wie gut es *gemacht* ist. Die andern sind nur seiner Wirkung untertan, ja, sie wissen nicht einmal, daß es ein Parfum ist, das auf sie wirkt und sie bezaubert. Der einzige, der es jemals in seiner wirklichen Schönheit erkannt hat, bin ich, weil ich es selbst geschaffen habe. Und zugleich bin ich der einzige, den es nicht bezaubern kann. Ich bin der einzige, für den es sinnlos ist.

Und ein andermal, da war er schon in Burgund: Als ich an der Mauer stand, unterhalb des Gartens, in dem das rothaarige Mädchen spielte, und ihr Duft zu mir herüberwehte... oder vielmehr das Versprechen ihres Dufts, denn ihr späterer Duft existierte ja noch gar nicht – vielleicht war das, was ich damals empfand, demjenigen ähnlich, was die Menschen auf dem Cours empfanden, als ich sie mit meinem Parfum überschwemmte...? Aber dann verwarf er den Gedanken: Nein, es war etwas anderes. Denn ich wußte ja, daß ich den Duft begehrte, nicht das Mädchen. Die Menschen aber glaubten, sie begehrten *mich,* und was sie wirklich begehrten, blieb ihnen ein Geheimnis.

Dann dachte er nichts mehr, denn das Denken war nicht seine Stärke, und er war auch schon im Orléanais.

Er überquerte die Loire bei Sully. Einen Tag später hatte er den Duft von Paris in der Nase. Am 25. Juni 1767 betrat er die Stadt durch die Rue Saint-Jacques frühmorgens um sechs.

Es wurde ein heißer Tag, der heißeste bisher in diesem Jahr. Die tausendfältigen Gerüche und Gestänke quollen wie aus tausend aufgeplatzten Eiterbeulen. Kein Wind regte sich. Das Gemüse an den Marktständen erschlaffte, eh es Mittag war. Fleisch und Fische verwesten. In den Gassen stand die verpestete Luft. Selbst der Fluß schien nicht mehr zu fließen, sondern nur noch zu stehen und zu stinken. Es war wie am Tag von Grenouilles Geburt.

Er ging über den Pont Neuf ans rechte Ufer, und weiter zu den Hallen und zum Cimetière des Innocents. In den Arkaden der Gebeinhäuser längs der Rue aux Fers ließ er sich nieder. Das Gelände des Friedhofs lag wie ein zerbombtes Schlachtfeld vor ihm, zerwühlt, zerfurcht, von Gräben durchzogen, von Schädeln und Gebeinen übersät, ohne Baum, Strauch oder Grashalm, eine Schutthalde des Todes.

Kein lebender Mensch ließ sich blicken. Der Leichengestank war so schwer, daß selbst die Totengräber sich verzogen hatten. Sie kamen erst nach Sonnenuntergang wieder, um bei Fackellicht bis in die Nacht hinein Gruben für die Toten des nächsten Tages auszuheben.

Nach Mitternacht erst – die Totengräber waren schon gegangen – belebte sich der Ort mit allem möglichen Gesindel, Dieben, Mördern, Messerstechern, Huren, Deserteuren, jugendlichen Desperados. Ein kleines Lagerfeuer wurde angezündet, zum Kochen und damit sich der Gestank verzehre.

Als Grenouille aus den Arkaden kam und sich unter diese Menschen mischte, nahmen sie ihn zunächst gar nicht wahr. Er konnte unbehelligt an ihr Feuer treten, als sei er einer von ihnen. Das bestärkte sie später in der Meinung, es müsse sich bei ihm um einen Geist oder einen Engel oder sonst etwas Übernatürliches gehandelt haben. Denn üblicherweise reagierten sie höchst empfindlich auf die Nähe eines Fremden.

Der kleine Mann in seinem blauen Rock aber sei plötzlich einfach dagewesen, wie aus dem Boden herausgewachsen, mit einem kleinen Fläschchen in der Hand, das er entstöpselte. Dies war das erste, woran sich alle erinnern konnten: daß da einer stand und ein Fläschchen entstöpselte. Und dann habe er sich mit dem Inhalt dieses Fläschchens über und über besprenkelt und sei mit einem Mal von Schönheit übergossen gewesen wie von strahlendem Feuer.

Für einen Moment wichen sie zurück aus Ehrfurcht und bassem Erstaunen. Aber im selben Moment spürten sie schon, daß das Zurückweichen mehr wie ein Anlaufnehmen war, daß ihre Ehrfurcht in Begehren umschlug, ihr Erstaunen in Begeisterung. Sie fühlten sich zu diesem Engelsmenschen hingezogen. Ein rabiater Sog ging von ihm aus, eine reißende Ebbe, gegen die kein Mensch sich stemmen konnte, um so weniger, als sich kein Mensch gegen sie hätte stemmen wollen, denn es war der Wille selbst, den diese Ebbe unterspülte und in ihre Richtung trieb: hin zu ihm.

Sie hatten einen Kreis um ihn gebildet, zwanzig, dreißig Personen und zogen diesen Kreis nun enger und enger. Bald faßte der Kreis sie nicht mehr alle, sie begannen zu drücken, zu schieben und zu drängeln, jeder wollte dem Zentrum am nächsten sein.

Und dann brach mit einem Schlag die letzte Hemmung in ihnen, der Kreis in sich zusammen. Sie stürzten sich auf den Engel, fielen über ihn her, rissen ihn zu Boden. Jeder wollte ihn berühren, jeder wollte einen Teil von ihm haben, ein Federchen, ein Flügelchen, einen Funken seines wunderbaren Feuers. Sie rissen ihm die Kleider, die Haare, die Haut vom Leibe, sie zerrupften ihn, sie schlugen ihre Krallen und Zähne in sein Fleisch, wie die Hyänen fielen sie über ihn her.

Aber so ein Menschenkörper ist ja zäh und läßt sich nicht so einfach auseinanderreißen, selbst Pferde haben da die größte Mühe. Und so blitzten bald die Dolche auf und stießen zu und schlitzten auf, und Äxte und Schlagmesser sausten auf die Gelenke herab, zerhieben krachend die Knochen. In kürzester Zeit war der Engel in dreißig Teile zerlegt, und ein jedes Mitglied der Rotte grapschte sich ein Stück, zog sich, von wollüstiger Gier getrieben, zurück und fraß es auf. Eine halbe Stunde später war Jean-Baptiste Grenouille in jeder Faser vom Erdboden verschwunden.

Als sich die Kannibalen nach gehabter Mahlzeit wieder am Feuer zusammenfanden, sprach keiner ein Wort. Der eine oder andere stieß ein wenig auf, spie ein Knöchelchen aus, schnalzte leise mit der Zunge, stupste mit dem Fuß einen übriggebliebenen Fetzen des blauen Rocks in die Flammen: Sie waren alle ein bißchen verlegen und trauten sich nicht, einander anzusehen. Einen Mord oder ein anderes niederträchtiges Verbrechen hatte jeder von ihnen, ob Mann oder Frau, schon einmal begangen. Aber einen Menschen aufgefressen? Zu so etwas Entsetzlichem, dachten sie, seien sie nie und nimmer imstande. Und sie wunderten sich, wie leicht es ihnen doch gefallen war und daß sie, bei aller Verlegenheit, nicht den geringsten Anflug von schlechtem Gewissen verspürten. Im Gegenteil! Es war ihnen, wenngleich im Magen etwas schwer, im Herzen durchaus leicht zumute. In ihren finsteren Seelen schwankte es mit einem Mal so angenehm heiter. Und auf ihren Gesichtern lag ein mädchenhafter, zarter Glanz von Glück. Daher vielleicht die Scheu, den Blick zu heben und sich gegenseitig in die Augen zu sehen.

Als sie es dann wagten, verstohlen erst und dann ganz offen, da mußten sie lächeln. Sie waren außerordentlich stolz. Sie hatten zum ersten Mal etwas aus Liebe getan.